小船兒上的天窗

大時代的小城故事

1954-2016

馬文海
Wenhai Ma 著

謹以此書紀念我的同時代人。

一堆堆人頭走向遠方
我在他們中間縮小
沒有人看到我
但在仍然活著的書裡
在兒童的遊戲裡
我將從死者中升起
太陽在照耀

——〈積聚如山的人頭走向遠方〉，奧西普．埃米爾耶維奇．曼德爾施塔姆（Osip Emilyevich Mandelshtam, 1891 - 1938），俄羅斯詩人。

目次

序曲：正陽街上On the Sunshine Street

公元二〇一六年

我在公元一九七〇年參加工作後，就和小時候的同學疏於來往，很少或沒再見面。再後來，我離開了故鄉，並且越走越遠。這期間雖然也回來過，但每次都像魔術師變戲法時念的咒語那樣：「來也匆匆，去也匆匆。」我總想著青山不改，綠水長流，來日方長，後會有期。不料，時間過得比想像中的還快，待我真正決定花大把時間，回到故鄉找尋童年蹤跡的時候，已經是半個多世紀後的事了。

然而，滄海桑田，童年的蹤跡漸漸遠去，青山和綠水都已經難以辨認，故鄉已經變得面目全非，小時候的同學多半不知去向，甚至連他們的名字也淡出了記憶。

記憶中的老街「正陽街」還在，卻已經敗落得破舊不堪，令人相信不久後，它就會被周圍新興的繁華和喧鬧所吞沒。從文革時起，這條街就改名叫了「東風路」，隨之，記得它叫「正陽街」的人就越來越少，後來，人們就只叫它「老街」了。

我無數次徘徊在這條老街上，努力搜索著兒時的痕跡，連邂逅到多年前的一磚一石和一光一影，都會令我激動不已。

昔日滿街的標語早就被雨水和時光沖洗得蹤影全無。昔日高高架起的廣播喇叭早就退出了歷史的舞臺。昔日響徹雲霄的〈爹親娘親不如毛主席親〉早就銷聲匿跡，它的曲作者「劫夫」，在紅極一時的林副主席摔死在蒙古溫都爾汗後，也被送進「毛澤東思想學習班」接受審查，五年後鬱鬱而終……

原來的丁字路口已經打通，變成了十字街。中央街穿過正陽街，直通「泰湖」濕地公園——從前的東鹼泡子。泡子的周圍，仍長滿了蘆葦、野草、蒲棒和馬蘭。幾十年不見的仙鶴、大雁和許多不知名的野鳥也飛回來了。像我小時候一樣，城裡的每一天，仍是從這裡的日出開始。每逢晴朗的早晨，太陽從東鹼泡子的水面升起，射出萬道金光，把這座城從它那混混沌沌的睡夢中喚醒。

昔日「慶和長」藥局前的那棵百年老柳樹還在，它粗大而佝僂的身軀披掛了紅綢錦帶，終年領受著崇拜者們的香火和祈願，儘管歷盡滄桑，卻依然枝繁葉茂，儼然已經得道成仙，而會「萬壽無疆」和「永遠健康」——那是我少年時代最美好的祝願。

我在老街「炮樓子」的磚牆上看到一絲文革時的標語，雖然只有一個模糊的「造」字，但我確信那是當年紅衛兵寫下的「造反有理」。我站在前面，請一對路過的青年幫我拍照留念，因為我相信，再過幾年，這座炮樓子也將不復存在了。

那小伙子挺愛說話，他把手機還給我，說：「聽說這炮樓子是小日本兒建的呢。」

我說：「這裡曾經是『滿洲國』的大日本帝國飛行隊本部，後來是滿洲中央銀行。」

小伙子問：「這個『造』字也是小日本兒寫的嗎？」

我無法三言兩語就把「造反有理」的事說明白，反問他：「你聽說過文革嗎？」

與他同行的姑娘嘻嘻笑了，說：「文革呀，就是唱紅歌、跳廣場舞吧？」

小伙子的話更令人吃驚：「是南京大屠殺吧？古代的，還真不清楚。」

……

我還驚奇地看到，炮樓子斜對面的那條小胡同還在。它其實只是兩房之間一條帶頂的空隙，窄小得只容得下一個瘦子通過，如今因房體下沉而變得愈發局促。我低著頭側著身，總算從中擠了過去，彷彿穿越了時光的隧道。

胡同的盡頭是我記憶中的學校，那間四壁無窗的教室因為屋頂的天窗，顯得寬敞而明亮。

學校再過去就是我老家的舊址，我的出生地。我彷彿嗅到一股淡淡的來蘇水[1]味，是久違的家的味道。離開故鄉後，我即便走到天涯海角，每次聞到這樣的味道，就想起兒時的家……

我的故事源於我模糊不清的記憶和支離破碎的記錄。在我斷斷續續的日記中，雖摻雜了言不由衷的豪言壯語和虛情假意，但那是時代的局限。如今半個多世紀過去，日記的字裡行間，仍能喚起我對往事的回想。

翻開那些泛黃的紙頁，嗅到時間在上面留下的氣息，觸摸那些用鉛筆、鋼筆繼而原子筆留下的筆跡，我彷彿看到一群灰色的鴿子，牠們撲打著翅膀從其間飛出，蕩起一片鴿哨和塵粒，飛向遠方，消失在天地之間。

我萌生出一個模糊的想法：我要寫點什麼，為了紀念我童年和少年的歲月，也為了那個「古代」不被忘記，不被「掃進歷史的垃圾堆」。

於是我把記下的、聽到的和想像中的碎片拼在一起，湊成了一幅圖畫。與此同時，不自覺間，一些電影裡的鏡頭和音樂裡的感受也融入了我的畫面。我自知我文字的拙劣，但我的優勢是我的經歷——十年文革，一場噩夢，其中的殘酷和荒誕史無前例，絕無僅有。我的筆一經落下，便一發不可收拾，雖然

---

1 源自英文Lysol，一種清潔消毒劑，多在醫院使用。

不知道完成後的故事會是怎樣的結局，但我不管這些了，就像一個人雖然不熱衷於拉屎撒尿，但那是生理上的循環，就讓它自然地流淌出來吧。

首先，請恕我隱去我的真名實姓，只是為了講述的方便，就姑且叫我「魏冰」吧。這名字有點「文青」，或者用當下的話說有點「文藝範兒[1]」。那時給孩子起名，男孩多半叫「貴」、「志」、「國」、「忠」，女孩多半叫「琴」、「蘭」、「雲」、「英」。我出生在北方一個冬天的早晨，那時的屋檐下掛滿了冰溜，玻璃窗上結滿了冰花。

「魏」雖是百家姓「金魏陶姜」的「魏」，「冰」雖是成語「冷若冰霜」的「冰」，這兩個字卻是「衛兵」的諧音。

文化大革命開始那年，我才十二歲，夠不上當紅衛兵的年齡，但那時人人都在捍衛毛主席，個個都在爭當紅衛兵，我也不例外，且恨不能把祖傳的姓氏改換成「洪」——最好是「紅」，那我就是名符其實的「紅衛兵」了。「紅衛兵」三個字，在那個時代表著青春、狂妄、無畏和無情。這三個字像流星般劃過中國歷史的天空，留下的是對文化和文明前所未有的破壞、蹂躪、踐踏和摧殘。

公元一九六六年三月，「劫夫」譜寫的「戰地新歌」響徹在中華大地的上空，那歌聲由手風琴伴奏，曲調「稍快」而「滿懷熱情」：

天大地大不如黨的恩情大
爹親娘親不如毛主席親

[1] 範兒：北京方言，代表有勁頭、派頭，近似於「氣質」。

千好萬好不如社會主義好
河深海深不如階級友愛深
毛澤東思想是革命的寶
誰要是反對它
誰就是我們的敵人

漸漸地，這歌詞中的每一個字，都一點一滴地溶進了人們的血液和思想。

五個月後，「紅八月」的十八日，在天安門城樓，一名北師大女附中的紅衛兵為毛主席戴上了「紅衛兵」袖標。當毛主席知道她的名字叫「宋彬彬」時，便慈祥地笑了，說：「要武嗎！」

兩天後，《光明日報》發表了〈我給毛主席戴上紅袖標〉一文，署名就變成了「宋要武」。毛主席說，革命，「不能那樣文質彬彬」，中華兒女，要「不愛紅裝愛武裝」。此後，「改名潮」便風起雲湧，一發不可收拾。

那年，我的姐姐十五歲，她也是冬天出生，叫「魏冬」，是真正的紅衛兵。宋彬彬變成「宋要武」的第二天，魏冬就變成了「衛東」——捍衛毛澤東的「衛東」。從此，衛東便義無反顧地投身到這場史無前例的、轟轟烈烈的文化大革命之中。而我，未滿十二歲的「魏冰」，則變成了「衛兵」——紅衛兵，毛主席的「準紅衛兵」。

同年十一月二十五日在天安門廣場，姐姐衛東擠在一百五十萬紅衛兵和革命群眾之中，在一片紅色海洋和此起彼伏的歡呼聲中，「幸福地見到了日夜思念的毛主席和他的親密戰友林副主席」。

然而離開北京不到一週，姐姐就因感染了流腦[1]，病發身亡在回家的路上。這是我家裡發生的一件大事，是我另一次經歷親人的早逝。

衛東在天安門前拍下了一張方形照片：她右臂橫跨胸前，手中緊握《毛主席語錄》，一身洗得發白的仿軍裝、軍帽、皮帶、齊肩短辮「兩把刷」和紅衛兵袖標，使她顯得身姿矯健、英氣逼人。天安門城樓的紅牆上貼了大字標語：「打倒中國的赫魯雪夫！」不言而喻，這個「中國的赫魯雪夫」就是國家主席劉少奇，是「黨內最大的走資本主義道路的當權派」。城樓畫像上的毛主席正冷峻地注視著前方，他是我們「偉大的導師、偉大的領袖、偉大的統帥、偉大的舵手」，是文化大革命的「最高司令」。衛東當即寫給家裡一封短信，並附寄了這張照片，夾了一片在廣場上撿到的松葉，這是她在世上留下的最後筆跡和笑容。

回程的路上找不到醫院，衛東胡亂吃了幾粒鎮痛片，高燒中不停地念著毛主席語錄：「下定決心，不怕犧牲，排除萬難，去爭取勝利。」幾天後，她在途中閉上了眼睛。

她的骨灰在細雨中被葬在墓園——那時的「亂屍崗子」。她十五歲年輕的生命之花，還沒來得及綻放，就無聲無息地敗落了。

衛東的骨灰盒上寫著毛主席語錄：「為人民利益而死，就比泰山還重。」那時我相信：姐姐衛東是為文化大革命而死，是為捍衛毛澤東而死，也就是為人民利益而死，她死得其所。

然而，姐姐的死極大地打擊了媽媽，她無法像樣板戲《紅燈記》裡唱的那樣：「擦乾了血跡，葬埋了屍體，又上了戰場。」她的精神崩潰了，開始像祥林嫂一樣四處找人傾訴喪女之痛。

1　流行性腦膜炎。

「為什麼要搞文化大革命？為什麼要讓學生串聯？如果他們都好好在學校讀書，魏冬也不會就這麼死了。」我不止一次聽到媽媽這樣低聲嘮叨著。

四年後，公元一九七〇年一個春天的早晨，媽媽也在這個世界上消失了。她被五花大綁押在囚車上，胸前掛了一塊牌子，「罪名」上被打著一個紅色的「X」。那天，廣場上擠滿了看熱鬧的人，他們像正月十五看花燈一樣興高采烈、欣喜若狂。我坐在人群中，遠遠地看著車隊和媽媽遠去，蕩起一片塵土……

不一刻，一顆子彈輕輕地飛過，媽媽瘦削的身軀倒在「無產階級專政」的血泊之中。那一年，她三十九歲。

毛主席說：「替剝削人民和壓迫人民的人去死，就比鴻毛還輕。」媽媽並不是「替剝削人民和壓迫人民的人去死」，她是因喪女發出了呼喊而死，她的死是重於泰山還是輕於鴻毛？泰山過於沉重，鴻毛過於輕微，媽媽的死，抑或只算得上乾德門山的一捧泥土或東鹼泡子的一掬湖水吧。

乾德門山是故鄉的一片山丘，東鹼泡子是故鄉的一片湖水。故鄉偏僻而平凡，我隱去它的名字，權且把這不起眼的山和水算作它的象徵。

對於那段歲月的瘋狂，人們常說那是社會和時代所造成。但我相信：社會的歸社會，個人的歸個人。因為「雪崩時，沒有一片雪花是無辜的」。在歷史的長河中，半個世紀前的事距今並不遙遠，我們不應該選擇去遺忘。

我還是從最早的記憶講起吧。

01 小喇叭 The Small Horn Broadcasting

公元一九五四年

我對出生那一年的記憶已經蕩然無存了。

而後最早的記憶是兩歲時的一天，我坐在一輛洋馬車的車棚裡，夾在爸爸媽媽中間，看著雨點劈哩啪啦地打在馬背上和地面上，看著東洋馬的糞蛋子從屁股裡嘩哩嘩啦地滾出來，冒著熱氣，掉進後面的糞兜裡。

據以後拼湊起來的記憶，我知道那天是從Q市回來，是為了給妹妹看病。妹妹卻沒有回來，她在這人世間只匆匆活了一年就死去了。這是我第一次經歷親人的死亡。雖然我的爸爸是城裡醫院門診部的副主任，但醫院的條件實在有限，妹妹到底生了什麼病，爸爸說不清，媽媽說不清，醫院裡最權威的楊大夫說不清，Q市大醫院的醫生也說不清。

從Q市乘了兩個多小時的火車，到站時外面正淅淅瀝瀝地下著雨。我看見一列圓筒狀的油罐車，在雨絲中閃著銀色的光，一節接一節，從容地在眼前駛過，車輪碾在鐵軌上，發出「咯噔咯噔」的金屬撞擊聲。

在站前，爸爸把我抱進一輛洋馬車的車棚。車老闆子穿著黑色的橡膠雨衣，雨帽遮住了他的臉。馬車動了起來，雨絲把馬和車淋得像綢緞般地閃著光亮。我看不到車老闆子的臉，但聽到他有時說「駕」，有時說「喔」，都是東洋馬能聽懂的語言。

我記得雨水流向馬路兩旁的排水溝「洋溝」，發出淙淙的水聲。洋溝上鋪著一塊塊木板，叫「洋溝板子」，也因浸透了雨水而閃著光亮。

一路上看到的店鋪、招牌、招幌、匾額、電線桿子，還有不多的車輛和行人，這一切都安靜地淋在雨中。

偶爾有奔跑著的小孩，手裡拎著濕透的鞋子，任雨水澆在身上，卻咧開嘴笑著，光著的腳丫濺起一片片渾濁的泥漿。

東洋馬昂著頭，巨大的蹄子「呱嗒呱嗒」地踏在泥濘的路上，從中央街到正陽街，再經過大十街，不多久就聽到車老闆子長長地說了聲「吁——」，馬車停下了。

那是在帽社門市部邊上的小胡同前。帽社是賣帽子的店鋪，門上橫掛著一塊牌子，畫了不同式樣的皮帽和單帽。

所謂的胡同，其實只是兩座房子間一條帶頂的空隙，只能容一個瘦子正身經過。不過那時的人們普遍伙食不佳，營養不良，基本上看不到胖子。極少數幾個有些發福的領導幹部住在幹部大院，在實驗小學以東，是房產專門建的紅磚瓦房，住的都是上等人，最次的也是教師。那裡的胡同寬敞，容得下全體胖子並排走過。而城裡的平民胖子，除了開小鋪的「老胖頭」，就只有喇叭匠「夏大胖子」。據說老胖頭的伙食和營養其實很差，是虛胖。而夏大胖了也是虛胖，只有吃了酒席後才真正地胖起來。那時，遇到婚喪嫁娶，人們都會請來鼓樂班子助興，叫「噴字行」。事後，除收取紅紙包著的「小意思」和一包紅雙喜香煙，還吃得到一頓有肉的酒席。這時，夏大胖子便繞過狹窄的胡同而走張家店寬敞的背街，一邊打著飽嗝，讓裝滿好吃好喝的大肚子自由自在地顛簸在暮色之中。

我的爸爸媽媽都不是胖子。爸爸雖然偶爾能收到病人家屬送來的雞蛋和豬下水，但他不敢全部收下，總是偷著留下一半，明著上繳一半，除了要保持一個幹部對組織的忠誠，他更是個膽小怕事的人。那時百姓能送得出的東西極其有限，當收到十個雞蛋時，他留下五個，收到兩根血腸時，他留下一根，全家每人吃不到幾口，這樣，我家就連一個胖子也沒培養出來。即便這些，還是後來文革時爸爸被揭發，我才從大字報上看到……

媽媽把我抱在懷中，蓋著她的一件褂子，穿過胡同，沒走多遠，就回到了家。不過，兩歲時的記憶不太靠譜，那場景也許只是我拼湊出來的圖畫也說不定。

那時天是灰色的，日子也是灰色的。灰色的日子過得很慢，很長，過得懵懵懂懂……

再以後的記憶，就是有一天我從箱子上拿起一塊木牌。木牌是棕色的，鑲嵌著一個金色的浮雕像，是一個陌生的男人，側著臉，皺著眉，梳了背頭，大鼻子底下蓄著八字鬍，我問這是誰，爸爸說：「這是蘇聯的斯大林，達瓦里施[1]斯大林。」

爸爸上過有名的「國高」，就是「滿洲國」的國立高級中學，在那時算得上一個不小的知識分子。這使他不同於周圍的普通百姓，他知道蘇聯有個同志「達瓦里施」，他的名字叫「斯大林」。

我才兩歲，連一個字兒都不認識，更不是知識分子。我不知道什麼是「達瓦里施」，只知道「斯大林」就是「死大林」。這令我興奮，我舉起木牌奔跑著，一邊大聲喊叫：「死大林，要死了！死大林，要死了！」周圍的大人們急忙阻止我，說：「這孩子，這麼說話，不是惹禍嗎？」

我覺得「惹禍」的意思是「好玩」，但我還是躲到了一盆夾竹桃樹下。

---

1 俄語音譯，即Товарищ，是同志、同事、同學的意思。

五歲的姐姐魏冬不覺得「惹禍」有什麼「好玩」，她的朋友是一個黃髮藍眼的布娃娃，是個好玩的蘇聯女孩，名字叫「娜塔莎」。

後來我才知道，那時的斯大林不是「要死了」，而是已經死去了一年多。斯大林的另一個名字叫「史達林」，他和天老爺一樣，是個了不起的人。天老爺究竟是誰？我不知道，只知道下雨時，孩子們跑在雨中，大聲喊叫：「天老爺，別下雨，包子饅頭全給你！」當然，這是空話，沒有人捨得把包子饅頭送給天老爺，天老爺則想下雨就下雨，不想下雨就不下雨。後來我又知道，斯大林的權威很大，他和天老爺一樣，想下雨就下雨，不想下雨就不下雨。

大人們說：「得說斯大林萬歲才對。」

我問：「萬歲是幾歲？」

大人們說：「萬歲就是萬萬歲，就是長生不老。」

我問：「斯大林住在哪兒？」

大人們說：「斯大林已經去世了，住在水晶棺裡。」

我問：「去世是什麼？」

大人們說：「去世就是死了。」

我問：「水晶官是大官嗎？」

大人們說：「棺，就是棺材，是死人的住處。」他們沒有回答什麼是「水晶」。

我刨根問底：「他是幾歲死的呀？」

大人們算了一下，說：「七十四歲。」

我說：「那也不是萬歲萬萬歲呀！」

六年後的一天中午放學回家，我和同學馬大文路過編織社的後牆，踮起腳看院子裡的駱駝。

我們看到那隻駱駝蜷著腿趴在地上，金黃色的皮毛閃著油亮的光。牠的脖子又長又寬，拴著黃銅鈴鐺，頭一動，就發出脆亮的叮鈴聲。牠的頭像綿羊，上唇像兔子一樣地分裂著，嘴唇上覆蓋著厚而粗的鬍子，嘴裡不停地咀嚼著什麼，令人想起前院的「謝大個子」。謝大個子是山東人，常常蹲在家門口吃菜團子，嘴也是這樣地咀嚼，樣子有些惆悵。

駱駝前圍著一群小孩，伸出手想摸牠的駝峰，又害怕挨咬。拉駱駝的是一個高顴骨細眼睛的紅臉漢子，他的大手抱起一個小男孩，放在駱駝的背上。男孩嚇得大哭，說：「我要下來！」紅臉漢子不睬，拍拍駱駝的腦門，吼一聲：「起！」駱駝就伸開蜷曲的腿，緩緩地站起來，高大得像一面牆。男孩止住了哭聲，笑得流出了鼻涕。

「這熊孩崽子！」保管員老李頭子嘟囔著。他光著膀子躺在一捆麻繩上，看了一會兒駱駝，覺得沒啥意思，就舉著一個本子，讀起了「郭沫若同志」的詩。讀到詩中對斯大林的讚譽，他磕磕巴巴[1]地讀出聲來：

「你已經活了七……千億萬恆……河沙數地質年，你還……要活下七……千億萬恆……河沙數天文年。」

他看不懂，周圍的小孩也聽不懂，說：「啥話呀？」

那駱駝向老李頭子瞥了一眼，露出了不屑的神情。

這時，旁邊的劉祕書給他解釋，說那話的意思就是「萬歲萬歲萬萬歲」。老李頭子往地上啐了口

1 說話結結巴巴的樣子。

痰，說：「郭老你也太雞巴囉嗦了，你直接說『萬壽無疆』不就截了？」

這時正好孟主任從院裡經過，把老李頭子的話全聽進了耳朵，就批評他「組織紀律性不強」，說：「人家郭老好歹也是個上了主席詩詞的詩人，主席都一口一個『郭沫若同志』地叫著，作為一個黨員，你豈能叫人家雞巴？」孟主任責令老李頭子寫一份檢討交給組織，並保證以後不再犯這樣的錯誤。

老李頭子沒理他這一套，只是哼了一聲，往地上啐了口痰。

孟主任離開的時候，樣子有些不快。他抽搐一下鼻子，嘴裡吟出一句詩來：「回首過去奔奔卡，展望未來卡奔奔。」

劉祕書把這些看在眼裡，呲了呲牙，走了。

我和馬大文對望了一下，猜想孟主任是因為明白了人必有一死，而生出了悲傷。

馬大文說孟主任住在他家的前院，窗戶框刷了天藍色的油漆，挺顯眼。他還說孟主任的外號叫「孟大詩人」，有時在院子裡念詩，引來小孩們的圍觀。馬大文愛畫畫，常在院子裡畫周圍的人和物。一天傍晚，他畫孟大詩人吟詩被發現，正要逃走，被孟大詩人叫住，說：「你畫的這叫速寫。」然後站著不動讓他畫，說：「我這叫做模特兒。」他看了馬大文的速寫，說：「書畫同源！」又要過紙筆，在速寫上題了詞：「七言絕句奔奔卡，八面來風卡奔奔。」

「孟大詩人說出的是一首七言絕句，每句七個字兒，叫『七絕』。」馬大文解釋著。

至於什麼叫「奔奔卡」和「卡奔奔」，馬大文不知道，說也許就是感嘆詞「呼兒嘿」和「嘿兒呼」的意思吧。

多年後孟大詩人退休，還真成了「詩人」，業餘詩人。他自費出了一本詩集，沒有書號，叫《八面來風》，靈感就出自那次的「題詞」。書印出來那天，他招來些詩友們慶祝，多喝了點酒，摔了一跤，扭了脖筋，在炕上躺了七天，又寫出了七首「七絕」。

文革中，老李頭子和孟大詩人都因為這段對話戴了高帽，畫了花臉，掛了牌子，坐了飛機，挨了批鬥。老李頭子的罪名是「惡毒攻擊沫若同志」，孟大詩人的罪名是「重複對沫若同志的惡毒攻擊」，都是劉祕書揭發的。劉祕書那時是造反派，當了「千鈞棒造反團」的團長。

如此看來，我兩歲時呼喊的「斯大林要死了」，也是要「惹禍」的話，是一句要戴高帽畫花臉掛牌子挨批鬥坐飛機的話，好在當時沒有外人聽到。不過我那時身高還不及一個高帽或一塊牌子，而且對什麼是「惹禍」渾然不知。我只清楚地記得，我喊出這樣的話來，完全是因為斯大林的「斯」聽起來就是死亡的「死」。而對於「死」，我只記得別人說過「累死人了」、「煩死人了」和「氣死人了」，至於「死」的真正意義，我並不知道。長大後我去北京，見到巍巍聳立在天安門廣場的馬恩列斯像，想起小時候的那句呼喊，不禁渾身冒出了冷汗……

又過了幾年，我對「死」有了認識：「死」就是棺材，停放在屋後王家的院子裡。透過後牆上的窗，我看到那駭人的龐然大物，明白了「棺材」是什麼——那就是斯大林居住的地方。

後來我知道，王家的棺材，不過是一根大木頭做的，和「水晶棺材」不能相提並論。那棵粗大的木頭，已經在院子裡停放了好多個年頭。在木頭做的棺材裡，死人不會永垂不朽，而終將化為塵土，只剩下一副醜陋的白骨。

屋後王家死去的叫繼貴，才十歲。他穿著黑褂黑褲黑鞋，襯著浮腫的臉，像棺材頭上描畫的荷花，代表著他陽世旅程的完結和陰間旅程的開始。

陰間是什麼？我眼見那棺材被幾個壯漢扣上棺蓋，釘上鐵釘，心中充滿了恐懼。鐵釘半尺多長，閃著寒冷的光，緊釘在隔絕人世和陰間的大門上。

現在回想起來，我更傾向於棺材裡躺著的不是繼貴，而是他的爺爺。那時我太小，混亂的記憶中加進了混亂的虛構也說不定。

繼貴是饑餓致死的。他吃了太多的「灰菜」，中了毒，也因為長期沒有油水，得了常見的浮腫病，臉腫得像一隻吹得溜圓的豬尿泡。他家有個玻璃罐子，裝著繼貴的尿，太陽好的時候就拿出來曝曬，幾天後用來煮菜湯，說是不但營養豐富，還管長生不老。現在他死了，說不定就和毒尿有關。對著光的時候，他的臉異常透明，彷彿輕輕一捅，就會被捅破，而「嘩」地流出灰菜和毒尿來。

至於那身黑褂黑褲黑鞋，在連飯都吃不飽的時候，繼貴享受不起，也住不起那棺材，更不會有棺材頭上擺著的白米飯。白米飯上插了三炷香，香灰不時地掉落下來，顯得隆重而悲哀。

那裡面躺著的，應該是一個配得上那具黑色棺材、那身黑色褲褂和那碗白米飯的老者，他一定形容枯槁，瘦成一把骨頭——那是繼貴的爺爺。那碗不可多得的白米飯，他在陽世沒有福氣享用，就只好隨著飄起的青煙，被送去了陰間罷。

其實在我童年的記憶中，就從來沒有見過繼貴的爺爺。但我相信，繼貴和他爺爺代表的就是死亡，如同那具棺材。死亡的周圍瀰漫著無比恐怖的氣氛，迴蕩著無比淒慘的哭聲，久久不肯散去。

不久後，「達瓦里施」斯大林的像不知怎麼就沒了，從我家的箱子上消失了。家裡只剩下一幅毛主席像，掛在牆上。毛主席的像是彩色的，後面襯著石膏板。他穿著黃褐色的衣服，頭髮向後梳成波浪式，嘴巴上有一顆痦子，在醬油色的背景襯托下，和藹的微笑顯得十分神祕。

毛主席住在北京，隔壁李家大奶的二兒子李貴起也住在北京。她每年都去一次北京看兒子，還跟人說：「北京啊，就是我兒子和毛主席住的地方！」她每次回來，都帶上二斤狀元餅，分給大兒子和孫子們，卻從不給大兒媳。她時常在院子裡破口大罵，罵的就是大兒媳。大兒媳是李家花一百塊大洋買來的「團圓媳婦」，進門時才八歲，比「丈夫」大了半輪。團圓媳婦給李家幹了十三年活，圓房那年，大兒媳二十一，丈夫李貴清十五。到了第三年，大兒媳已經給李家生了三個兒子。李貴起的個頭一直不見長，到了二十多歲，還是比媳婦矮一頭，人們叫他「李小個子」。一次酒後打架，他把酒瓶子砸在人家的腦殼，砸出了腦震盪。派出所把他關押了七天，從此，小孩們常常跟在他身後，出其不意地喊喝一聲：「李小個子押七天！」再一溜煙跑掉。

「李小個子」在皮革廠熟皮子，渾身上下透著毛皮子的腐臭。一年夏天，李家大奶又去了北京。二兒媳有些矯情，嫌婆婆身上的皮子味兒，兩人大吵了一架。李家大奶受不了這窩囊氣，回來後開始咒罵起二兒媳，同樣地惡毒而下流。她說：「小騷狐狸窮嘚瑟，妳身上的是尿騷味兒！妳不就是個北京人兒嗎？有啥了不起！妳給我記著，北京還住著我兒子和毛主席，大幹部多得烏殃烏殃[1]地，妳說妳算個屁?!」

北京卻令姐姐魏冬嚮往。過年時，媽媽在牆上貼了一套四聯的年畫，每聯上有四幅彩色風景，叫〈北京十六景〉，魏冬說：「有一天，我要去北京見毛主席！」我聽了，跟著說：「我也去北京見毛主席！」

許多年後，我不但去北京見了「北京十六景」，還見到了毛主席，不過那是逝去了的毛主席，完全不是我家牆上畫中的模樣。他躺在水晶棺裡，臉上的皮膚鬆弛，化妝的脂粉掩蓋不住他的蒼老和悲傷……

[1] 北京方言，形容人特別多，人流熙熙攘攘的。

我家的毛主席像掛得很高，快到了頂棚，和廣播匣子並齊了。

頂棚是秫秸[1]紮的，白紙糊的，很平整，是我搆不到的地方。廣播匣子在炕梢，刷了藍油漆，是有線廣播，連接了兩根鐵絲，一根通向窗外，一根插進地裡。

窗外的鐵絲連著電線桿子，連結了半個城，最後通向廣播站。插在地上的鐵絲要每天澆水，像窗臺上的掃帚梅、玻璃翠和小鳳仙也要每天澆水一樣。

我家的地面是泥土的，被踩得平整而光滑。媽媽時常灑些來蘇水，那味道令人感到平安和舒暢。

廣播匣子裡播放著本地的聲音，顯得很近。晚上七點，是中央人民廣播電臺的新聞聯播，從毛主席居住的北京傳來，顯得很遠。

外面的丁字路口也有廣播，是架在桿子上的兩個大喇叭。喇叭口一個朝南，一個朝北，像兩朵盛開的打碗花。它們響著播音員夏青和葛蘭的聲音，永遠抑揚頓挫、鏗鏘有力、字正腔圓。

我只聽廣播匣子裡「小喇叭」的聲音。小喇叭是對學齡前兒童的廣播。小喇叭說：「小朋友，小喇叭開始廣播啦！噠滴噠，噠滴噠，噠滴噠滴噠。」那聲音甜美而動聽，像一隻小鳥在歌唱。

甜美而動聽的聲音還有：「我是小木偶，名字就叫——小——叮——噹。我是小叮噹，工作特別忙，小朋友來信我全管，我給小喇叭開信箱。」

如果睡得晚些，就能聽到廣播匣子裡播放的廣東音樂〈步步高〉。那是全天最後一個節目，透出渾身的慵懶和纏綿，像東鹼泡子裡鳴叫的青蛙，不一會兒，就把人送進了夢鄉。

這樣的慵懶和纏綿很快就被取代，街頭的廣播喇叭裡又響起了夏青和葛蘭的聲音，那是毛主席的文

1 高粱的稈。

章——〈事情正在起變化〉：

……右派的批評往往是惡意的，他們懷著敵對情緒。善意，惡意，不是猜想的，是可以看得出來的。……毒草共香花同生，牛鬼蛇神與麟鳳龜龍並長，這是我們所料到的，也是我們所希望的……

長大後我才知道，那時正進行著一場嚴酷的鬥爭，叫「反右鬥爭」。我家東院的彭大伯就是「右派」，是五十五萬個「牛鬼蛇神麟鳳龜龍」之一。彭大伯挨了鬥，受著居委會和積極分子們的監視，只許老老實實，不許亂說亂動。據說「滿洲國」倒臺時，他是國民政府派來的接收大員，是國民黨的殘渣餘孽。他被送到農場「勞動改造」，又因看小說《牛氓》而被當成「流氓」批判。他的「右派」，直到二十二年後才「摘帽」。

……

在「小喇叭」裡，我聽到了一個陌生的詞：「階級鬥爭」，還聽到了兩個陌生的名字——「劉文學」和「王榮學」。

「階級鬥爭是什麼？」我問姐姐魏冬。

「階級鬥爭就是好人和壞人掐架[1]。」魏冬說。

「劉文學是好人嗎？王榮學是壞人嗎？」我問。

1 北方人的說法，指不停的吵架。

魏冬給我看了小人書《劉文學》。劉文學是一個身穿白襯衫、藍褲子、胸前飄著紅領巾的少年，一看就是好人。他為了保護公社的財產，與偷海椒的地主王榮學展開了鬥爭。王榮學相貌猥瑣、齜牙咧嘴，一看就是壞人。不幸的是，好人劉文學終因年幼力薄，被壞人王榮學活活掐死，犧牲時，年僅十四歲。

從此，劉文學成了我們心目中的英雄。

長大後，我聽到有人悄悄議論，說這見義勇為……有點一根筋吧？依我看劉文學不如趁著月黑風高，悄默聲地把地主告了，或者當地主露出凶相時假裝敗退，就不致於為那幾斤海椒而犧牲吧？也有人說，劉文學那裡也同全國各地一樣，正在遭遇「三年大饑荒」，幾斤海椒的鬥爭也是「你死我活的階級鬥爭」……

青蛙的叫聲漸漸消失，反右運動被大躍進運動替代，相繼的共產主義大食堂、大煉鋼鐵、十五年超英趕美鳴金收兵，舉國陷入了曠世的大饑荒。東鹼泡子裡的魚和蝦都已經絕跡。青蛙、蛤士蟆子[1]、油拉鸛子[2]，甚至泥坑裡木耳狀的浮游生物「馬蹄子」，都成了食物。能吃的，一樣一樣被饑餓的人類吃光了。

有狗吠聲響在鄰近而遙遠的地方，驚擾了睡夢中的人。狗吠淒厲而悲涼，是餓得有氣無力的哀鳴。夢中拉屎的人被狗吠嚇得驚慌失措，慌忙提起褲子，屁股都來不及擦，就逃進了被窩。

其實，拉屎的人並沒有拉出屎來。長期吞嚥的榆樹錢[3]和灰菜葉，築成了阻礙人們拉屎的銅牆鐵壁和萬里長城。

---

1 中國林蛙的滿語稱呼，蛙科兩棲類動物，生長於中國東北的一種珍貴蛙種。

2 鷹斑鷸（林鷸）的東北話俗稱，分布於中國華北、香港等地。

3 榆樹的種子。

不久，連狗吠都聽不到了。人們想葷腥想得發瘋，慢慢地，狗和貓甚至老鼠都被人吃光了。我的爺爺實在饞肉，花一元錢買了一斤米身子豬後丘，煮著吃了，說是高溫消毒。他感嘆著說：「咳，聽說主席都不吃紅燒肉了！」

……

三年後，大饑荒終於過去，孩子們又湧出家門，在院子裡嬉戲奔跑。饑餓被忘在九霄雲外，留在記憶中更多的是夕陽和月亮。

夕陽在院子裡，照在籬笆上，在參差不齊的木條木棍上塗抹了厚厚的一層金光，不一會兒，就在孩子們的喧鬧聲中褪去。天空的另一邊，月亮不知什麼時候爬了上來，明亮而柔和。低矮的房屋上豎著一個個煙筒，飄出一縷縷淡紫色的炊煙，暮色中傳來了媽媽呼喚孩子吃晚飯的聲音。

三年大饑荒過後的第一個八月節到了。八月節就是中秋節，在陰曆八月十五，這一天，我們終於吃到了月餅。媽媽買了月餅，爸爸的朋友楊大夫也送了月餅。媽媽買的是椒鹽月餅，楊大夫送的是五仁月餅。除了月餅，楊大夫還送來一紙袋「古巴糖」。古巴糖顧名思義，是古巴產的糖，也要憑票供應。廣播裡說，我們吃古巴糖，就是支援社會主義陣營，抵抗帝國主義制裁。這時，廣播裡常播放古巴音樂：

「要古巴，要古巴，不要美國佬！」

儘管古巴糖黑乎乎的，遠不如小鋪的糖球子好吃，媽媽還是把那個紙袋藏在碗櫥裡。後來爺爺帶我打柴時，就帶上幾塊古巴糖。回來的路上又累又餓，爺爺分給我一塊，放到嘴裡含著，力氣就慢慢回來了。

楊大夫外號叫「楊花臉子」，高個兒，約莫五十歲不到，臉上有幾顆銅錢大小的白斑。他是城裡最權威的醫生，河北人，解放前在一所美國人辦的醫科大畢業，當過國軍團級軍醫，又會英文。因為是特殊人才，楊大夫在解放後非但沒被按「戰犯」處決，還被收編到醫院做了大夫，月工資一百八十元，是個天文數字。他的老婆比他小十五歲，人稱「趙大姑娘」。楊大夫無兒無女，吃的用的都是最好的。他常常身披一件「將校呢」大衣，頭髮梳得溜光，皮鞋擦得鋥亮，踏在地上咯噔咯噔響，一看就是從電影裡走出來的國民黨。

媽媽算了算，把每塊月餅切成兩半，這樣，每人分到半塊椒鹽半塊五仁。我把月餅仔細地對上花紋，合在一起，看上去就像是一塊。姐姐魏冬帶著我和弟弟到院子裡賞月，每人捧著各自的月餅。

晚飯後的夜色像墨一樣濃，遠處彷彿響起了青蛙的叫聲。

我們仔細聆聽，一邊慢慢品嘗著月餅。果然，久違的青蛙叫聲從東鹼泡子方向傳來，此起彼伏，連綿不斷。

「青蛙又回來了！」魏冬有些激動，聲音像唱歌一樣。

晚風徐徐地吹在臉上，給人的舒暢溢於言表。月亮已經高掛在夜空，變得又大又圓又亮。星星眨著眼睛，像是在回應「小喇叭」的開篇詩——〈小喇叭的話〉：

我要告訴你
月亮為什麼圓又缺
星星的眼睛為什麼直眨巴
……

三年後，文化大革命開始，〈小喇叭〉停播。過了一陣，〈小喇叭〉變成了〈紅小兵〉，〈小喇叭的話〉變成了〈紅小兵之歌〉。待十年後重回到〈小喇叭〉時，我和我的同齡人已經遠離了童年和憧憬。我們已經因失學而參加了工作，不得不投身到這個嚴酷、現實、沒有月亮和星星的世界之中。

長大後，我常常做著同一個夢，這夢真切得像是現實：我夢見自己蜷縮成一團，凍得瑟瑟發抖，像一塊冰，也像一團雪。我的周圍也布滿了這樣的冰塊和雪團，都同樣地旋轉著，無聲無息地飄向遠方，飄進漫天的「火燒雲」，直到夜幕落下，天空上掛起一輪月亮。

童年就像那團冰雪，旋著轉著飄著，一下子不見了蹤影。我在後來的人生軌跡中驚奇地發現：童年，對於一個人的影響原來如此之大，正如一個心理學家所說：幸運的人一生都被童年治癒，不幸的人一生都在治癒童年。

……

我沒有長成高個子，除了基因的緣故，更是因為缺乏營養。我出生時就開始了糧食統購統銷，算是我收到的第一份人生禮物。所有的食品都憑本定量供應，糧食多是粗糧，平時吃高粱米飯和苞米麵大餅子[1]。細糧要攢著，到年節或來客人時才捨得吃。後來糧食愈發緊張，大餅子裡要加進甜菜絲和穀糠。肉每人每月供應半斤，蛋一斤，油二兩。油水不夠，就煉豬油，而且煉豬油的「板兒油」也是憑本供應。副食只有白菜蘿蔔土豆，炒菜改成了燉菜。媽媽把筷子插進油瓶，蘸一下，涮在鍋裡，就算是有了油水。

---

1 東北人的特色食品，農家冬天必備的主食，由玉米粉製成。

不過，比起許多人家，我家還算是好的，儘管是粗茶淡飯，清湯寡水，總還沒有斷頓，即使在最困難的大躍進「自然災害」時期，一日三餐改成一日兩餐，還不至於吃榆樹錢苞米麵和灰菜葉而活著挺了過來，這都得益於我的爸爸媽媽和爺爺奶奶，特別得益於媽媽勤儉持家的美德。她曾多次跟著幾個鄰家婦人去鄉下換糧食，把自己的一對耳鉗子，奶奶的一只金鎦子[1]都換了苞米粒子。只是因為這三餐不繼的曠世大饑荒，我沒有長到該有的身量，我把它獻給了這個偉大的時代。

1 即金戒指，一種方言稱呼。

02大圓桌上的「阿拉伯」"Arabic" on the Round Table

公元一九六〇年

公元二〇一六年的一個下午，我在預定的酒店放下行李，打算在附近找個餐館，吃頓像樣的晚飯。出門沒走幾步，就在對面的廣場遇見了劉秀雲——我半個多世紀前的同學。那時她正在廣場中央的城標下跳「廣場舞」。

「城標」是一座幾何形體拼湊起來的醜陋雕塑：一個巨大的紅色「箭頭」直指藍天，箭頭上連著幾個金色球體和銀色三角鐵塊，在夕陽下閃耀。夕陽的餘輝下，十幾二十個身穿黃衫黃褲的「大媽」手持紅綢，扭動身軀，伴隨著錄音機裡的音樂，一板一眼地跳著〈小蘋果〉：

你是我的小呀小蘋果
怎麼愛你都不嫌多
……

她們中誰的手機響起來，接電話的大媽引起了我的注意：她的螢光紅運動鞋像兩團火焰般地晃動著，很惹眼。大媽無意識地看見我，目光停住。隔了片刻，她突地驚叫起來：「你是……魏——冰?!」

我愣了一下，想不到剛剛放下行李，就被一個跳舞的「大媽」認出。

「我是劉秀雲呀！」「大媽」有些激動。

「劉秀雲？」我依稀記得。在我認識的人中，只有一個叫劉秀雲的，可是，眼前的這位……儘管頭髮染過，她就是我兒時的同學劉秀雲嗎？

上學的第一天，年輕的辮老師向我走來，問我幾歲。見我答不出，旁邊的劉秀雲就替我說：「他六歲。」

驚訝也出現在劉秀雲的臉上。她的表情也像在說：眼前的這位……儘管頭髮染過，他就是當年的魏冰嗎？

劉秀雲現住Q市，一個多小時的車程。她在老家的房子還保留著，也常常回來。我們故去的親人都長眠在故鄉的墓園，這成了我們回鄉的理由。

「妳家的老房子……還在？」我想起了她在大十街的老家，那個大雜院的畫面忽地回到眼前。

「哎呀媽呀，這都多少年了，那個老家早就沒了！不過，那一帶倒是變化不大。」又向前指了指，「我家早就住進樓房了！」

光陰如梭，算下來，我們已經有半個多世紀沒見面了。劉秀雲能認出我來，是因為無意中在網上發現了我的「部落格」，看到了我的文章和照片。

「那天我打開電腦，突然喊了起來：天吶，這不是魏冰嗎？再仔細看照片，隱約還能看到一點當年的影子！」劉秀雲說，「你的那篇散文，證實了那就是你！」

「那就該感謝部落格了，要嘛，就是見了面也不會認識！」我說。我的那篇散文叫〈老街〉，曾發表在《中央日報》副刊上，寫的是小時候的「正陽街」。

「咱們這批人夠慘了，中學啥也沒學到，大好青春就那麼虛度了。」劉秀雲說。

她說了自己的情況。中學畢業後，她被分到郵局工作，做些雜事，是個機關職員。八十年代中，省裡特招脫產幹部，兩年制的函授，專修黨政幹部基礎理論，陰差陽錯地推薦了她。上頭說要培養他們，要他們在校時積極要求進步，說畢業後你們十個人中，三個能提到正處級，最差也能提到科局級。沒承想，兩年下來啥級也沒提上，勉強給了個大專文憑，工資還掛不上鉤。有人一氣之下撕了文憑，說這不是忽悠人嗎？與其學那些沒用的理論，還不如學學搓麻將。她丈夫本在運輸社開大客車，跑鄉下，一天大雨路滑，在一段失修的路上翻了車，摔成個半身癱瘓，從此坐起了輪椅。她東奔西跑，打了幾年官司，終於索到一筆工傷費。她跟著周圍的人學炒股，虧了幾回後急流勇退，用剩下的錢，加上點積蓄，在Q市買了套房，也開起了車，晉升為有產階級。她兒子開了家裝修公司，做得不錯，三十大多快四十了，和女友同居，不結婚，也不要孩子，是個丁克族。她在八年前退休，如今早打太極拳，晚跳廣場舞，還參加了合唱隊，淨唱些〈洪湖水，浪打浪〉和〈一條大河波浪寬〉。

半個世紀的經歷，被劉秀雲一口氣說完，好像在說別人的故事。

見到了劉秀雲，如同接上了記憶之鏈，通過她，我一下子找到了幾個同學。

「聽說，咱們的同學馬大文去年也回來過，可惜我那時在外地旅遊，錯過了。」劉秀雲說。

「馬大文？」我驚訝地說。馬大文，一個久違的名字，我小學、中學的同學和玩伴。

「是那個畫畫的馬大文吧？」我問，記憶中浮現出一個圓臉的男孩，他那時坐在大圓桌的對面，老師在前面講課，他在下面畫小人。

「就是那個馬大文！一次他說給我畫張像，結果畫了個白骨精，說：這就是妳！我氣壞了，舉手要向老師告狀，他急了，突然張嘴咬住了我的衣服。」

「哈哈！張嘴咬衣服，是無計可施了。他小時候不怎麼說話，但是主意挺多。」我說。想了想，又說，「算下來，我們已經有四十年沒見面了。」

「聽說他走得可遠了！」劉秀雲擦了擦臉上的汗珠，「他先去了北京，又去了美國，後來又去了香港和新加坡。聽說他上次回來，是為了尋根，回憶歷史。」

「回憶歷史？是，人到了這個年齡，開始回憶起歷史了。」我說，「我也是回來回憶歷史的，還特別想會會多年不見的同學！」

自從四十多年前搬走後，我刻意把這裡的一切忘掉，包括所有的人和事。如今重履故土，我彷彿穿越了漫長的時空。

碰巧我和劉秀雲明天都要去掃墓，便相約在酒店門口相見，劉秀雲會開車接我。

當晚，我接到了兒時同學盧國林的電話。

「嘿嘿，魏冰！這麼多年，你躲到哪兒去了？我四處找你！為啥不和我們聯絡？你……是玩失聯吧？」盧國林劈頭蓋臉一頓數落，沒等我解釋，又說，「得了，你不用在電話裡解釋，我現在外地，兩天後就回去，咱們見面再說吧。到時候我找你！」

「還記得咱們的辮老師嗎？聽說她也葬在那塊墓園。」劉秀雲說，一邊轉動著方向盤，「只是我一直沒機會去尋找。」

「辮老師？當然記得！」我腦海中立刻浮現出辮老師的身影。

「墓園就是原來的亂屍崗子，火葬場就是原來的煉人爐，現在修得可好呢！」劉秀雲說。

那天的天空飄著細雨，果然，我看到蒼松翠柏中，「亂屍崗子」和「煉人爐」都已經修葺一新。一排排黑色的、灰色的墓碑排列整齊，在雨絲中，顯得模糊而安靜。

劉秀雲的爺爺奶奶爸爸媽媽都已經過世，而在我的記憶中，他們仍是當年的模樣……

姐姐墓碑上的名字改回了「魏冬」。她的照片是從她天安門前的留影上翻拍的，有些模糊。我和家人特意請人在墓碑上刻了一片松葉，是她在廣場上撿到的那片。生在嚴冬的魏冬，曇花一現地變成了「衛東」，卻過早地凋謝在那個炎熱的初秋。

媽媽在文革結束後的八十年代初，就和無數個虛構的「反革命」假想敵一道，被平反昭雪了，但她為那場虛構的「階級鬥爭」所付出的生命，卻一去不再復回。

四十六年前，爸爸被迫寫了揭發媽媽的檢舉信，從此飽受良心的責難，終於不堪精神的重負，在文革結束後不久，也過早地離開了我們。

……

費了好大的氣力，我們終於在管理員的幫助下，找到了辮老師的墓碑。

「辮老師」墓碑上的名字是「卞貝拉」，用的是正確的「卞」，而不是我們記憶中辮子的「辮」。「貝拉」是個蘇聯名字。她生於一九四二年，卒於一九六六年，享年僅僅二十四歲。對於半個世紀後的我們，二十四歲的生命，仍像「早晨八、九點鐘的太陽，正在興旺時期」。辮老師的人生，被永遠定格在「早晨」。她的墓碑上鑲嵌著她的照片，顯然是從一張合影上放大的，這大概是她唯一的照片了。照片十分模糊，但辮老師的笑容仍然能喚起我遙遠的記憶。

我的一生中，已經經歷過N次親人的早逝。他們的死大多和文化大革命相連，他們和全國無以計數的人一樣，為愚昧和荒誕付出了寶貴的生命。

辮老師的墓碑前已經有人放了一束鮮花，是黃色的和白色的菊花。

旁邊的人說這座墓碑前剛剛有人來過，是一位年輕女子陪同一位大媽，看樣子是死者的親人吧。

「難道是辮老師的女兒？」我想了一下，如果辮老師的女兒在世，應該已經到了「大媽」的年齡，而那個年輕女子，難道是辮老師女兒的女兒？

劉秀雲說，辮老師的女兒並沒有死。那天清早，一對中年夫婦被聲嘶力竭的啼哭聲吵醒，他們在馬路旁一個火油桶的蓋子上，發現了一個籃子，籃子裡躺著一個女嬰，夾著一張寫了出生日的字條。「滿洲國」時，正陽街家家店鋪的門前都擺著這樣的火油桶，裡面裝滿了水。每天清晨，店鋪的伙計們就用銅製的臉盆舀水，均勻地潑灑在馬路上，叫「壓塵」。

看著這個嗷嗷待哺的小生命，這對夫婦知道這是個棄嬰。見到行人都躲閃著走過，他們動了惻隱之心，決定抱她回家，撫養她長大。艱難的時代，他們同樣生活拮据，日子過得緊巴巴，卻對這個撿來的生命百般疼愛，視若己出。他們傾其所有，花高價買來奶粉和牛奶、羊奶，加上米粥、麵糊，一羹一匙地餵養，孩子的臉上漸漸有了血色，紅潤起來。這對夫婦男的姓陳，是個中學老師，自己沒有兒女，為了紀念這個籃子裡的孩子，給她起了個好聽的名字叫「陳籃」——「清晨的籃子」。火油桶躲過了大躍進大煉鋼鐵，奇蹟般地留在正陽街上，它托起了一個籃子裡的生命。

這個「晨籃」會有些像辮老師嗎？她又有過怎樣的人生？她連親生媽媽的一面都沒見過吧。

我從獻給爺爺奶奶爸爸媽媽姐姐的鮮花中各抽出一枝白色的玉簪花，放在辮老師的墓前。我清楚地記得，辮老師第一次給我們上課時，衣領上就插著這樣的一枝玉簪花。

爺爺、奶奶、爸爸、媽媽、姐姐、辮老師……他們的墓碑都普通而樸素，一如他們平凡的人生。

雨停了。太陽斜射在墓園上空，不覺間出現了一條彩虹。雨後的空氣清新得沁人肺腑……忽然間，我彷彿找到了小時候的感覺——那天，我人生的第一節課，就是在一個這樣的早晨開始。

那時，天窗的玻璃上還留著水珠，朦朧的天空上，我看到了一條彩虹。

天窗下是我兒時的教室。

……

教室在一條黑洞洞的走廊盡頭，四周都是牆壁，沒有窗，卻很明亮，那是因為在屋頂開著一扇很大的天窗。透過留著雨珠的玻璃，隱約看得到淡藍色的天空和一條彩虹。陽光射進來，照亮了漂浮著的塵粒，閃著金光，像一隻隻微小的精靈在頭頂上舞動，自由自在，無拘無束……

不知為什麼，我很小就上了一年級。那年秋天我背著書包走進教室時，還沒過六歲生日。不過，也許我剛剛過了六歲生日也說不定。我家孩子們的生日待遇本是兩個煮雞蛋。我出生的時候，家裡的母雞一個月能下二十幾個蛋。這時正值大饑荒，母雞很少下蛋，沒有雞蛋的生日，就等於生日時沒有蛋糕。

我被爸爸媽媽送到學校。他們走了，我懵懵懂懂地看著周圍，不知道上學意味著什麼。

過了一會兒，我加入到那些孩子們之中，他們大多比我大一歲到三歲，有的背了書包，有的什麼都沒帶。後來我知道，他們晚上學是因為繳不起學費。一學期的學費三元五角，書本費另計。如果每家有兩個孩子，那就是七元，是一筆很大的開銷。繳納學費的期限是一個星期內，學費包在髒兮兮的報紙裡，是一堆皺巴巴的毛票和輕飄飄的鋼鏰。

這時學校的孩子大多背著花書包，就是一層平紋布做的「挎袋」。我背著姐姐用過的花布挎袋，遭受到幾個孩子的嘲笑。這種書包，女孩背還好，男孩卻是不得已。姐姐在第一完小上三年級，她學習好，全年級考第一，還得了獎品，但自己要花一半的錢。那是一個白帆布書包，上面印著紅色的星星火炬，引起了全班同學的羨慕。鄰里們都說魏冬將來一定能考上大學，進北京見毛主席——那是那個時代的最高榮譽。

後來弟弟也繼承過那花布挎袋和同樣的嘲笑。輪到妹妹時，挎袋舊了，嘲笑也停止了……

挎袋裡除了一個本子和一枝鉛筆外，什麼都沒有。本子一分錢一本，紙張很粗很硬很厚，是黑乎乎的「再生紙」，寫字的時候要使勁，才能看出筆劃來。

這個小學其實根本就沒有校名，也沒有校舍。教室就是一間屋子，是帽社和皮革廠共用的「共產主義大食堂」，開出的「大鍋飯」是按需分配，不限量。幾個大圓桌開飯時是飯桌，上課時是課桌，聞起來是抹布。

上課的鐘聲響了。「鐘」就是一個東洋馬的鐵馬掌，掛在門口的樹丫上。工友嚴大鬍子用小鐵錘敲打那鐵馬掌，發出「叮——叮——叮」的聲音，像是他自己在說：「上——課——啦！」

沒多久，糧食吃光了，大食堂再也開不出大鍋飯，就解散了，用那時的話說：黃了[1]。大圓飯桌變成了大圓課桌，抹布的味道漸漸消失，教室裡剩下的是毛皮子的腐臭和咿咿呀呀的讀書聲。

前面的毛主席像下，站了個年輕的女老師。她梳著兩條大長辮子，一手摸著辮梢上的頭繩，說：「同學們好，我是卞老師！你們一起說：卞老師好！」

我們看著她的辮子，齊聲說：「辮老師好！」這時的我們，連個「一」字都不認識，更不用說「卞」或「辮」了。

我們圍著幾個大圓桌，有的面對辮老師，有的側對辮老師，有的背對辮老師，不時地扭過頭去，看著她在黑板上寫出幾個數字，拍去手上的粉筆末，向後甩過辮子，說：

1 指事情失敗、不能實現、倒閉或解散了。

「同學們，我們現在開始學阿拉伯數字。」

我坐在大圓桌的側面，要把頭向左偏才能看見辮老師。

辮老師穿了一件很好看的衣服，雙排扣，衣領上插著一朵白色的玉簪花。

我看到她眉毛間靠右點的地方有一顆黑痣，這使她的眉毛看起來像一隻「蛤蟆骨朵」，就是後來知道的「蝌蚪」。蝌蚪在她清澈的眼睛上游蕩，令人生出想去摸一下的願望。而她的臉，就像十月裡的天空般純淨而明朗。她的皮膚富有潤澤和彈性，像瓷做的卻又像剛出籠的白麵饅頭，光潔、柔軟而芳香。我還看到她皮膚上細小的汗毛，在陽光的照射下，閃著金子般的光亮。她的聲音悅耳又富有磁性，像絲絲細雨，像陣陣清風，令我入迷……不過，這些都是我後來學到的詞彙，那時，我只知道「辮老師很好看，她的聲音很好聽，像小喇叭裡的小叮噹。」

辮老師語文算數唱歌遊戲什麼都教。

可是，「阿拉伯」是什麼「伯」？辮老師沒告訴我們。我只知道在我家東院，有一個右派，叫「彭大伯」。彭大伯說話和氣，孩子們都喜歡他。一天放學回家的路上我遇到他，他對我笑笑，給了我一個空煙盒，是「金猴牌」，上面的圖畫是我喜歡的孫悟空。我上二年級時，把「金猴牌」煙盒送給了弟弟，表示「我長大了」。

彭大伯常常坐在院子裡，拿著個大蒲扇唱京戲，唱的是〈徐策跑城〉。我聽不大懂，只聽懂了「三步當作兩步走，兩步當作一步行」。

「大家看，這就是阿拉伯數字！」辮老師指著黑板上的粉筆字，伸出一個手指說「1」，又伸出兩個手指說「2」。

原來「阿拉伯」不是「伯」，而是數字。辮老師教我們從「1」寫到「10」，我們就照著寫。

「1」容易，它是一根筷子，豎著畫條直線就行。不過，我是橫著畫的。橫著是條扁擔，扁擔立起來，就是筷子了。

「2」是一隻鴨子，開始的拐彎兒沒有問題，但到了下面的一橫，每次都畫不直，都要斜下去。

辮老師說：「你這2的一橫都斜到東鹼泡子ㄙ了。」

東鹼泡子是馬路東的一片大湖，周圍長滿了蘆葦、野草、蒲棒和馬蘭。

我發現我那「2」的一橫果然斜到了東鹼泡子的方向。

辮老師問：「你幾歲？」

我說：「不知道。」

幾個孩子嘲笑著：「連幾歲都不知道！」

旁邊的劉秀雲說：「他六歲。」

劉秀雲個子不高，是個挺神氣的女孩。

辮老師又問：「你是六歲嗎？」

「是。」我說，又指著另一個男孩，說：「他也六歲。」

那是一個不怎麼說話的男孩，叫馬大文。我知道他六歲，卻不知道我也六歲，這有些奇怪。

辮老師說：「六歲上學有點太早，怪不得你寫不好2。」

一個矮個的男孩說：「我都七歲了！我不會寫，我會數數兒：1234567……呵呵。」

那男孩叫張鐵錘。幾個大些的男孩嘲笑他：「拍花子的把你賣了，你就幫他數錢吧！」

「拍花子的」是壞人，每家家長都囑咐小孩不要靠近不認識的人，但不認識的人多了，怎能分得清誰是拍花子的壞人？

我特意看了馬大文的「2」，哈哈大笑起來。他寫的不是「2」，他畫了一隻鴨子。不過我很快就聰明起來。我先把「2」的彎勾寫了，再用橡皮當格尺，硬是把那一橫畫平了，不但畫平了，還有點向上翹。

「現在又斜到西下窪子了！」幾個孩子說。

西下窪子是鐵道西的一大片窪地，長滿了大豆、苞米和高粱。窪地後面是一片山丘，叫乾德門山。

「用格尺畫不算數！」馬大文說。

「那不是格尺，是橡皮呀！」我說，「你畫的鴨子也不算數！」

「寫2太容易了。」馬大文說著，在鴨子旁寫了個很大的「2」，不過，他的那一橫也斜到了東巤泡子的方向。

「哈哈哈哈！」我笑了，劉秀雲也笑了，周圍的幾個孩子也都笑了。

「哈哈，你們再看！」馬大文飛快地加了幾筆，把「2」變成了一隻天鵝。

「你們快來看！」我招呼周圍的孩子。他們紛紛拿來作業本，要馬大文給他們畫天鵝。

「3」有點難寫，大家寫得亂七八糟：有的少拐了一個彎，有的多拐了一個彎。

辮老師繞到我們身後，挨個看我們的「3」，說：「你們看，3就像是一隻耳朵：先拐一個彎，再拐一個彎，就好了！」

我們四處看了看，發現盧國林的耳朵最大，最像黑板上的「3」。

好像是明白了，大家就照著盧國林的耳朵畫起來。

辮老師看到馬大文的「3」時笑了，說：「倒是像隻耳朵，不過寫反了，是隻左耳朵！」忽然發現他用的是左手，就說：「怪不得，你是左撇子呀！」

又看到他的「2」畫成了一隻天鵝，就說：「長大要當個畫家吧！」

馬大文有些「抹不開」，不好意思了。他用胳膊擋住天鵝，又把鉛筆換到右手，但還是常常忘記，常常又用起左手。長大後，他偶爾會有點結巴，據說就是和「換手」有關。

其他幾個阿拉伯數字是怎麼學會的，現在已經記不得了，但我學到「6」時，就先畫了條豎線，又在下邊右側畫了個小得不能再小的圓圈，然後轉過身去，拿給劉秀雲看，說：「我考考妳：妳看這是什麼？」

劉秀雲說：「這是1啊。」

我說：「不是。」

劉秀雲搖搖頭：「那我就猜不出來了。」

我哈哈笑了，說：「妳看這個圈兒，是6啊，還不認識？剛學過的呀！」

她就說：「這個圈兒小得都看不出來了，像是你的眼睛。」

我的眼睛沒有那麼小，卻說：「這是美術字呀！」我注意過美術刻字社門前立著的牌匾，上面的「美術刻字」四個字我雖然不認識，但爸爸說那是美術字：「點」和「捺」都用圓圈代替，就好看多了。

半個多世紀後我回到故鄉，在一次同學聚會上，劉秀雲講了這個故事……

我又用同樣的方法，把所有的數字都寫成「美術字」，拿給劉秀雲和周圍的孩子們看。

劉秀雲說：「看起來都是1。」

周圍的孩子們也說：「看起來都是1。」

「美術字」寫得最好的是馬大文，他把2、3、5、6、8、9都寫成了「〇」。

盧國林說：「嘿嘿，你寫的都是〇。」

我們都有了經驗，一下子就看出來了，原來有的「〇」有缺口，旁邊還加出很小的筆劃，幾乎看不出來。

我說：「你畫的都是圈兒。」

馬大文說：「你們再仔細看看！」

盧國林在紙上畫了個三角，舉起來說：「你們猜猜這是啥？」

張鐵錘湊過來，說：「呵呵，像是一塊西瓜！」

盧國林說：「嘿嘿，西瓜還沒下來呢。再說了，西瓜應該有籽兒啊！」

劉秀雲湊過來，說：「哈哈，那就是一個糖三角！」

盧國林說：「也不是，是的話早就被我吃了！」

陳孝仁也湊過來，說：「像是一座山，是乾德門山！」

盧國林說：「乾德門山沒這麼高。你再仔細看看！這不是4嗎？」

我們仔細一看，那三角果然不是西瓜，不是糖三角，也不是乾德門山，而是「4」。

我們誰都沒去過乾德門山。乾德門山看起來近，其實離我們很遠。把「4」寫得像山，是我們的想像，連著寫了三個，是三座連著的乾德門山。可是，辮老師在前面講了些什麼，我們根本就沒聽見。留下的作業，還是問了別人，才知道是「寫十遍阿拉伯數字，再念十遍阿拉伯數字。」回家後我把這些都忘了。再說，我的再生紙作業本黑乎乎的，寫了「阿拉伯」也都是「1」。至於念，從1到10，背出來就是了。

我撕下一張再生紙，折成一只飛機，也是黑乎乎的。飛機「嗖」地一下，飛過廚房，飛進爺爺奶奶的屋子，落在櫃子上的一個本子上，不動了。

爺爺上班了，奶奶在院子裡一邊餵雞，一邊用「撥弄槌」打著麻繩。那本子是爺爺的相冊，很大、很厚、很精緻。相片都是在海參崴照的，每張都插在相角裡。大人們說那時我們這兒叫「滿洲國」，爺爺常去海參崴做買賣。我對「海參崴」的理解是「海神崴」，和「海神」、「崴腳」有關。爺爺走起路來腰板直，腳步快，像是「海神」，卻看不出一點兒「崴腳」的樣子。

那些相片是黑白的，泛著奇異的光，每一根草、每一片樹葉都看得清楚。相片中有大鼻子凹眼睛的人，有胖有瘦，是和斯大林一樣的蘇聯人，男人留著大鬍子，女人穿著花裙子，叫「布拉吉」[1]。相片中的爺爺西裝革履，和他現在這身勞動布大褂很不一樣。

我從相冊裡取下幾張「蘇聯人」，帶到學校給同學看。他們說那是「老毛子」，長得可怕，是野人。馬大文說我們來加工加工吧，就和我一起，用鉛筆把男人的臉塗黑，把女人的臉加上鬍子，看起來就更像是野人。

辮老師看見後批評我們：「中蘇友好，不能把蘇聯人塗黑，也不能叫他們老毛子。他們是蘇聯老大哥。」

有人說，辮老師穿的雙排扣衣服叫「列寧服」，是「蘇聯老大哥服」。

「女的老毛子也叫老大哥嗎？」我不明白。辮老師沒回答，她沒聽到。

辮老師又教我們語文課，先學拼音字母：啊、玻、雌、得……

第一個字母是「a」。

辮老師說：「你們可以想像在醫院裡做檢查，醫生給小朋友檢查嗓子，要你發『啊』的音，就是這

1 俄語Платье的音譯，連衣裙之意。

個a呀！」

不過，班裡多數孩子並沒去過醫院，因為去醫院貴，不管生了什麼病，在家裡拔拔火罐就行了。班上好幾個孩子的額頭上都永遠留著紫色的印子，是拔火罐的火印，三個一排，像是蓋了三個戳。我們說那三個戳一個是「月亮」，一個是「地球」，一個是「大圓飯桌」。

總還有幾個孩子去過醫院，檢查過嗓子，他們就大聲地說著「啊」。我去過爸爸的醫院，檢查過嗓子，我也跟著說，聲音拖得很長：「啊……」

我們還學了數字，但這次不是「阿拉伯數字」，而是一、二、三……一直到十，叫「漢字」。「一、二、三」容易，就是一劃、兩劃、三劃，一學就會了。「八」很像斯大林的八字鬍，也容易。「四、五、六」就有點分不清：「四」並不是四劃，而「五」卻是四劃，「六」也是四劃，不過，我還是學會了。

03 小鳥飛 The Stray Bird Flying Away 公元一九六〇年

有時，我們要從教室穿過小胡同，再橫過馬路，走進斜對面的大門洞，到皮革廠的院子裡上「遊戲課」。

過馬路要經過「洋溝」，就是兩旁的排水溝，上面的洋溝板子缺了不少，看得到裡面發綠的髒水。

辮老師要我們「特別小心」，還要男孩女孩站成兩隊並排走，男孩女孩手拉手，不要掉隊。

辮老師說：「我們來唱支歌兒吧！」

唱歌課上，我們學會了唱歌。

辮老師對班上的起歌員田小麗說：「我們來唱〈小鳥飛〉！」

田小麗就起頭：「小鳥飛，小鳥飛，一，二：」

我們咿咿呀呀地唱了起來：

小鳥飛，小鳥飛
你要飛到哪裡去
我要飛到北京去
有句話兒告訴你

媽媽給我個大蘋果

我要送給毛主席

……

我剛好趕上和田小麗拉手，這令我十分高興。

田小麗那時也許是七歲，也許是八歲，也許是和我同歲——六歲。

我喜歡田小麗，她圓圓的臉蛋，大大的眼睛，有點翹的鼻子，短髮上繫了個蝴蝶結，很好看。她唱歌時晃著頭，搖動著蝴蝶結，聲音甜美而動聽，像辮老師，像小叮噹，更像歌兒中的小鳥。

〈小鳥飛〉的歌詞我唱不全，但是，和田小麗手拉手一起走，她會唱，我彷彿也完全會唱了。

歌中的「大蘋果」令人嚮往。

田小麗說：「我沒吃過蘋果，只吃過沙果[1]。」

我說：「我也沒吃過蘋果，只吃過沙果。」

其實，沙果和蘋果很像，只不過小些而已。我也許吃過蘋果，但田小麗沒吃過，我就也沒吃過。想了想，又說：「等我家的樹上結了一個大蘋果，我就送給妳吧！」

說著，我用手比劃出一個蘋果，很大。不過，我後來並沒有過這樣的大蘋果。我家院子裡有過一棵蘋果樹，但連個小蘋果也沒結出來，幾年後樹也死了。這一年是「大躍進」的第二年，是大饑荒最嚴重的一年，飯桌上連一個淨麵的大餅子都難得。假如我家真有這樣一個大蘋果，也要切開分著吃。

1 沙果，是中國的特有植物，薔薇科蘋果屬，生吃近似蘋果。

「歌兒裡說的不是真的！我要是有個大蘋果，我就自己吃了！」排在後面的盧國林說。

可是，我還是想送給田小麗一個大蘋果。

排隊走路的時候，我只想和田小麗拉手，不想和別人拉手。田小麗的手洗得乾淨，別的孩子手上都沾了鼻涕或是泥土。

「田小麗，等我長大了，妳就和我結婚吧！」我不肯定是不是真這樣說過，也不知道結婚是什麼意思，或許我只是這樣想過而已。

遊戲課常常玩的是「丟手絹」。皮革廠院子裡的空地很光滑，大家圍成一圈，坐在地上，孩子們唱著：

丟、丟、丟手絹
輕輕地放在小朋友的後面
大家不要告訴他
快點快點抓住他
快點快點抓住他

全班同學只有田小麗帶了手絹，但她的手絹是繫在衣襟上的，繫得很結實。這時，辮老師就把她自己的手絹遞給輪到的小朋友。

辮老師的手絹有一股淡淡的清香，像是玉簪花的味道。

輪到我丟手絹的時候，我故意把手絹丟在田小麗的後面，辮老師說：「不要把手絹只丟在一個小朋友的後面，每個小朋友都要輪到。」但我還是只把手絹丟在田小麗的後面。

我坐在大圓桌前，不時地轉身尋找田小麗，偷偷用餘光看著她。她好像常常換座位，常常仰起頭看天窗，看天空中飛過的小鳥。她的臉照在陽光下，像柔軟的綢緞一樣閃閃發亮。

算術課開始學加減法，並不太難。1+2=3和3-2=1，掰著指頭就算出來了。

辮老師在黑板上寫了：1+X=2，算出X是幾？還有Y-1=1，算出Y是幾？這就變得很難了。

辮老師說：「1+X=2看起來是加法，其實是減法。你們掰著手指頭算，2減幾得1呀？就算出來了！」接著，辮老師又講了怎樣算出Y-1=1的Y。

我的腦子裡一團漿糊，怎麼也想不明白，但過了些時候，不知怎麼就突然明白了。

我看到馬大文一直在下面畫小人，猜想他的腦子裡也一定是一團漿糊。

語文課上，我們學了「大、小、多、少、上、下、來、去」，學了「白天、太陽、晚上、月亮、星星」，還學了「門口、地裡、山上、這邊、那邊、米、麵、豆子」……

我們跟著辮老師大聲地讀這些字，這些字變成了一幅幅圖畫，它們就在天窗外，在雲彩裡。

我聽不到自己的讀書聲，卻聽到了田小麗的讀書聲，她讀書的聲音像唱歌一樣好聽。

讀到「米、麵、豆子」時，就有點令人失望。飯桌上最好的「米」是苞米，最好吃的「豆子」是苞米碴子粥裡的蕓豆。說到大米，我連它的味道都忘記了。「麵」呢，課本上的是簡化字「面」，「面子」的面，去掉了「麥」，寫起來容易，飯桌上的麵就沒有了麥子做的白麵，甚至連淨麵的大餅子都沒有，而是摻了穀糠和甜菜絲的糰子。

爸爸看了我的課本，說好多字都簡化了，他不認識，而只能猜。我說：「每個字的下面都有拼音啊！」他說：「我小時候學的是注音！」他寫了「ㄅㄆㄇㄈㄉㄊㄋㄌ」，姐姐在旁邊聽了，使勁地搖頭，說：「ㄅ，ㄉ子的ㄉ少了一點，ㄆ，夕陽的夕又不太像，ㄋ，好像是3……別的，我就不認識了！」

看到「面」字，爸爸說那是「面子」的面，他學的「麵」是有「麥子」的。我不懂得什麼是面子，爸爸打了個比方，說：「過年時來了拜年的，拿出一盤炒黃豆招待，說，吃點黃豆吧。拜年的把黃豆扔進嘴，嘎嘣嘎嘣地嚼著，說，黃豆真好吃！那就是很有面子了！」

後來，我知道白麵原來是從麥子裡出來的。那天，一個孩子帶來了一個麥穗，是鄉下的親戚送給他的。他把帶殼的麥粒分給大家，在手上搓了，皮子吹掉，去殼的麥粒嘴裡嚼著，很香，彷彿是饅頭的味道。

媽媽也說她學的「麵」是從麥子裡出來的。媽媽生在一個叫「白廟子」的鄉下，那裡有過一座很大的寺廟，牆是白色的，瓦是金色的，和尚的袍子是紅色的。九一八事變那年，姥爺一家從白廟子搬到城裡時，已經不是中華民國，而是「滿洲國」了。媽媽說，那時不許吃大米，但有麵吃，是黃米麵，她剛滿九歲時，就開始學著蒸黏豆包了。

後來在我十歲那年，曾跟著媽媽和幾個姨去過白廟子。不過，「廟」早就沒了，我見到一座荒廢了的宅院，媽媽說那是她老家的「老房框子」。

那一帶有不少這樣的老房框子，顯得很荒涼。那些房框子都有名姓，姥爺家東南角就有個老房框子，很大，叫「張馬販房框子」。

「那是個張姓人家，以倒騰[1]牲畜為生。」車老闆子說，看來他知道些這一帶的歷史，「他家院子

[1] 販賣、出售。

裡，大騾子大馬大黃牛都有，是個牲畜交易市場。那年頭，馬匹是主要交通工具，老百姓種地討生活離不開牲口。這麼大的屯子咋就黃了，是人都搬走了？還是讓兵匪給滅了？至今也沒人知道。」

我還見到另一座荒廢了的宅院，高聳的圍牆，院牆四角的炮樓子還完整地立著，遠看像座城堡，陰森詭異。車老闆子說那是大地主張仁家的老房框子。

「張仁也是城區二區的副區長。」車老闆子說，「那時候鬧胡子[1]，大戶人家都得有洋炮和看家護院。我小時候，從他家院牆上挖出過子彈頭，張家肯定遭遇過胡子的搶劫。」

「那……我姥爺是大地主，是周扒皮那樣的大壞蛋嗎？」我問媽媽。那時，我剛剛看了動畫片《半夜雞叫》，裡面的地主周扒皮半夜學雞叫，趕著僱工去地裡幹活，是個大壞蛋，班上的男孩周相林也因此成了「周扒皮」。

「啥個周扒皮？啥個大壞蛋？全是瞎編的！」車老闆子替媽媽做了解答，「我爹就願意在你姥爺家扛活，叫吃勞金。那時吃得好，過年淨吃黏豆包，趕上農忙，還能吃上豬肉燉粉條子！你想想看，扛活的肚裡有食兒，才能賣力氣是不是這個理兒？」

車老闆子的話有點「給地主階級塗脂抹粉」，車上的人沒誰敢接他的話茬子。

又過了好多年後我才知道，媽媽出生在一個很有名望的大戶，全家三代數十口住在一座深宅大院裡。院中有正房七間，廂房十五間，還有牲口棚、下屋、場院和三掛膠皮大馬車，大院裡還有一口土井。到了冬天，井邊積滿了冰，黏豆包就凍在井邊的冰雪裡。為防匪患，院牆的四角還修了炮樓，每到深夜，扛著「洋炮」的看家護院便守在炮樓子上，巡視著墨一樣黑的四周。至於那座「白廟子」，實際

---

[1] 過去東北各省對土匪的稱呼。

上是一座喇嘛寺，方圓百里的香火不斷，逢年過節還在廟前搭臺唱戲。媽媽小時愛看戲，她的小名「秋蘭」就是那時一個戲子的藝名。媽媽讀過兩年冬學，這在鄉下已經是很奢侈了。那時的學費是一斗小米，是女人做月子時才吃得到的「細糧」。

土改時，姥爺家的財產被全部沒收，地照交給農會土改工作組，用媽媽的話說：「連一針一線都沒留下。」後來幾經輾轉，姥爺一家搬到城裡，擠在一個朋友家棲身，慢慢做起小買賣，解決了暫時的生計。不久後，媽媽老家的「廟」被拆，「白廟子」改叫了「好新」，意思是天亮了，解放了，天和地都又好又新了。

我想像著那宅院的殘牆斷垣和坍塌了的炮樓，試圖在腦中勾畫出它的原貌，但那只不過是土夯的牆，泥抹的頂，土鋪的地，哪兒有什麼三進三出的套院、雕梁畫棟的青堂瓦舍和「朱門酒肉臭，路有凍死骨」？偶爾從媽媽的描述中，我看到了一群不一樣的地主，他們是勤勞檢樸、樂善好施的鄉紳，是「擁有土地的主人」，和傳說中的黃世仁劉文彩南霸天周扒皮風馬牛不相及。

我還見過幾張「滿洲國」時手工上色的寫真，紀錄了「白廟子」往日的輝煌：遠處的火燒雲，火一般地燃燒在天邊，一群身穿長袍頭戴氈帽的喇嘛，像醇厚的紅酒一樣，站立在白牆紅柱金瓦前，他們黝黑的臉上流溢著平和而燦爛的笑容……

如今，美好的景象就在大街小巷，它們被繪成壁畫：共產主義大食堂的飯桌，圍坐著男女老幼，他們吃著饅頭米飯和八菜一湯，個個興高采烈，心花怒放。公社的肥豬壯如牛，大如象，手捧碩大麥穗的大人孩子，喜氣洋洋地漫步在鬱鬱蔥蔥的田野上。

爸爸給我念出壁畫上的詩：

公社食堂強，飯菜做得香。吃著心如意，生產志氣揚。

肥豬賽大象，就是鼻子短。全村殺一口，足夠吃半年。

「爸，誰的壁畫畫得最好？」我問爸爸。

「就是他——梁老師，他叫梁長揚！」爸爸指著正在畫壁畫的男人說。那男人皮膚發暗，一臉濃密的連毛鬍子。壁畫中兩個毛驢子正拉著一個巨大的蘿蔔，累得濺起了汗珠。

壁畫上的詩這樣說：

一個蘿蔔千金重，兩頭毛驢拉不動。

周圍觀看的人們熱烈地議論著：

「這倆毛驢子畫得多傳神，是照著東洋馬畫的！」

「這大蘿蔔大呀，像火車站的水塔，夠咱全城人吃一冬！」

「扯啊！」有一次爺爺看見那漫畫，嘴裡嘟囔了一句，接著，又說了些什麼，我聽不懂，奶奶說，那是滿語。

「畫兒上怎麼沒有蘋果？」我問爸爸。我想在壁畫中找到一個大蘋果，但找遍了城裡的壁畫，看到的水果只有西瓜。大概梁長揚壓根就沒見過蘋果，北方的水果只有沙果、西瓜、香瓜和凍秋梨。

辦老師仍用她好聽的聲音給我們上著課。

除了看辦老師，我的眼睛還不時地瞥向她身後的牆角，那兒有個菜窖，菜窖的入口不大，上面蓋著一塊四方形的木板。

「菜窖裡有什麼？」我問對面的馬大文，他不答話。

「菜窖裡住著魔鬼！」盧國林說。

「你見過魔鬼嗎？」我又問馬大文，他還是不答話。他畫過「魔鬼」，魔鬼的嘴巴和牙齒都很大，很嚇人。我知道魔鬼是一個人，但又不完全是一個人，而是一個具有人形的神祕東西，他的出現會帶給我危害。

「陳孝仁見過魔鬼，菜窖裡的魔鬼，和馬大文畫的不一樣！」盧國林說。

盧國林今年八歲，比我和馬大文大兩歲，比我個子高，比馬大文膽子大。

馬大文盯著自己畫的「魔鬼」，嘴角開始抽搐起來。

「馬大文你害怕了吧！」盧國林說。

馬大文仍然不答話，他被自己畫的魔鬼嚇哭了。

陳孝仁大我三歲，他個子高，膽子大，辦老師讓他當班長。他下過菜窖，說那是去探險。他本來有個哥哥，和他是一對雙，比他早出生十分鐘，　次跟幾個小孩玩躲貓貓，鑽進一個廢棄的防空洞，那時正好一輛牛車從上面經過，把防空洞壓塌，哥哥被砸死了。

「我哥他會抽煙，還會吐煙圈呢！」陳孝仁說。他說這話時，沒有一點悲傷，就好像在說遠古的事。

一天放學後，我們幾個男孩沒有馬上回家，圍在菜窖旁，看著陳孝仁下到菜窖去探險。他在流鼻血，鼻孔裡插了個棉花捲兒堵著，正好擋住鼻子下的一顆黑痣。他說話時，那棉花捲兒上下蠕動，像一條長了鬍子的「老頭魚」。東鹼泡子的「老頭魚」肚裡有蟲子，但我們都吃過。

菜窖門上的木板一打開，就有股陰冷的風撲面而來。一個木梯子架在下面，通向菜窖底，那是一個神祕的深淵。

「有妖風！」一個孩子說。

我們大氣都不敢喘一下，等著陳孝仁下去再上來。

「滋啦」一聲，一股刺鼻的硫磺味從菜窖裡傳來，黑暗中現出一絲光亮，是燃起的洋火，不一會兒，就熄滅了。

「魔鬼就坐在角落裡，吃著油炸果子，喝著糖水豆漿，還咯咯地笑呢。」陳孝仁終於登著梯子上來時，神祕地說。

油炸果子鋪在帽社的斜對面，每天早晨，油炸果子的味道就飄過馬路，飄進教室，是世上最迷人的味道。

「魔鬼……也吃油炸果子，喝糖水豆漿嗎？」我們都不信，但想到魔鬼，還是有點害怕，想到油炸果子，又都忍不住嚥了下口水。

然後，陳孝仁從衣兜裡掏出顆香煙，叼在嘴上，劃紅頭洋火點了。煙是從家裡偷的，便宜的「大綠樹」，一毛五一包。他先吸進一口濃煙，把嘴唇做成「O」型，用舌頭彈著下牙，舌尖輕輕外推，剛好抵滿嘴唇，接著，吐出一個又大又圓的煙圈，幽幽的藍色，令我們十分羨慕。

課間休息時，我們在幽暗的走廊裡玩，陳孝仁又吐起了煙圈兒。煙頭閃著紅色的光點，煙圈顯得詭祕而奇異，吸引了一群孩子的圍觀。

這時，黑暗中走來了校長崔老太。她立即把陳孝仁叫到辦公室訓斥了一頓，說：「你才九歲就抽煙了？你是班長，不給大家做個榜樣？你抽煙不說，還吐煙圈?!」

崔校長花白的頭髮梳到後脖頸。她的眉毛很淡，嘴唇發紫，眼皮上貼了一小塊紙，表示在治療眼跳。她讓陳孝仁把煙掏出來，沒收了。

陳孝仁從辦公室出來後，悄悄躲在窗外不走。他看見崔校長架起二郎腿，坐在一把轉椅上，旋轉了一圈，發現沒人注意，就從剛剛沒收的煙盒裡抽出一顆大綠樹，劃火點上，抖著腿，試著吐起了煙圈。她抖左腿時就向右吐，抖右腿時就向左吐，雖然認真，卻連個煙圈的影子也沒吐出來。六年後我看電影《列寧在一九一八》，看到女刺客卡普蘭，覺得似曾相識，就是崔校長抽煙時給我的印象。

陳孝仁看著，忍不住大聲喊叫起來：「崔校長妳那煙圈吐得不對！」

崔校長慌忙把煙掐滅，探出窗時，滿臉通紅。陳孝仁早已逃得無影無蹤……

「嘿嘿嘿嘿……」盧國林學著「菜窖裡的魔鬼」笑出聲來。

我聽不到辮老師和同學們的讀書聲，卻彷彿看到了魔鬼，青面獠牙，像馬大文的插畫。它發出的笑聲，帶著回音，從菜窖底層傳出，令人不寒而慄。

幾天後上完算數課，我和幾個男孩跟著陳孝仁，踏著梯子下到菜窖。雖然打開了手電筒壯膽，我們還是牙齒打顫，兩腿發抖。

說來也怪，就在這時，從老銀行傳來了火警警報。老銀行是「滿洲國」時的滿洲中央銀行，門口兩側各有一個青磚炮樓。三十年代初，它是「大日本帝國飛行隊本部」。它的院子裡，聳立著一座木頭搭建的警報塔樓，很高。每當發現火情，就有人搖起警報器，發出鬼哭狼嚎般的哀鳴，忽高忽低，忽強忽弱，令人毛骨悚然。

菜窖口看熱鬧的幾個女孩嚇得捂住了耳朵。

手電筒把菜窖裡的每一個角落都照得雪亮。

哪兒有什麼魔鬼？連個魔鬼的影子都沒有。我們雖然見到幾個耗子洞，卻沒見到耗子，耗子大概都被餓死了，大家有些失望。

陳孝仁說：「我上次說看見了魔鬼，其實是嚇唬你們呢。」

不過，他撿到了一個很小的「膠皮袋子」，半截埋在土裡：「你們看，這是什麼？」

「嘿嘿，是氣球！」盧國林說，一邊呲溜呲溜地吸著鼻涕。

「是魔鬼的氣球也說不定！」陳孝仁說。

「管他誰的，把它吹起來吧！」我們說。

我們爬了上來。

陳孝仁從水缸裡舀了水，把「氣球」沖洗乾淨，慢慢吹大了，口上擰了一圈，打了個結，拋到空中，氣球就浮動起來。

氣球的模樣古怪，顏色蒼白，遠不如國慶節放出來的氣球那樣鮮豔，但在陽光的照射下，它發出金子般的光亮，十分炫目。

男孩女孩們都搶著拍打那氣球，不讓它落地，讓它一直飄浮在空中。我們十分興奮，忘記了魔鬼的笑聲和外面警報的嗚咽，連辮老師進來也沒有發覺。

「咦，你們這是在幹啥？」辮老師問。

「辮老師，這是陳孝仁撿到的氣球，魔鬼的氣球！」圓桌對面的馬大文說。我忽然發現他有時挺愛說話。

「氣球？在哪兒撿到的？」辮老師問。

「在菜窖裡。是我撿到的！」陳孝仁說。

「菜窖？」辮老師的臉色變了，嚴厲地說，「把氣球給我！現在，我們上課。」

辮老師這樣嚴厲，以前還沒見過。我們覺得奇怪，為什麼辮老師這麼緊張？那氣球又是誰放在菜窖裡的呢？

夏天到了，男孩們都跑到東鹼泡子游水。大人不准我們去，說那兒淹死過人，危險。東鹼泡子的水裡有鹼泥，浸過水後，身上曬乾了，大人用指甲在胳膊上劃一下，若是劃出一條白色的道道，那就露餡了。不過，我們還是偷偷去。我們在帽裡子的邊上撕個小口，對著嘴吹氣，把帽子吹得溜溜圓，放在水面上，就會像氣球一樣漂浮起來，叫「救生球」。

南門外的「龍坑」裡也能游水，那兒的水不深，淹不死人。但有點遠，感覺像在天涯海角似的。龍坑本是個大水坑，聽說光緒年間大旱，龍王爺派東海小白龍前來降雨，曾在那裡休息，從此得名「龍坑」。

我們光著屁股，游著游著，不時用雙手扒開蘆葦，伸手抓水中的青蛙。青蛙氣呼呼地鼓起眼睛，呲溜一下，從手裡竄了出去，箭一樣地游到蘆葦叢深處，不見了。

遠處什麼地方響起了悠揚的竹笛聲……

04 猴子撈月亮 The Monkeys and the Moon

公元一九六一年

學期末，我們學了一篇深奧的課文，叫〈三毛和阿廖沙〉：

我叫小三毛，
你叫阿廖沙。
相隔幾萬里，
沒有說過話；
今日喜相逢，
好像親哥倆。

課文難懂，生字也太多，我們糊里糊塗地模仿著讀，把「幾萬里」讀成「幾慢你」，把「喜相逢」讀成「喜象紅」。而且，大半的孩子剛剛退了牙，說起話來漏著風，發出的「噝噝」聲，像吵鬧的蟈蟈。

課本上的圖畫是彩色的。我看著那兩個小男孩，在互相給對方佩戴紅領巾，又像是在招架。左邊的阿廖沙穿軍服戴大蓋帽，若嘴巴上加了八字鬍就成了斯大林。右邊的小三毛就是《三毛流浪記》裡的三毛，穿一身灰布棉衣褲戴棉帽。如今解放了，三毛不再流浪，他是個「解放軍」。

「小三毛是中國孩子，阿廖沙是蘇聯孩子，中蘇友好，就像你們家裡的親兄弟親姐妹一樣。」辮老師說，「紅領巾是紅旗的一角，是用革命先烈的鮮血染成。」

辮老師的話我們聽不大懂，因為親兄弟親姐妹之間也常常掐架。而紅領巾，如果沾上了鮮血，像陳孝仁鼻子裡流出的鼻血，那不是很可怕嗎？

辮老師模仿著小三毛和阿廖沙的動作，給我們示範那圖畫中的意思，眉毛間的黑痣像蝌蚪一樣地跳動著。不過，我們還是不懂。

什麼叫「料想兩人心，半點也不差」？什麼叫「同騎千里駒，走邊全天下」？不懂。只有辮老師、崔校長和傅副主任才懂吧。

才讀了兩遍，我們就失去了耐性，溜了號[1]，有的和鄰座掐起架來，有的發著呆，茫然地望著天窗外模糊不清的雲。

聽不懂，我們就搖晃著腿，嚷嚷著：「七有此理，八有此外，九有洋火，十有煙袋。」這是孩子們中流傳的「詩」，叫「打油詩」。這時，打油詩遍地都是，出現在街頭的壁畫上，都是誇贊大躍進和三面紅旗的頌歌。

看著那圖畫，我覺得阿廖沙的軍裝大蓋帽，比小三毛的一身灰要神氣多了。

我站起來，瞥了一眼圓桌對面的馬大文，他正用鉛筆把小三毛和阿廖沙的鼻子塗黑，給小三毛的嘴裡加煙捲兒，給阿廖沙的嘴上加鬍子和煙斗呢。過了一會兒，「親哥倆」就吐著煙圈兒，黑著鼻子，掐起架來。

[1] 走了神。

教室裡響起了歌聲，一聽就知道是田小麗。她穿了一件淺紅色的衣服，坐在天窗下的大圓桌旁，臉紅撲撲的，像個大蘋果。她唱的是〈小鳥飛〉。

幾個男孩玩起了煽啪嘰。「啪嘰」是用洋煙盒疊出來的，「迎春牌」的兩毛八，「握手牌」的一毛五，「農豐牌」八分錢，剛好是三個等級。馬大文從課本上撕下一頁紙，摺成一條小船兒，放在大圓桌上，用力吹了口氣，小船兒「嗖」地一下滑到對面。

「喂！」門口傳來一聲吼，是中心校副教導主任傅主任來了。他一個箭步衝過去，伸手接住了小船兒，說，「你們這些孩子太不像話了，上課不聽講，還把課本給撕了！」

傅副主任大約三十歲左右，留了分頭，戴著眼鏡，人長得精神。傅副主任碰巧就姓傅，時常來教室視察課堂，視察辮老師的課堂。

我們飛快地回到自己的座位坐好。

「你們要看看毛主席像兩邊的標語，說的是個啥？」傅副主任說。

「不知道！」我們齊聲回答。

「那標語是毛主席的毛筆字兒：好好學習，天天向上。」傅副主任說。

畫像上，毛主席神祕地笑著。他的頭髮向後梳成了波浪式，和我家的那張一模一樣。毛主席的毛筆字兒龍飛鳳舞，很好看，但我們都不認識。

「同學們，跟著老師學。」傅副主任對我們說，「老師說什麼，你們就說什麼！」

他繞著教室踱步，帶著很濃的酒氣和煙味。這令我想起爸爸，他只喝酒，不抽煙，身上也帶著些酒氣。

「你們跟著我說：」辮老師用一根細竹竿指著那標語，一字一頓地說，「好、好、學、習，天、天、向、上。」

「你們跟著我說：好、好、學、習，天、天、向、上。」我們也原封不動地、一字一頓地重複了辮老師的話。

「好好學習」容易懂，「天天向上」是什麼我們就不知道了。

「好了。現在我們拿好書本來讀課文。」辮老師說。

「你們都把手背過去。」傅副主任說，一邊做了個背手的動作給我們看。背過手就拿不了書本，拿了書本就不能背手。我們不知道怎樣才好。

「讀完了課文再背手。」辮老師說。

我們這樣做了，可是沒過多久就忘了，又玩了起來，鬧了起來。

後來，這篇課文就被撕下來，回收了。辮老師說阿廖沙背叛了斯大林，小三毛和阿廖沙已經不再喜相逢不再是親哥倆了，我們卻不懂這是什麼意思。

馬大文畫了一張小三毛和阿廖沙掐架的畫，插在課文被撕掉的地方，說：「這叫插畫，就是插進去的畫。」

直到長大後，我才知道那時中蘇關係破裂，小三毛和阿廖沙掐架，蘇聯不再是老大哥，而變成了敵人，變回了「老毛子」。

我和田小麗又拉過一次手。那次我們也是從教室出發，穿過帽社旁邊的小胡同，再橫過馬路，走進斜對面的大門洞，到皮革廠的教室上遊戲課。但那次唱沒唱〈小鳥飛〉，我就不記得了。

後來，我和田小麗就沒再拉手，也沒再見面，因為她的家搬走了，她轉到了別的學校。再後來，我們是不是又過了馬路，我是不是和別的女孩拉過手，也完全不記得了。

慢慢地，我把蘋果的模樣忘記了，也把田小麗的模樣忘記了。甚至，在許多年以後，和我拉手唱歌的那個女孩是不是叫田小麗，我也不能肯定了。時間過得如此之快，我甚至還沒來得及去打聽她的下落，大半個世紀就過去了。我記憶中的田小麗，大概像歌兒中的那隻小鳥，銜著那個大蘋果飛走了，飛到北京毛主席那裡去了。

下學期的課本裡有一個練習，是「看圖說故事，造句子」，叫〈最後一隻麻雀〉。圖畫共有四張，大意是三個小孩在田裡發現了「最後一隻麻雀」，決定由兩人監視，一人回去報信，叫來八個民兵，舉起八隻獵槍，發出八顆子彈，同時把那隻麻雀射了下來。

麻雀就是「家雀兒」，是和蒼蠅、蚊子、老鼠並列的「四害」，是和「美國帝國主義、蘇聯修正主義」一樣壞的壞蛋。

後來的一篇課文倒是很容易懂：

秋天到，秋天到
田裡的莊稼長得好
高粱漲紅了臉
水稻笑彎了腰
……

但實際上秋天還沒到來，天還是很熱，地裡的莊稼好或不好，我們不知道。後來聽說，「最後一隻麻雀」被消滅後，天上飛來了成群結隊的蝗蟲，吃掉了所有的莊稼，掠走了人類的食糧，迎來了史無前例的「自然災害」——大饑荒。

這時，我家飯桌上只有摻了穀糠甜菜絲的大餅子和蘿蔔湯。我們兄弟姐妹四人，加上爸爸媽媽爺爺奶奶共八人，每頓飯都把食物吃得精光。那些壁畫上描繪的共產主義盛宴從沒光臨在我們的飯桌上。

比較起來，我更喜歡的課文是〈猴子撈月亮〉：一個有月光的夜晚，一隻小猴子在井邊玩，看見井裡有一個月亮，牠很著急，以為月亮掉進了井裡，便招來一群猴子想辦法。老猴子的尾巴捲著井邊大樹的樹枝，抓住另一個猴子的腳，一個接一個，直到最下面的小猴子摸到水面，盪起一圈圈波紋，月亮卻不見了，牠們覺得十分奇怪。

大家對最後一段很感興趣，辦老師說了聲「一、二」後，我們就整齊地、大聲地念起來：

老猴子一抬頭，看見月亮還在天上，他喘著氣，說：「不用撈了，不用撈了，月亮好好地掛在天上呢！」牠們看看天上，再看看井裡，明白了：原來這是月亮的倒影呀。

這篇課文配了圖，馬大文說那也是「插畫」。他在插畫上畫了很多餡餅，漂在井裡，說那是「猴子撈餡餅」。我想像著「天上的月亮」和「井裡的月亮」，看著面前的大圓桌，覺得這不僅像一個又大又圓的月亮，更像一個巨大的、映照在水面上的餡餅。可是，如果這真是一個餡餅就好了。

……

漫長的三年「自然災害」終於過去了。飯桌上的穀糠和野菜漸漸被真正的糧食取代，人們蠟黃的雙頰漸漸有了血色，幹部們的臉上也漸漸泛起了紅光。

這一年還吃到了久違的魚、元宵和餡餅。

魚是高麗「明太魚[1]」，有些腥臭，遠比不上東鹼泡子的鯽魚、白魚、黑魚、狗魚、老頭魚、泥鰍、嘎牙子[2]和大鯉子，但媽媽做的明太魚多加了些辣椒末和鹽，兩面煎得有些發焦，掰開後是蒜瓣肉，孩子們吃得滿頭大汗。

正月十五元宵節，媽媽要我借來鄰居家的石磨，要磨麵做元宵。石磨很重，我用了全身的氣力才把它搬回家。媽媽把石磨沖洗乾淨，握著那磨得發亮的柄手轉動，推出了雪白的糯米麵，叫元宵粉子，再用同樣的方法把炒好的核桃、花生和黑芝麻推成碎粒，加上白糖和豬油，搓成圓球，用元宵粉子包好，乾麵上一滾，就是一個個光滑的元宵了。鍋裡的水沸開著，元宵在水面上愉快地漂浮。飯勺子在水裡轉了幾圈，起鍋後把香甜軟糯的元宵盛在碗裡，每人分到五個。孩子們小口咬著，慢慢地咀嚼，儘量讓這難得的幸福停留得長久些。

到了臘月，爸爸還邀來了幾個鄰居打撲克。撲克牌不易買到，很多人家用紙板自製。爸爸的撲克牌用的是廢X光膠片。他們玩的時候不賭錢，賭的是洋火棍兒[3]，那場面令人一下子就愉快起來。

後來在文革時，爸爸的撲克牌也遭到了批判，因為那是聚眾賭博和資產階級的紙醉金迷。造反派說，賭洋火棍兒也是賭，無產階級是「不賭階級」。撲克牌先是作為「西方勢力」被禁，繼而改叫了「文娛片」。印有外國人頭的A、J、Q、K改成1、11、12、13，上面的圖畫改成了白毛女喜兒和八

1 黃線狹鱈，鱈屬的一種魚類。

2 黃顙魚。嘎牙子是黑龍江人的稱呼，主因是此魚群游時會發出「嘎嘎」聲。

3 早期對火柴的稱呼。

路軍大春，且在外盒上印了毛主席語錄和林副主席題詞……

有一天放學後還沒走進院子，我就嗅到了餡餅的味道，那幸福的記憶一下子就回來了。灶臺旁，年輕的媽媽紮著圍裙，捲著衣袖，手上沾了麵粉，正用鏟了翻動著鍋裡的餡餅，香氣四溢。奶奶拉著風匣，一邊往灶坑裡添柴，火光照亮了她瘦削的臉龐和銀白色的頭髮。奶奶是滿族，不裹腳，每天都幫著媽媽幹活兒。幾個碗口大的餡餅浸在油裡，滋滋地響著，隱約透出裡面的餡兒，是油渣兒、肉末、白菜和蔥花。十歲的姐姐幫著奶奶添柴，四歲的弟弟在屋子裡跑來跑去，他們不時地向灶臺張望，臉上閃爍著幸福的光芒。他們也和我一樣饞涎欲滴，恨不得立刻對著那餡餅狠命咬上一口。

那天，七歲的我吃了七個餡餅，四歲的弟弟吃了四個餡餅，十歲的姐姐吃了五個餡餅，都把肚子撐得圓鼓鼓的。

我和弟弟對姐姐說：「姐姐妳十歲，應該吃十個餡餅！」

姐姐說：「那爺爺五十五歲，就應該吃五十五……」

我們聽到了爺爺的聲音：「扯啊……」

過了一會兒，爺爺又說：「挨餓那年……」我猜想，爺爺要說的是：「挨餓那年，吃上個菜團子都是好的……」

家裡縱然有五十五個餡餅，爺爺也捨不得吃。他是個腳踏實地的過日子人，再富的日子也當成窮日子過。毛主席說：「忙時多吃，閒時少吃，忙時吃乾，閒時半乾半稀，雜以番薯、青菜、蘿蔔、瓜豆、芋頭之類……」後來每次聽到這裡，我都會想起爺爺。我想，那時哪兒有「番薯、青菜、蘿蔔、瓜豆、芋頭之類」？那時只能「雜以」榆樹錢、苞米瓤和灰菜葉，剩下的就是喝西北風了。

第二天上課時，我又把那大圓桌當成了餡餅。辮老師在毛主席像前講了些什麼，我常常左耳聽，右耳出，甚至連耳朵都沒進，就消散在空氣中。陽光透過天窗射在桌面上，我彷彿看到，課文中「天上的月亮」和「井裡的月亮」同時閃爍起來，照亮了這個巨大的餡餅和這間四面無窗的教室……

就這樣，我懵懵懂懂地讀完了小學二年級。

05 小船兒上的天窗 The Skylight above the Boat

公元一九六二年

這一年的夏天顯得特別漫長。

上三年級的時候，我們的教室搬到了道東。學校有了校園，是一排土房和一個操場，也有了校名，叫「企業職工小學」。學校的東邊是一片寬闊的湖水——東鹼泡子，每天早晨，太陽就從水面上的蘆葦叢中升起。

教室前面仍然掛著毛主席的畫像和毛主席的書法。毛主席仍然神祕地笑著，毛主席的書法仍然龍飛鳳舞。屋頂上沒了天窗，陽光從南窗斜射進來，照在書桌上，晃得人睜不開眼睛。窗上的玻璃都貼了「米」字紙條，是為了備戰防空。除了美國，這時首要的敵人是蘇聯老毛子，過去的蘇聯老大哥。北窗很小，只看到柳樹的枝葉在微風中搖晃。偶爾，有小孩湊近窗口，踮起腳扮個鬼臉，又折下一枝柳條，三下五下就做成一個柳笛，「嗚嗚」地吹起來。

黑板是洋灰抹出來的，有些凹凸不平。老師的講臺和學生的座位是土坯砌起來的，長著細小的茅草。沒有了大圓桌，課桌用肥皂箱代替，開口的地方正好能放進書包。現在，我們都能正面對著辮老師了。

上課的鐘聲響了。「鐘」不再是鐵馬掌，而是一塊工字鐵。嚴大鬍子敲出的鐘聲變成了「噹——噹——噹」，也是在說：「上——課——啦！」

辮老師看起來比一、二年級時還好看，聲音比一、二年級時還好聽。她教了我們一首新歌，叫〈長大要把農民當〉：

我有一個理想
一個美好的理想
等我長大了
要把農民當
要把農民當
種出大豆堆成山
種出稻穀裝滿倉
養的牛兒滿山崗
養的魚兒滿池塘
這個工作多榮光

歌詞中的景象和大躍進壁畫一樣，絢爛而美麗。我們似乎明白了「好好學習，天天向上」的含義：「好好學習」就是「好好讀書」，「天天向上」就是「要把農民當」。果然，五年後開始了知識青年上山下鄉，我們差點當了農民，只是農村和農村的生活，遠沒有歌兒中唱的那樣浪漫和美好……

為了防止男孩淘氣，辮老師把男孩女孩分在同一張課桌，叫「同桌」。男孩為了表示不願意和女孩同桌，就在箱子上畫出一條線，叫「三八線」。兩邊的孩子都說自己這邊是「中國」，是好人，另一邊是「美國」，是壞人，並且都繃著臉，互不相望。

和我同桌的符雅芬十歲，比我大一歲。不過，我們很快就把「三八線」和「不跟美國說話」這回事兒忘了。

「符雅芬，妳借我看看課本，我的忘在家裡了。」我對「美國」那邊的符雅芬說。

「不行，你是美國！美國上學不帶課本，是敵官把印丟了。」符雅芬說，卻還是把課本轉過來，讓「美國」的我看。符雅芬像個小大人，說話一套一套的。

「這個字兒念什麼？」我問，其實是故意氣她。

「八字兒你都不認識？一年級時就學過了，是三八線的八呀！」符雅芬說。

「我還以為這是二呢，因為是兩劃呀！」我說。

「那七和十也是兩劃，怎麼就不是二呢？」符雅芬說，「還有，六是四劃，怎麼不是四呢？」

我把頭扭了過去，她也把頭扭了過去。

開學後不久，班上來了個新同學，是個男孩，叫王貴生，是從黑河轉學過來的。他說中國和老毛子要打仗了，黑河是中蘇邊界，他是疏散過來的。他跟著他大哥，扛著一袋子白麵，拎著一鐵桶豆油，搭汽車，又坐火車，路上啃著饅頭和鹹菜，走了兩天兩夜，過來投奔他二大爺。說到饅頭、白麵和豆油時，我們都十分羨慕，都嚥了下口水。

我想起了那篇「中蘇友好」的課文，對王貴生說：「小三毛和阿廖沙要掐架了。」

「我得掐完架才能回去呢。」他說，臉上有些悲傷，「如果老毛子扔原子彈，我就回不去了。」

「原子彈是什麼彈？」九歲的我不明白。

「原子彈是美國鬼子扔到日本鬼子那邊的炸彈。一顆原子彈比十萬顆大炮彈手榴彈還厲害！」王貴生說，「原子彈的名字叫『胖子』和『小男孩』！」

看到王貴生長得人高馬大，眼睛有點凹，鼻子有點挺，頭髮有點捲，看起來就像顆原子彈。他住的地方產麥子，白麵饅頭吃得多，自然就像原子彈般粗壯。他姥姥是蘇聯老毛子，一頓能喝二斤伏特加，他是「三毛子」，只能喝二兩老白乾，我們叫他「謝爾蓋」。

謝爾蓋王貴生來了不久，就宣稱自己是魔法師，能空手變煙捲兒，叫「來也匆匆，去也匆匆」。有一天下課後在教室裡，謝爾蓋走到前面，張開雙手舉起來說：「你們看，我手上啥都沒有！」

他手上果然啥都沒有。

他眨一下眼睛，念了句咒語：「世上魔法萬萬千，給我來顆前門煙！」他舉手向空中一抓，忽地抓出一顆前門煙，打了個響指，說了句蘇聯話，「哈拉騷[1]！」

我們驚訝得睜大了眼睛。

他又得意地說：「咋樣？這是大前門兩撇鬍，三毛九一盒，兩分錢一顆。這就叫來也匆匆！」「兩撇鬍」是大前門牌香煙的商標，實際上是兩片煙葉，看起來像地主資本家的兩撇鬍。

「你們看，我還能把它變走，這就叫去也匆匆！」謝爾蓋又說。

我們的眼睛眨都不眨地盯著他的手。

他捏著兩撇鬍的手在空中一劃，又念了句咒語：「無是有來有是無，收走我的兩撇鬍！」突地把手伸開，果然，那兩撇鬍竟不翼而飛。他又打了個響指，說了句蘇聯話，「哈拉騷！」

他腳下的地面光光的，空中除了飛著一隻蒼蠅，兩撇鬍的影兒都沒有了。我萬分驚訝：這太像孫悟空變出的金箍棒了！文化俱樂部放映電影《孫悟空三打白骨精》，我跟著大人看了七遍。我睜大眼睛，

1 俄語：Хорошо，好、非常棒的意思。

仔細盯著銀幕上的孫悟空，他的金箍棒就是這樣變出來的。那時的觀眾變得十分安靜，嘈雜聲停止了，只剩下一片「喀啦喀啦」嗑瓜子的聲音，還有大鐵桶爐子上烤土豆的味道。

這時，符雅芬突然喊起來：「兩撇鬍在他手背上呢！」

我們繞到謝爾蓋的後面，搶著看他的手。原來他在手指上套了一個特別的「指環」，是用洋鐵片做的，一頭夾住手指，一頭夾住香煙，這個機關只有繞到後面才能發現。

大家爭著要試他的指環，他不肯給，大家就搶了起來。指環掉在地上，被我撿到，還沒戴在手上，就被文具輝搶過去。我們廝打了一會兒，指環還是被他搶走。我哭了起來。

文具輝把他的文具盒遞給我，說：「這有啥好哭的？這個文具盒借給你用兩天吧。」

文具輝的外號叫「文具盒」，是班上少數擁有文具盒的人之一。他的文具盒上印了「武松打虎」，盒蓋裡還印了九九乘法表，令人十分羨慕。他把指環戴在手指上，卻夾住一個鉛筆頭，換下兩撇鬍，夾在耳朵上，說：「我能空手變出鉛筆頭，你們信不信？」

「嘻嘻！不信。那是糊弄人的！」我說，破啼為笑了。我沒借用他的文具盒，也知道了他的把戲，不再把「魔法」當回事兒了。

謝爾蓋的鞋子破了，左腳露出一個腳指，右腳露出兩個腳指，是一雙破鞋。他把露出的腳指都用墨汁塗黑，遠看就是一雙好鞋。路上的沙子常常灌進他的鞋子裡，他時常把鞋跟踩扁，輕輕一跳，把鞋子掀翻，倒掉裡面的沙子，再把鞋口對著使勁一拍，「啪」的一聲，拍出一片灰塵。最後，他把鞋子扔到空中，說：「誰要是被鞋子砸到，誰就是大破鞋！」

我們急忙跑開，誰都不想被砸到，誰都不想當「大破鞋」。

我們知道「大破鞋」是指男的和女的「搞破鞋」、「幹那種事兒」，是醜陋的事兒，「砢磣的事兒」。至於是什麼「砢磣的事兒」，我們說不明白。

我們還常常使用「王八」這個字眼兒形容壞蛋。如果要罵誰，就偷偷在牆上寫「ＸＸＸ大王八」，以發洩和解氣。也有更惡毒些的，就是編造誰誰誰和誰誰誰搞破鞋，這時，就用滑石在牆上寫「ＸＸＸ和ＯＯＯ好」或者「ＸＸＸ＋ＯＯＯ」。

有時，兩個孩子在學校打架後，就悄悄在對手脖後的衣領上夾一張紙條，寫「ＸＸＸ和ＯＯＯ好」。前面的「ＸＸＸ」指那個男孩，後面的「ＯＯＯ」指一個女孩。大家看到後讀出聲來，再哈哈大笑。男孩的「ＸＸＸ」也跟著笑，女孩的「ＯＯＯ」就氣得哭起來。

這時，辮老師就會走過來說：「同學們，你們要學會互相幫助、互相愛護，因為你們是世界的未來，祖國的花朵。」

我們都不知道什麼是「世界的未來」和「祖國的花朵」。

不久，辮老師帶我們看了電影，叫《祖國的花朵》。電影是幾個學校的包場，學生票五分錢。「祖國的花朵」指的是少年兒童，也就是「幸福的我們」。電影中的孩子們都戴著紅領巾，男孩們穿著白色襯衫，藍色長褲，女孩們穿著好看的布拉吉，辮梢上繫著蝴蝶結，都無憂無慮，乾淨而健康。他們划著小船兒，歌聲在水面上蕩漾。

辮老師坐在我們旁邊，借著微弱的光，在本子上飛快地記下歌詞，回到學校，教我們唱熟了這首歌——〈讓我們蕩起雙槳〉。

「唱歌時要加進想像，才能唱出感情，就和讀課文一樣！」辮老師說，「同學們想一想，我們唱這首歌的時候，要想像著什麼呢？」

「想像著……我們正在划著小船兒！」

「我們正在蕩著雙槳！」

「我們正在吹著涼爽的風！」

大家紛紛地說。

「是的，這樣我們就不會想著去打架罵人了！」辮老師說。

我們中間沒有人去過北京，沒有人見過白塔，沒有人划過小船，更沒有人穿過那樣好看的衣裳。除了幾個幹部子弟，我們這些孩子夏天穿黑布褂，冬天穿黑棉襖，都褪了色，打了補丁。我們的鞋子都是家製的衲底布鞋，破破爛爛的。我們的童年沒有鞦韆、滑梯、壓油兒和雙槓。我們的童年只有東鹼泡子、西下窪子、大圓桌、菜窖和一個空蕩蕩的操場。此外，我們還有皺巴巴的紅領巾和微笑著的毛主席像。

「這裡沒有白塔，我們就想像著白雲，想像著火燒雲，想像著在白雲和火燒雲裡划船吧！」辮老師說，又轉向馬大文，「馬大文，請你給大家畫出這個畫面好嗎？」

馬大文拿起粉筆，在黑板上飛快地畫出一幅圖畫：白雲和火燒雲裡，一群孩子乘著一條小船，張開雙臂，蕩著雙槳，他們的頭髮和衣裳被微風吹起，天窗下，灑下一片耀眼的光。

「對，就是這樣！」辮老師張開雙臂，輕輕地搖晃著，和我們一起唱了起來：

讓我們蕩起雙槳
小船兒推開波浪
海面倒映著美麗的白塔

四周環繞著綠樹紅牆
小船兒輕輕飄蕩在水中
迎面吹來了涼爽的風
……

我們唱著，張開的雙臂，也輕輕地搖晃起來。

辦老師給我們分了課外學習小組，我和劉秀雲、符雅芬、馬大文分到一起，劉秀雲是組長。下課後，我們聚在她家的院子裡做作業。

劉秀雲的家在大十街，在剃頭棚、包子鋪和說書館的後院。她的家離水井很近，出門走兩百步就是畢家井沿。但那是收錢的洋井，一分錢一擔，因為水是那家人用足了氣力，壓著壓槓抽上來的。洋井的水沒有鹼味，很好喝。井沿的旁邊是洋鐵鋪，老遠就聽得到叮叮噹噹的敲打聲，做出的水桶水舀子爐筒子，在黑暗中閃著耀眼的光亮。

我們每次做作業前，都先在劉秀雲家的水缸裡舀了水喝。

天氣有些悶熱，蒼蠅在身邊飛來飛去。我們在她家的院子裡，趴在飯桌上，一邊做作業，一邊東張西望。

剃頭棚叫「美髮軒」，包子鋪叫「小樂天」，說書館沒有名。我們常常看見有人從後門出來倒髒水，院子裡飄散著頭泥、胰子水[1]、刷碗水、爛菜葉、茶葉渣、包子和豬食的味道。

劉秀雲家養了一頭豬，時常在髒水裡打膩，起來後使勁晃動著身子，把惡臭的泥水濺得到處都是。她娘時常帶著一堆孩子去南崗子捋豬菜，回來後在大鐵鍋裡煮，加進些泔水[2]和穀糠皮子，酸臭得令人打噴嚏。劉秀雲說，豬食聞起來越臭，豬肉吃起來就越香。

剃頭棚常出來倒髒水的是剃頭匠「董四爺」，他個子矮，梳著飛機頭，留著小鬍子。小樂天常出來倒髒水的是蒸包子的「徐老奤[3]」，他個子高，盤臉大，禿頭，沒有鬍子。說書館常出來倒髒水的是伙計趙小五，一個油腔滑調的小伙子。剃頭棚的後門在左，向右開，小樂天的後門在右，向左開。說書館的後門在中間，剃頭棚或小樂天的門一開，就把他們的門壓上一半。

董四爺看起來才二十多歲，看不出是個「爺」。

「董四爺其實不是爺，是拜把兄弟排下來的老四。他們總共八個人，叫八大爺。」劉秀雲說著，向剃頭棚的房頂指了指，「他們還把桌子抬到房頂，燒香磕頭喝酒，就在剃頭棚的房頂上。」

徐老奤看起來四十多歲，說話聲音很大，像打雷。

「徐老奤有兩個老婆！大老婆在關裡，跟一個木匠跑了。」劉秀雲說，「二老婆會唱蓮花落，頭髮梳得很奇怪！」

徐老奤的「二老婆」有時過來要包子。她的頭髮果然梳得很奇怪，像家雀兒尾巴。她站在廚房的窗戶旁，衝著熱氣中的黑影喊：「徐老奤！倆包子！」徐老奤把兩個包子放在窗臺上，她抓起來狼吞虎嚥

---

1 肥皂水。

2 泛指使用過的髒水，包含淘米、洗菜或洗鍋碗後的水。

3 奤（ㄆㄚˇ），方言字，貴州、關中等地區對臉大肉多的人的稱呼。

幾口就吃完，又喊：「徐老奤！倆包子！」熱氣中傳出一聲沒好氣的呵斥：「操你媽的真能吃！」說書館有時也過來要包子，那是伙計趙小五。他衝著熱氣中的黑影遞上一個茶盤，喊：「徐老奤，倆包子！」

趙小五的「倆包子」是給說書先生李老闆要的。李老闆是河北人，整日穿著長衫。他吃包子時就打發趙小五來要，自己不張口。

熱氣中的徐老奤把兩個包子放進茶盤，打雷般地說：「你讓你那老闆下晚說個葷的！」

「葷的」就是葷段子，徐老奤每天下晚都白聽說書館的鼓詞兒。

趙小五聞著包子說：「您這包子餡兒有多葷，咱那老闆的鼓詞兒就有多葷！」

董四爺也不需自己開口要包子。徐老奤隔三差五找董四爺剃頭刮臉，這時，他就遞上兩個包子，晃晃腦袋，努努嘴巴，說：「四兒，你給我拾掇拾掇[1]這腦殼子和嘴巴子！」

有時，院子裡會出現一個穿白府綢褂子的男人，鐵青著臉，背著手轉來轉去，東看看，西看看。劉秀雲說他是唐國福，外號叫「唐百菜」，小樂天飯店原本就是他家的。

「這人腦瓜靈，愛琢磨，光白菜就能做出一百種。」劉秀雲說，「公私合營後，他有點魔怔[2]了，說要給毛主席寫信，說道說道。」

這時，就會跟上來一個女人，垂著兩條長得快拖地的辮子，叫「唐大辮」，是唐國福的閨女。她力氣很大，三下兩下就把唐國福拖走，一邊說：「老祖宗，別惹事兒啦，咱們鬥不過人家呀！」

---

1 整理之意。

2 行為異常，像著魔一樣。

我那時不知道「咱們鬥不過人家」是什麼意思。

唐大辮是合作照相館的著色技師，我常常看見她坐在玻璃窗後面，戴著套袖，仔細地給照片上色，一張照片要花很長時間。

院子裡還住了一個女的，臉很白，是個跛子，姓什麼不知道。跛女人在紡織廠工作，常常上夜班。她剛結婚不久，丈夫是一個粗壯的漢子，在鐵路扳道岔。

「這女人有些可疑！」馬大文說。他站起來，溜到跛女人家的窗前，又向我們做了個「過來」的手勢，我們湊過去，透過跛女人家低矮的窗觀望。她家的牆上貼了大紅「喜」字，炕上糊了牛皮紙，炕琴上被褥摞得整齊，繡花笆被單疊得見稜見角。

跛女人的兩條辮子盤在頭頂，正坐在一個矮凳上，拿著一把牙刷，蘸著石灰粉，細心地刷一雙布鞋底的白邊。我們有些驚訝：怪不得她的鞋底邊永遠是雪白的。她發現了我們，敵意地向我們瞪眼睛，繼續刷她的鞋底。我們有些緊張，悻悻地走開了。

第二天，我們圍在劉秀雲家的飯桌旁，正要開始做作業，忽然看見董四爺從剃頭棚的後門出來，樣子有點鬼頭鬼腦。他放下髒水，沒有馬上倒掉，而是瞥了眼窗臺上的花，是一盆盛開的洋繡球。他輕輕咳了一聲，又四下望了望，見沒人注意，就悄悄地溜進那跛女人的家門。

那跛女人關上門窗，又拉上窗簾。

「看，董四爺進了那女的家！」我驚訝地說。

「那盆花是聯絡暗號！」馬大文站了起來。

「咳嗽聲是暗語嗎？」符雅芬也站了起來。

「噓——」劉秀雲示意我們小聲點。

我們知道，董四爺偷偷溜進跛女人家，是在和她搞破鞋呢。這令我們十分興奮。

馬大文壓低聲音說：「大家注意隱蔽！」又拾起一塊土坷拉[1]，「嗖」地一下扔向跛女人的玻璃窗。玻璃裂了一條斜紋，但因為貼了「米」字紙條，玻璃碴才沒掉下來。

屋裡沒有動靜。過了一會兒，跛女人的門開了一道縫，董四爺探出頭，左右張望著，飛快地溜進剎頭棚的後門，那盆髒水仍然留在院子裡。

過了一會兒，跛女人也探出頭，四下張望，啐了口痰，說：「討厭！」

我們怕跛女人找麻煩，第二天學習小組就轉移到了劉秀雲的爺爺家。

劉秀雲爺爺家在小十街「邵大舌頭飯店」後院，再往東一點就是東鹼泡子。她說爺爺養的一隻羊死了，羊肉賣給了回民飯店，又用那錢外加一件棉袍子，換了一隻奶羊。

「我爺爺的棉袍子是他趁錢的時候買的，面子是華達呢的呢。」

「妳爺爺是舊社會的人吧？」我說。

「嗯……這個不清楚。我爺爺叫劉殿甲，從前叫劉殿中，中華民國的中。」劉秀雲說，「我爺爺他們兄弟四個，我二爺叫劉殿華，三爺叫劉殿民，四爺叫劉殿國，後邊的四個字兒合起來就是中華民國。」

「我爸見過中華民國，他上過的黃埔軍校，就是中華民國的軍官學校！」馬大文說。

「我姥爺當過國軍，讓共軍給俘虜了，嘻嘻！」符雅芬說，一邊做出舉手投降的動作，好像挺光榮似的。

---

[1] 北方地區方言，即土塊。

我還是不懂「中華民國」的意思，這四個字像星星月亮一樣地遙遠。

待半個世紀後再見面時才知道，劉秀雲爺爺的老家在山東蓬萊，民國十七年，他們兄弟四人挑著挑子來東北投奔舅爺，就是她奶奶的哥哥。舅爺是大地主，有錢，在南門外敖套堡有房子有地。那時人煙稀少，土地很多，舅爺靠跑馬佔荒，佔到百十晌黑土地。初到時，舅爺家境貧寒，過年上供的豬頭和羊腿都是借來的。後來搬到敖套堡，租別人的房子住。爺爺有些粗木匠手藝，頭幾年為人做些車馬輓具、馬架子，還給人做井橈，就是井裡的木頭井壁，用大奔鋸拉榆木。一年三伏天，他幹活幹得又熱又渴，喝了冰涼的井水，炸了肺，得了肺癆。後來爺爺帶著爸爸在家生豆芽，口積肚攢，創下了一份家業。到了「滿洲國」康德七年，日本人對市場經濟控制寬鬆，爺爺也隨大流做起了買賣，開了間水果店，叫「鮮貨鋪子」。康德八年，兄弟四人被舉報，差點因「中華民國」四個字兒被判反滿抗日的「國事犯」和「思想犯」，抓去當勞工修飛機場——飛機窩子。四人分辨說名字是私塾先生給起的，不關我們事兒啊。又說那私塾先生早就死了，要嘛我們就自個兒改名兒吧，結果改叫了劉殿甲、劉殿乙、劉殿丙和劉殿丁才了事。光復了，他們又改回叫「中華民國」，不料幾年後八路軍來了，民主政府說這名兒不行，已經改朝換代了，四人又叫回了「甲乙丙丁」。再後來劃成分，爺爺是小業主，被劃了個「小資產」。

劉秀雲的爺爺家除了一隻羊、一個木櫃子、一個飯桌子和牆上的鏡框，就差不多什麼都沒有了。鏡框微微向前傾斜著，玻璃下鑲著相片。相片是「滿洲國」時拍的，顏色已經泛黃。一張大些的相片上，她的爺爺奶奶穿著古怪的棉袍子和綁腿棉褲，閉著嘴，表情莊重。她的爺爺戴著禮帽，腳上的棉鞋很大，叫「駱駝鞍兒」。她的奶奶梳著古怪的頭髮，腳很小，叫「三寸金蓮」。

「妳爺爺不是特務吧？」我本來想問，但知道這不是好話，就止住了。棉袍子和禮帽令人想起電影中的特務。

「爺爺說，我二爺、三爺、四爺都是地主，可他們是窮地主，很節儉，十二歲以下的小孩都不讓吃晚飯，只有幹活的人才能吃。」劉秀雲說，又指著那木櫃子，「看！棉袍子本來是裝在木櫃子裡的，過年時才拿出來穿。禮帽改做了鞋底子！」

那木櫃子暗綠色，四周描畫了花邊。我們伸手去摸，還挺光滑，像是摸到了那棉袍子的面子「華達呢」。

馬大文看著爺爺腳上的鞋子，不是「駱駝鞍兒」，而是一雙破舊的布鞋，鞋底沾滿了泥土。

「鞋底子裡好像沒藏著一頂禮帽！」馬大文說。

「現在棉袍子沒了，禮帽做了鞋底，我爺爺窮得叮噹響！」劉秀雲揚起眉毛，得意地說。實際上，她自己家也窮得叮噹響。她家除了兩個木箱子、一張飯桌子和一堆孩子，連鏡框和相片都沒有，她家的鹹菜是鹽水泡大蔥醃的。

「叮噹響！」劉秀雲重複著，好像這三個字挺有意思似的。

她常常帶著她妹去撿破爛，掙到幾毛錢，就去老胖頭的小鋪，花四分錢買一大張黃表紙，裁成小塊，釘成本子，用來做作業，比再生紙好多了。

「我還帶我妹我弟下了頓飯館子呢！」她說。

「啊？那得多少錢啊！」我吃驚地說。

「我的錢少，只夠買兩個饅頭和一碗豆腐湯，我們三人分著吃了！」她說。接下來的幾天，她一直在為「下了頓飯館子」而興奮著。

劉秀雲的爺爺在和泥抹房子，臉曬得通紅。她的奶奶小腳，幹不了重活，就坐在板凳上給羊擠奶，一邊看著白色的奶汁，像一根細長的線繩，緩緩地流進小洋鐵桶「餵得羅」[1]。爺爺奶奶自己捨不得喝羊奶，要賣給坐月子奶水不夠的人家，換些油鹽錢。至於「窮得叮噹響」其實並不假，爺爺平時連洋火都不用，打火時用的是「火鐮」。火鐮的模樣像鐮刀，我以前從來沒見過。他們都穿著打了補丁的衣褲，看不出原有的顏色，更看不出半點「地主」和「小資產」的痕跡。

許多年後，我在網上看到一張晚清時的照片，是一對破衣爛衫的老乞丐，這使我一下子想起了劉秀雲的爺爺奶奶……

劉秀雲說，昨晚她家院子裡出了大事：那跛女人的丈夫回家後作天作地，把家裡的窗玻璃全部砸碎，還把跛女人捆起來打，最後操起了菜刀。有人報告了派出所，來了四個民警，鬆了跛女人的綁。民警要把那男的帶走，跛女人和丈夫磕頭作揖求情，一場風波才平息下來。

幾天後的一個深夜，董四爺從朋友家喝完酒出來，走進一條小胡同，突然上來兩個蒙面大漢，一前一後堵住，一個「掃蕩腿」把他撂倒在地，一頓拳打腳踢，直到打得他鼻青臉腫才揚長而去。

「那跛女人哭著鬧著要上吊呢！」劉秀雲說。

「上吊？那要變成吊死鬼呀！」符雅芬說。

馬大文很快就在本子上畫了個上吊的人，齜牙咧嘴，舌頭伸著，像毒蛇吐出的蛇信，不禁令人不寒而慄。

劉秀雲不敢回家了，她在爺爺家住了一個多星期。

1 東北洋涇浜俄語，源自Ведро（Vedro），指俄式上粗下細的圓臺形鐵皮水桶，俄語本身即桶、水桶之意。

沒過多久，跛女人的丈夫也在那小胡同挨了一頓拳打腳踢，也被打得鼻青臉腫，人們說那是董四爺的拜把兄弟幹的。

06 神筆 The Magic Brush 公元一九六二年

二年級下學期的一個早晨，崔校長來到教室，說辮老師請了事假，暫時由王老師給我們上課。王老師個子很矮，還不及陳孝仁的肩膀高。她說話有很濃的山東口音，唱歌也相當走調，用辮老師的話說，是「斜到西下窪子」或「斜到東鹼泡子」去了。

課堂紀律變得越來越差。一天上課前，陳孝仁把一隻死蜥蜴「蠍了虎子」放在門上，王老師一推門，蠍了虎子掉下來，正好落在她的頭上，嚇得她嚎啕大哭。結果沒等辮老師回來，王老師就被我們氣走了。

我們上了幾天「遊戲課」——其實就是玩兒。待辮老師又回到教室上課時，我們發覺她和以前不一樣了，變得有些陌生，像換了個人似的。她穿著一件大號的人民服，不如原來的列寧服好看。有一次，她把劉秀雲叫成了符雅芬，還把我和馬大文的名字叫混。上語文課時，她常把課文念錯，把「孔融讓梨」念成「孔雀開屏」，把大家都逗笑了，她自己也笑了。過了一會兒，我們做造句，她就望著天空發呆。

這時，學校傳出了一個大新聞，說是抓住了一對「戀愛的大破鞋」。這對大破鞋不是別人，而是我們的辮老師和傅副主任。他們從兩年前就開始「戀愛搞破鞋」，最初的地點是大食堂教室裡的菜窖，而且還和「氣球」有關。

我想起劉秀雲院子裡的跛女人和董四爺，他們偷偷見面，就是一對「戀愛的大破鞋」。可到底什麼是「戀愛」什麼是「搞破鞋」？那個氣球……是有些奇怪，它和破鞋又有什麼關係？我問爸爸媽媽，他們說，大破鞋就是作風不正派的人，搞破鞋就是亂搞男女關係。可什麼是作風？什麼是亂搞男女關係？氣球又是怎麼回事呢？他們沒有回答。

正在做作業的姐姐魏冬說：「我知道，搞破鞋就是違反紀律！我們學校的張老師和李老師就是大破鞋！」

我彷彿聽到爺爺在院子裡說了一句：「扯啊！一個女孩子家……」

學校裡也在議論破鞋的事。

幾個大點的男孩好像比魏冬還懂。

盧國林說：「搞破鞋就是結婚了！」

陳孝仁說：「搞破鞋就是犯法了！」

我忽然想起田小麗，嚇了一跳：「那……結婚就是搞破鞋，喜歡……也是犯法嗎？」

馬大文說得更是駭人聽聞：「搞破鞋要槍斃嗎？」

不管怎樣，我們都變得十分興奮。有人在牆上寫了字：「辦老師和傅副主任好」、「辦老師+傅副主任」。「辦」是簡化字「变」，「傅」字不會寫，用拼音「fu」代替。還有人在旁邊配了畫，是一雙有洞的鞋子，表示「破鞋」。謝爾蓋王貴生為了避嫌，把漏了洞的鞋子扔掉了，索性光著腳來上學，他說：「我那破鞋叫來也匆匆，去也匆匆。」

有人把「破鞋」兩個字寫在門外的黑板報上，但很快就被一場大雨沖掉了。沖不掉的是毛主席龍飛鳳舞的題詞「向雷鋒同志學習」，是崔校長用防水油漆描畫上去的。雷鋒是全國學習的榜樣，是全民景仰的英雄。

雷鋒的照片掛滿了書店和宣傳櫥窗。他時而握衝鋒槍、時而舉手榴彈、時而捧毛選、時而提包袱、時而拿抹布、時而持針線……他到處做好事，他的身影無處不在。他說：「對待同志要像春天般溫暖，對待工作要像夏天一樣火熱，對待個人主義要像秋風掃落葉一樣，對待敵人要像嚴冬一樣殘酷無情。」辮老師……我們愛戴的辮老師……她如今已經不再是「無產階級的同志」，而是「資產階級的破鞋」。我們對待破鞋，也要「像秋風掃落葉」、「像嚴冬一樣殘酷無情」。於是，我們就「向雷鋒同志學習」，像「秋風」和「嚴冬」一樣地捉弄起了辮老師。

這天辮老師進來上課，當她在黑板上寫字時，陳孝仁從作業本上撕下一張紙，飛快地畫了個「氣球」，遞給前邊的盧國林，並示意他傳下去。盧國林在栓氣球的繩上加了一隻破鞋，傳給前面的我。我在旁邊加了一行字：「变老師+fu校長」。我把紙條傳給謝爾蓋，他在旁邊加了另一行字：「变老師和fu主任好」。紙條傳給馬大文時，他在上面畫上了兩個小人，女的表示「变老師」，男的表示「fu主任」，他們在像小三毛和阿廖沙一樣掐架呢。

陳孝仁從書包裡掏出一個「膠皮袋子」，是他在家裡炕席底下翻出來的。他嘴對著那袋子使勁吹，吹成了一只白色的「氣球」，又紮住那氣球的口，把它向上彈去。男孩們紛紛伸出手碰撞它，看著它在教室裡飄蕩。

我也伸出手去碰撞那只氣球。

盧國林用鏡子碎片接住一縷陽光，反射到氣球上。

劉秀雲從書包裡掏出「口袋」和「嘎啦哈」，放在桌上，和旁邊的符雅芬玩了起來。口袋是碎花布縫起來的，手掌心那麼大，裡面裝了些高粱米粒。嘎啦哈是豬或羊後腿中的一塊骨頭，豬嘎啦哈大，羊嘎啦哈小，小巧、好玩，但不容易弄到。女孩中只有劉秀雲有羊嘎啦哈，還塗了顏色，很好看。她把口袋扔起來，口中念著：「捂一花，亮一花，不夠十個給人家」，趁口袋還沒落下，就翻轉桌上的嘎啦哈，叫「欻子兒」。

朱雲秀和鄭蓮鳳咬起了「姑娘兒」，就是燈籠果。她們把指甲蓋大小的青姑娘兒扎個小洞，小心擠出裡面的籽，吹進空氣後輕輕地咬，發出細小的「咯吱咯吱」聲，愉快而動聽。

張桂芹和楊淑芬玩起了「翻繩」。玩了一會兒，膩了，張桂芹就拿線繩繫楊淑芬的鼻子，繫成了一個玻璃球。她們已經忘記是在上課，忍不住「咯咯」笑起來。旁邊的孩子看到，也跟著「咯咯」笑起來。辮老師正在黑板上寫字，等她回頭看時，她們已經拿下了線繩。

靠牆角那邊響起了男孩們的吵鬧聲。幾個男孩在逗一個叫王志仁的男孩，要他說「我要買橘子瓣糖」。王志仁有點口吃，說話時常帶口頭語「我微」，也說不準「橘子」。他囁嚅著，結結巴巴地說：「我微……我——要買雞子瓣糖。」孩子們哄堂大笑，開始叫他「雞子瓣糖」。

那張畫了氣球破鞋小人的紙條已經悄悄地擺在前面的講臺上。一個男生舉起一枝削尖了的鉛筆，對準飄過來的氣球一戳，「嗞啦」一聲，氣球破了，癟了，落在地上，全班的孩子哄堂大笑。

辮老師剛剛在黑板上寫下第十課的課文，捏著粉筆的手就停下了，聲音有些不對：「第十課……」停了一陣，她轉過頭，看到講臺上的紙條，臉上頓時變了顏色。她咬住嘴唇，講不出話來，接著，她開始抽泣，眉間的「蝌蚪」跳動著。

「蟈蟈蟈蟈……」誰的書包裡傳出蟈蟈的鳴叫，一聲迭一聲，一發不可收拾。

忽然，辮老師「嘩」地一聲大哭起來，雙手捂著臉跑出了教室。

大家不知所措，教室像黑夜一般地沉靜……

十幾年後，我才慢慢拼湊出辮老師的故事。

辮老師從北方的一所師範學校畢業那年，才剛剛十九歲，是個正值花季的姑娘。分配工作時，她經人介紹，認識了傅副主任。傅副主任早年也在那所師範學校畢業，算是辮老師的校友。那時中心校正好缺老師，傅副主任找到崔校長，遞上了辮老師的檔案資料。辮老師報導時，學校沒有宿舍，而學校給她的補貼，只夠住骯髒的大車店。另外，吃飯也成了一個嚴峻的問題。

那時正值三年大饑荒，她每月定量供應的二十八斤糧本來就不夠吃，還要省下些糧票捎給父母。傅副主任見狀，就請她暫時吃住在他家，說搭配些野菜，既能節省口糧，又能一起說說話，不至於寂寞。她接受了傅副主任的好意，生活狀況有了改善。後來學校為她安排了住處，傅副主任也時常接她去家裡吃飯，給了她親人般的照顧。這令辮老師十分感動，她感激這個成熟、體貼而多情的男人，並鬼使神差地愛上了他——一個大她十歲、已經成家、並有了兩個孩子的父親。傅副主任用所有男人都會用的藉口——「我和老婆沒有感情，只是因為孩子，才勉強湊和著在一起的」。他竭力維繫著他的家庭，一邊利用一切時機，偷偷地和她幽會。

不久後，辮老師發現自己懷孕了。喜悅和恐懼突地降臨在她的身上，她很想要這個孩子。然而，未婚先孕，是我們這個時代不能接受的奇恥大辱。她不知所措，同時覺得他是個好人，知道他不想傷害家庭和孩子，也捨不得自己。看到他在婚姻中的痛苦，辮老師覺得只能加倍地對他好，默默地守護著他。

傅副主任甜言蜜語地海誓山盟，說他雖然願意有一個他倆的孩子，但時機還不成熟，等他和老婆的孩子讀完小學，就立即離婚，再光明正大地和辮老師結婚，並永遠生活在一起。說如果現在把孩子生下來，麻煩就大了。因為是私生子，又正值困難時期，孩子上不了戶口，拿不到糧本，長大了吃什麼？孩子還會因為「生父不詳」而受歧視，被人在背後戳脊梁骨，令家族蒙羞，甚至將來談戀愛都是問題。又說我們的社會，無論在過去、現在，還是將來，都不容忍私生子女。總之，他畫出了一幅悲慘的圖畫。

其實，傅副主任正像所有花心男人那樣，壓根就不是認真的。幾年來，他在兩邊周旋著，老婆孩子一直被蒙在鼓裡。他不想離婚，因為離婚會影響自己的前程，會讓父母難堪，會受到社會的指責。他堅持要辮老師把孩子打掉，並且想盡了辦法，甚至背著她尋找民間的偏方，卻都無濟於事。

紙裡包不住火，辮老師的肚子一天天大起來。這一切其實早就被崔校長看在眼裡。崔校長在省城當過蒙養園的園長，這類事她是見過的。她分別和辮老師、傅副主任談了話，准了辮老師一個月的長假，要她回老家「去照顧生病的母親」，實際上是躲藏到傅副主任在鄉下的親戚家。傅副主任再次要她把孩子打掉，被她回絕。辮老師想想自己的孩子連出生的資格都沒有，而他的孩子卻享受著一切，她決心要生下這個孩子，寧可一生不嫁，寧可丟掉工作，寧可討飯也要把孩子撫養成人。

無奈之下，傅副主任用十元錢買通了一個接生婆，在一間黑黢黢的屋子裡給辮老師接生。因為是早產，辮老師尖聲地大叫著，疼得昏死過去。一天一夜後待她醒來時，驚恐地發現身邊的孩子不見了。接生婆謊說嬰兒已經死了，實際上是被傅副主任偷偷抱走遺棄了。

辮老師悲痛欲絕。傅副主任開始藉故疏遠她，並說，為了他的家庭和各自的前程，還是先分手吧。有一天，突然傳來傅副主任調走的消息，他金蟬脫殼，不辭而別，拋開了老婆孩子，隻身去了北山裡，從此音訊杳然。

……

從那時起，我們就再也沒見過辮老師，她離開了我們。

有人說辮老師是下放回鄉了，在離老家不遠的「張大灰驢屯」，當了一所小學的民辦教師。她的老家原本叫「于家圍子」，現在改叫了「和平」。聽說那村裡有過兩戶地主，都是讀書人，都姓于，村東頭的地主叫于大善人，在鄉裡的洋學堂當校長，村西頭的地主叫于大良士，在鄉裡的西醫院當大夫，都在土改時被打死了。原來，「于家圍子」聽起來並不「和平」，我心裡生出了一些失落。然而沒過多久，我們就把辮老師忘記了。

接替辮老師的是魯老師，是個男老師。魯老師又黑又瘦，令人想起西下窪子的高粱。魯老師的最大愛好是抽煙，一顆接一顆地抽。他開始時抽一毛五的「握手」，後來改抽八分錢的「經濟」，最後改抽了「蛤蟆頭」，是自己院子裡種的葉子煙，不花錢。我們注意到，魯老師的嘴唇和手指都被「蛤蟆頭」燻成了黑紫色。

教體育課的老師姓仇，但不念「仇恨」的「仇」，而念「足球」的「球」。果然，學了齊步走和齊步跑以後，仇老師就和我們踢起了足球。他身穿紅色線衣，腳穿白色回力牌球鞋，吹著哨子，火一般地奔跑在操場上，不時地喊著：「好球！」

他的外號就成了「好球」。

我們開始使用鋼筆。鋼筆是蘸水筆，每天上學時手裡都拎著一個墨水瓶，裝在白線織的套子裡。墨水瓶套子是姐姐魏冬用過的。她已經上了六年級，早就用上了抽水筆。

墨水是墨水片沏的，鮮豔的藍色。墨水瓶的蓋子無法擰緊，溢出來的墨水把白色的瓶套染成了藍色。我捏著筆桿兒蘸墨水寫字，指尖也染成了藍色，洗都洗不掉。墨水蘸多了，就滴在紙上，我在上面加了條尾巴，那滴墨水就變成了一隻蝌蚪，像是辮老師的眉毛。

有一次，我不小心把一滴墨水滴在符雅芬的作業本上，她說：「滴一滴賠我五分錢。」

我說：「行啊，可是你剛剛說話時，唾沫星子噴到我的臉上，共兩滴，得賠我一毛錢。妳先給我一毛，我再還妳五分，怎樣？」

符雅芬說：「你看起來蔫了吧唧[1]的，還挺有豬腰子！」

「挺有豬腰子」就是挺有主意。我說：「妳別動，看我還有一個豬腰子。」

說著，我在那滴墨水上加了一條線繩，就變成了一隻氣球。

周圍的幾個孩子看到，都湊過來說：「魏冰，你快趕上馬大文了！」

馬大文也湊過來，在氣球下加了幾筆，畫出了一個乘著氣球的小人。

周圍的幾個孩子大叫著：「馬大文，你快趕上神筆馬良了！」

我只能趕上馬大文，而馬大文能趕上神筆馬良，我有點妒忌他了。

〈神筆馬良〉是我們學過的課文。馬良不但畫啥像啥，還會變成真的。皇帝要他畫一座金山，他把金山畫在一片汪洋大海裡。皇帝急了，要他畫一條大船去運金子。上船後，皇帝嫌太慢，要馬良畫風，又嫌風力不夠，直到大風把皇帝的船吹翻了，馬良收起畫筆回到村裡，繼續給窮人畫畫，畫耕牛、犁耙、水車、石磨……

我說：「我要是有馬良的神筆，就直接畫餡餅了！」餡餅是我最景仰的食物。

馬大文說：「我要是有馬良的神筆，就直接畫神筆了！」其實還是他的主意好，有了馬良的神筆，

---

1 蔫了吧唧，中國東北地區方言，用來形容人無精打采、不愛說話的樣子。

就畫什麼有什麼了。

不料，我又把一滴墨水滴在符雅芬的本子上。墨水滴得很圓，像一個餡餅。

我說：「看，我送了妳一個餡餅！」

符雅芬說：「可惜這餡餅太小了，不夠塞牙縫的！」

大家嘲笑她，因為她的門牙掉了，這樣小的餡餅是塞不滿那個牙縫的。

後來我們用起了自來水筆，叫「抽水筆」。抽水筆有個筆囊，插在墨水瓶裡，捏幾下，就抽上了墨水。有了抽水筆，就不再滴墨水，不怎麼沾手指，我也就不再畫蝌蚪、氣球和餡餅了。

魯老師又抽起了蛤蟆頭。那氣味濃烈而辛辣，他咳嗽著，一邊用手把煙霧搧走，搧著搧著，我們也咳嗽起來。

魯老師帶我們唱歌，唱的是〈高樓萬丈平地起〉。他的喉結很大，聲音沙啞，喉嚨裡像是含了一口痰。他的語文算數教得好，教到唱歌時卻荒腔走板，把〈咱們的領袖毛澤東〉唱成了〈中國出了個毛澤東〉。他自己也發覺了，就使勁抽了口蛤蟆頭，要「同學們自己唱」，他只喊：「一、二，唱！」

我們唱了起來：

高樓萬丈平地起
盤龍臥虎高山頂
邊區的太陽紅又紅
咱們的領袖毛澤東

見我們也唱得荒腔走板，魯老師說你們隨便唱吧，班長起歌頭。

班長已經不再是陳孝仁，他交不起三元五角的學費，退學後跟著他爸學徒做皮匠了。現在的班長是女生簫亞茹，她個頭高，人也厲害，手指甲留長了，剪成鋸齒形，男生都不敢招惹她。她站起來，舉起雙手，像蕩起了雙槳，不慌不忙地唱起歌頭：「讓我們蕩起，一，二：」

我們整齊地唱了起來：

讓我們蕩起雙槳
小船兒推開波浪
……

我們一下子想起了辮老師，氣氛變得有些黯然，彷彿那「涼爽的風」吹過來一隻白色的氣球，在教室的上空飄蕩。我們拍打著它，不知被誰的鉛筆一戳，就「嘣啦」一聲，破滅了。

窗外突然響起「噼噼啪啪」的聲音，是一隻家雀兒撲在玻璃上啄一隻小蟲，銀色的羽毛在陽光下閃閃發亮。

「家雀兒！」張鐵錘喊叫起來，「我如果帶著我的滾籠，就抓住牠了！」

我和幾個同學很樂意去張鐵錘家玩，他的鳥籠上有一個滾門，能抓家雀兒。

他家在共和街福增胡同，過去的「石家油坊」附近，是一座兩間的磚面土頂房。他家窗前立著一根很高的桿子，桿頂上綁著樹枝，掛著鳥籠。鳥籠是秫秸紮的，裝了機關，放了酥子，叫「滾籠」。冬天時，漫天的大雪把世界覆蓋了，覓食的家雀兒飛來飛去，嗅見那香噴噴的酥子，飛過來沒等啄上一口，就「嘩啦」一聲滾進籠子，任憑牠怎樣撲打翅膀，卻再也飛不出去了。

「滾幾隻家雀兒，褪去毛，抹上鹽，糊上泥巴，在灶坑裡烤著吃，比烤螞蚱要好吃多了！呵呵。」張鐵錘說。

張家吃水在前院的笨井打，打水時搖軲轆把，用井繩把小木桶吊上來。桶底有個開關，叫「小呼搭」。水倒在桶裡，倒滿了，溢出來的水再流回井裡。水桶用扁擔挑回家，倒進水缸，裝滿水缸最少要四挑水。這一帶不缺水，挖十米不到就有水溢出來。水不太乾淨，有鹼味，要坐清了，倒進缸裡，底下的鹼渣丟到外面。笨井水不花錢，一個月如果用四十五挑水，就能省下四毛五分錢。

張鐵錘的爸爸是農業科科長，時常到廠子和鄉下檢查工作。接待單位不但管飯，還能喝到酒，是純糧食酒，有時趕上殺豬，還能吃到一頓豬肉。

「這兩樣是他的愛好，這工作對他來說，是再合適不過了。」張鐵錘說，「我的愛好是玩兒，將來若有這樣的工作就好了，呵呵。」

張鐵錘的小名叫「全來」，意思是男孩女孩全來，卻始終沒帶來半個弟弟妹妹。好在他飯量不大，加上他媽在食品廠上班，能買到內部的紅糖和油茶麵，這樣，他家算得上小康人家。

張家的鄰居劉家有九口人，七個孩子中四個打藍球，運動量大，糧本上的口糧不夠吃。張家有時分些糧票給劉家，劉家的孩子去張家玩兒，趕上飯時，就讓到桌上吃頓飯。

有一回我和盧國林去張鐵錘家玩兒，正趕上他家吃豬肉燉粉條子，他媽給我們各盛了一小碗，要我們吃。我不大吃別人家的東西，就謊說我剛剛吃過。

盧國林卻把那一小碗肉三兩口就吞了下去，眼睛還瞥著我的那碗，我說你吃吧。他抬頭看看張家的人，他們示意要他吃，他就又三兩口把那碗肉也吞了下去，眼睛還瞥向爐子上的鐵鍋，但鍋已經見底了。

張家也有個廣播匣子，掛在炕頭的牆上。匣子暗綠色，中間的喇叭口上嵌著一塊木雕，是五顆向日葵，塗了鮮豔的顏色。

「呵呵，那向日葵是我咔哧的浮雕，用的是椴木，挺立體吧？」張鐵錘說的「咔哧」就是用刀削。沒等我回答，他又說：「我長大了，除了玩兒，還想當木匠咔哧槍！」

當木匠咔哧槍的想法令我吃驚，因為那時小孩的最高理想是參軍，「一人參軍，全家光榮」。此外就是當農民，像歌中唱的那樣，那也是一個「多榮光」的工作。

牆上的廣播響了，開始曲是合唱〈社會主義好〉：

社會主義好，社會主義好
社會主義國家人民地位高
……

張鐵錘拿出一個耳塞機子，晃了晃說：「咱們用這個聽廣播吧，聲音很特別的！」說著，他往地線上澆了點水說，「導電不太好，得澆點水！」又把耳塞機子和電線連接起來。

盧國林戴上耳塞機子，大耳朵抖一下：「這聲音……有點兒像狼狗！」

我湊過去聽，也嚇了一跳，耳塞機子把「帝國主義夾著尾巴逃跑了」唱得鬼哭狼嚎，就像真有一群狼狗「夾著尾巴逃跑了」似的。

「你……見過狼狗嗎？」我有點語塞。

「我……沒見過……但是，二小子……見過！」盧國林也有點語塞。二小子是他家鄰居的孩子。

這一陣子，城裡瘋傳著一個聳人聽聞的消息，說蘇聯老毛子太壞，空降到我國一批帶毒的狼狗，目的是製造混亂，破壞我國社會主義革命。人們開始「談狗色變」，夜晚出門，都必帶上木棍錘子斧頭什麼的防身。

「那天下晚，二小子和幾個孩子撿煤核回家，快到家時，「嗖」地從樹趟子後竄出一個東西，嘴裡吐著白沫，眼睛瞪得像小燈泡，渾身發著綠幽幽的光，個頭有毛驢子那麼大，嚇得他們拔腿就跑！」盧國林說得有鼻子有眼，像真的似的。

我想起昨晚讀的《巴斯克維爾的獵犬》。這本書正在班上流傳，從馬大文手裡接過來時已經破破爛爛了。插畫中毛驢子般的獵犬閃著綠幽幽的磷光，像傳說中的狼狗一樣……

「別怕，我有這個！」張鐵錘從電線上摘下耳塞機子，「狼狗」的叫聲沒了。他又打開一個布包，亮出一隻木頭手槍。

「李向陽的駁殼槍！」我說。

李向陽是電影《平原游擊隊》裡的抗日英雄，槍法很準，使的也是駁殼槍。

「呵呵，駁殼槍就是鏡面匣子！這是我咔哧的，用的也是椴木，還沒完工呢。」張鐵錘說。

他說咔哧這把鏡面匣子花了很長時間，因為他只有一把小刀和半截鋸條，手都磨出了泡。

第二天，張鐵錘把鏡面匣子帶到學校給大家看，一邊用砂紙打磨著槍筒。細碎的木屑從他的手指縫中流出來，我把頭湊到木屑的下面，說：「下雪啦！」

他說還要把槍刷上黑油，槍把刷上雞粑粑色兒，再繫上個紅布浪蕩。

我們依次把槍握在手裡，舉起來瞄一下準星，嘴裡說了聲「啪」，覺得這個鏡面匣子除了不能射槍子兒，簡直和真的一模一樣。

張鐵錘說：「誰說不能射槍子兒？能啊！」說著就從挎兜裡掏出一顆，原來是用鹼土泥搓成的泥球子，晾乾了，很硬。他說：「套根橡皮筋，能把槍子兒射得老遠！」

過了幾天，他的鏡面匣子完工了。大家爭搶著撫摸這油亮亮的「鏡面匣子」，握著、舉著、揮著，愛不釋手。

也有的孩子不以為然，說：「看起來是鏡面匣子，實際上就是把彈弓！」

除了馬大文和我，男孩個個有彈弓，但老師不准帶到學校，說容易傷人。有人把鏡面匣子的事告訴了魯老師，他把槍握在手裡，舉起來，瞄準窗外的一隻家雀兒，說了聲：「啪！」他點點頭，又搖搖頭，說，「這鏡面匣子不能再帶到學校了，太像真的，國家不允許呀！你就在家自個兒玩兒吧。」

幾個女孩老遠地看著，嘴裡咬著「姑娘兒」，呲呲笑了起來。

星期天，我跟著張鐵錘去「試槍」和「打獵」。他說等打落了天上的家雀兒，就用泥巴糊上燒了，沾點鹽，可好吃呢。

我們的挎兜子裡揣滿了泥球子，沉甸甸的。張鐵錘高舉著鏡面匣子，紅布浪蕩被風吹起，像火一樣地飄揚。

「可惜我爸不讓，要不我就自製火藥，再做成子炮，就能打火了！」張鐵錘說。有一回，他在電線桿子下撿到兩個電線瓷瓶，摳出裡面的硫磺，又從鄰居孩子那弄到一小撮硝，混在一起，做成火藥，點著了就躥起來，叫「老頭呲花」。

我和張鐵錘各有一分錢。那天媽媽給我八分錢打醬油，瓶子裝滿用了七分，剩下的一分歸了我自己。張鐵錘的一分錢是炕席下撿到的，也悄悄歸了他自己。我們買不起三分錢的冰棍，只好在「老胖頭」的小鋪，一人買了個糖球子。糖球子很大很硬很甜，含在嘴裡，臉上鼓起大包，兩個鐘頭都不化。

我們從北市場走到棺材鋪，再經過敬老院，一直到南門外，南山崗子。

張鐵錘不時地用鏡面匣子射出泥球子，我也試了幾次，連家雀兒的一片羽毛都沒打著，倒是打碎了人家的窗玻璃。那家婦人風似地追趕我們，我們箭似地一路狂奔而去。

狂奔了一會兒，總算逃離了那婦人的視線，這把我們累得夠嗆。

我們見到一隻大黑狗趴在一隻大黃狗身上，表情怪異。

「狗起秧子了！狗起秧子了！」我們喊叫起來。

「狗起秧子了」就是「狗搞破鞋了」。這情形每當被小孩見到，就會拾起磚頭瓦塊土坷垃向狗扔去。

張鐵錘舉起他的鏡面匣子，裝上一顆泥球子，向那黑狗射去，我也拾起一塊土坷垃，向那黃狗扔去。黑狗和黃狗一邊躲閃，一邊吼叫，聲音裡充滿了仇恨和悲涼。牠們分開了身，惱羞成怒，瘋狂地向我們撲來，決心捍衛牠們自由和尊嚴。

我們嚇得不知所措，竟大聲地唱起「帝國主義夾著尾巴逃跑了」。

這突如其來的歌聲弄得黑狗黃狗一頭霧水，牠們對望了一下，聲嘶力竭地狂吠起來，停止了追趕。

「快跑！」我們趁機飛似地「夾著尾巴逃跑了」。

白日當空，我們跑得滿頭大汗，又熱又渴。

「要是有冰棍，我一口氣能吃五根！哈哈。」我說。

「要是有冰棍，我一口氣能吃十根！呵呵。」張鐵錘說。

不過，我們都沒盡興地吃過冰棍，也許，每人一口氣能吃十五根也說不定。

途中路過同學「局長」廖忠義家，見他正在院子裡皺著眉、背著手、踱著步，若有所思。我們大喊一聲：「局長！我們渴了！」

他嚇了一跳，說：「我正在思考著一個問題呢。」

廖忠義得了「局長」的外號，是因為他長得方頭大臉，還常戴著一頂藍布帽，走起路來八字腳，咯起痰來聲音洪亮，很像個局長。

我們問：「你正在思考啥問題呢？」

他說：「那個啥，我思考的是：將來咋樣使用我的金錢！」

原來他是在為銅大錢煩惱呢。他家有不少銅大錢，乾隆的、道光的、咸豐的都有，是很久以前，他太爺爺從樂亭老家帶過來的，捨不得花，放到現在，用不上了。銅大錢用線繩穿著，裝在一個大肚罈子裡，大的小的都有。我們想要幾個，插上馬鬃毛紮毽子，他不肯給，說要留到將來換人民幣，留得越久越值錢，說到時候要買一頭毛驢子和一掛膠皮軲轆車，掃鹼土拉葦子發家致富，還要娶媳婦呢。

見我們失望，局長在園子裡摘了旱黃瓜給我們吃。我們接過來「鏗嗤鏗嗤」幾口就吃完了。

張鐵錘把鏡面匣子遞給局長看，局長去射牆角的一隻蟑螂，居然一下子就射中了。他樂得手舞足蹈，學著日本鬼子的口氣說：「游擊隊李向陽的幹活！」

局長一個泥球子就射中了一隻蟑螂，大概和李向陽不相上下。得意之餘，他又想出個新豬腰子。他找出根線繩，把一個銅大錢吊在半空，說：「那個啥，我能把泥球子射進銅大錢兒的窟窿眼你們信不信？」

他舉起鏡面匣子，閉一隻眼，使勁拉那皮筋，猛力一射，泥球子「嗖」地一聲，偏過銅大錢，卻不偏不倚地射中了電燈泡，射得粉碎，薄薄的玻璃片崩了滿地。

我和張鐵錘禁不住拍手歡呼起來。

正要誇他歪打正著，槍法比李向陽還準，局長娘聞聲趕來。局長娘是小腳，聽說解放前是搞情報的，挎了只筐送情報，還會使槍。她氣急敗壞，抓起個掃帚就打過來，嘴裡說出一連串的「哏嘎夜個」，我知道那是「老坦兒話」，但不知道是什麼意思。

局長像一個真正的局長那樣，靈活地跳著躲著，向院子裡跑去。

見狀不好，我們又飛似地「夾著尾巴逃跑了」，挎兜裡的泥球子撒落了一地。局長娘一腳踩中泥球，滑了個跟頭，破口大罵起來。

天色驟然間變暗，很快就下起了雨，瓢潑似的。我們在雨中奔跑，全身濕透，挎兜裡的泥球子化成了泥漿。我怕到家挨罵，決定先去張鐵錘家避避，等衣服乾了再走。

停電了，張家的房子有點下窖，裡面黑燈瞎火的。我們摸索著走下一個臺階。張鐵錘的爸爸下鄉了，他叫了幾聲「媽」沒人應，大概是出去串門子隔在鄰家了。

好不容易找到洋火，點上油燈，發覺屋頂漏雨了，地上積了不少水。

「是我上房射家雀兒把房頂踩漏了！」張鐵錘說。他把家裡的鍋碗瓢盆都擺在漏雨的地方，屋子裡響起了滴滴答答的水聲。

這情形使我想起棺材。我們從棺材鋪前經過時，看見門口停放的棺材，塗著黑漆，整齊地排列在門前。雨點打在棺材上，發出的正是這樣的滴水聲。棺材周圍被水氣環繞，透過水氣，看到遠處的燈光，在黑暗中閃爍……

「我見過死人！」我聲音沙啞地說，想起小時候繼貴或他爺爺躺在棺材裡的模樣。

張鐵錘說：「我也見過死人！」他講了他一大爺的死。大概是受了我的感染，他的聲音也開始沙啞，「我二大爺死了，全家都穿著白孝衫，排成長隊，邊走邊哭，哇哇地一直哭到小廟。小廟在一完院子裡，像個倉子似的，外邊還搭個棚子。我害怕那廟，嚇得不敢出屋。他們回來後也哭，上午哭幾遍，下午哭幾遍。」

我彷彿看見一群慘白的人，抬著三具黑色的棺材，分別裝著繼貴、他的爺爺和張鐵錘的二大爺。他們都穿著黑色褲褂，在哇哇的哭聲中，被送往暗無天日的陰間。

我跌跌撞撞地跑進家門，潮濕的空氣中聞到了淡淡的來蘇水味。東屋的爺爺奶奶在聊著天，西屋的油燈下，姐姐和弟弟在做功課。妹妹在炕上，玩著姐姐的布娃娃娜塔莎。爸爸坐在炕梢，靠著牆讀書，是那本包了書皮的《三國演義》。媽媽在縫紉機前，嘩啦嘩啦地登著踏板，縫補著孩子們的衣裳。她養的幾隻小雞，正安靜地在盒子裡啄著米粒，眼睛像綠豆，米黃色的絨毛像棉球。幾天前，爸爸和爺爺把房頂抹過鹼泥，不漏雨的房子和橙色的燈光令人心生平靜。媽媽和奶奶糊的雙層窗戶紙加了麻筋，擇了豆油，很結實。雨點打在上面，叮叮咚咚，發出敲鼓一樣的響聲。雨水沿著玻璃急速流下，窗外的夜空黑得像墨一樣。

我凍得瑟瑟發抖，連打了幾個噴嚏。媽媽摸摸我的腦門兒，又摸了摸自己，說：「這孩子是凍著了。」她往臉盆裡倒了些熱水，再加了點涼的，伸手試了試水溫，拿來一塊自製的豬胰子，讓我把頭髮、臉和脖子洗乾淨，換上乾爽的衣褲。

媽媽給我煮了薑湯，加了紅糖，要我趁熱喝下去。姐姐和弟弟也喝了幾口。他們都不喜歡薑湯，說如果光是紅糖水就好了。

我的肚子很餓，飯桌上的高粱米粥配鹹菜，被我呼嚕呼嚕很快就吃光了。

我說起二小子，他見過的狼狗像毛驢子一樣大，通身閃著綠幽幽的光，姐姐和弟弟疑惑地看著我。這時，東屋彷彿傳來爺爺的嘆息，說：「扯啊！」

後來有人說，哪兒有什麼「狼狗」？那是蘇聯老毛子造的謠，放的風，目的是製造混亂，破壞我國社會主義革命。從此，狼狗的事就不了了之了。

07 神祕的「蘭苓」The Mysterious "Raleigh"

公元一九六四年

公元一九六三年的最後一個傍晚，我去馬大文家玩。他家雖然不是「窮得叮噹響」，卻也是平常百姓人家，只是收拾得乾淨。他的爸爸是二中的老師，家裡書很多，把一個暗綠色的書櫃塞得滿滿當當。書櫃的拉門裝了滑輪，開關時嘩啦嘩啦響。我隔著玻璃，看到裡面什麼書都有：《紅樓夢》、《西遊記》、《水滸》、《三國演義》、《儒林外史》、《聊齋志異》、《二刻拍案驚奇》、《綱鑒易知錄》、《一千零一夜》、《普希金文集》、《遠離莫斯科的地方》……

他家裡坐了好幾個學生，每人都帶來一捲年畫，是送給老師的新年禮物。這時，他家的牆差不多完全被年畫覆蓋了，五顏六色，亮亮堂堂。

馬大文給我看了他的小人書《西遊記》。他只有其中的三本——《真假美猴王》、《獅駝國》和《三盜芭蕉扇》。他說這些小人書是用壓歲錢和打醬油剩下的錢買的，一年才能攢夠一本，但如果繼續下去，再過三十二年，等到他四十一歲時，就能湊夠《西遊記》全套三十五本了。

「四十一歲時……我們都老了吧？」我說。

「到那時，我自己也畫小人書了！」他說。果然，馬大文在他四十一歲時，已經在美國出版了兩本「小人書」，叫兒童繪本……

「這個小孩，是你嗎？」我指著鏡框裡的一張照片說。那小孩坐在一堆被子上，攥著拳頭，歪著腦袋，好像還淌著哈喇子[1]。照片的右上角寫了字：阿肥百日留影。

「我小時候挺胖，小名叫阿肥。不過，現在一點也不肥了！」馬大文有點不好意思地說。其實，九歲的他還是胖圓臉。

他說他爸爸給他辦了轉學，一開學，他就要到實驗小學了。轉學的原因，是企業小學的質量實在太差，繼續下去怕連初中都進不去。

他做了一張卡片，並畫上花邊，寫上美術字：

再見了，1963年！

馬大文寫的「9」和「6」甩出了筆劃，捲著圈，像吊瓜和爬豌。他在卡片上簽了名，也讓我簽了名，還讓他家裡的每一個人簽了名，說：「這張卡片要保留到一九九四年，到那時再回憶往事吧。」

我一下子想起了兩年前，我和馬大文趴在編織社的後牆看駱駝，聽到孟大詩人吟出的詩「回首過去奔奔卡，展望未來卡奔奔」，原來他是在感嘆時間的流逝啊。我明白了：過去了就過去了，我們就要和一九六三年告別，不再相逢了。

馬大文說：「以後每年的這一天，我都要做張卡片，紀念紀念。到時候，你就過來簽名吧！」

不過，接下來的一年過得很快，等到馬大文想起來做卡片時，「這一天」已經過去了。卡片來不及再做，一年一年卻風一樣地飛逝而去……

1 哈喇子：東北方言，流口水之意。

五年級第一學期剛開學時，我和盧國林也轉到了實驗小學，剛好和馬大文一班。馬大文見到我們非常高興，說他以後有了書，就先借給我們看。

轉學前，媽媽對爸爸說：「不知道這孩子能不能跟上那邊的課？」

我那時還是懵懵懂懂，根本就沒想過要「跟上那邊的課」。那天爸爸把我送進教室後，我馬上就跟著大家一起上課，一起玩了。

班主任老師姓呂，是個男老師，他宣布了班幹部。

孫玉琴是大隊長，左胳膊上戴了白色臂章，上面有三條紅槓，叫「三道槓」，負責喊「起立，老師好」；簫亞茹是中隊長，負責課堂紀律；王春英是生活委員，負責檢查手指甲；李曉琴是文藝委員，負責唱歌起頭；程川來是體育委員，負責保管足球；馬大文是宣傳委員，負責出黑板報，他們都戴了「兩道槓」。我和蘇小國是小隊長，戴了「一道槓」。老師說小隊長就是課代表，你的作文不錯，就當語文課代表吧。蘇小國是算數課代表，我卻不知道課代表該管些什麼，就好像沒有這回事一樣。

後來班上開聯歡會，我和幾個孩子演了一段自編話劇《鬼子進村》，我演「豬頭小隊長」，嘴裡不時地喊著「八格牙路」。蘇小國演「狗頭小隊長」，嘴裡不時地喊著「米西米西」，是兩個傻乎乎的日本鬼子「小隊長」。一個孩子演漢奸，太陽穴上貼了一塊膏藥。他一口一個「太君、太君」地叫著，不時地點頭哈腰。還有一個孩子演翻譯官，因為不會說日語，就結結巴巴地說些「山東話」代替。

實驗小學本來叫「中央校」，在火車站下坡的中央街上，全名叫中央國民優等學校，是「滿洲國」時日本人建的。那時的一些課程使用日語，早晨見到老師要彎腰鞠躬，喊一聲「歐哈腰夠咋一馬斯！」實驗小學有三排青磚校舍，被一條走廊連接，如果站在空中，看到的就是一個「王」字，代表的是「王道樂土」。

「去他的王道樂土！」馬大文說。

我們在小人書和電影裡看過「王道樂土」四個字，寫在日本鬼子的碉堡上和兵營的大牆上。有一次，馬大文從家裡帶來一個「日本炮樓」，是他用紙殼做的，有槍眼，插著太陽旗，寫著「王道樂土」。他把一個小紅炮仗放在炮樓裡，劃根洋火，小心地點燃露在外面的捻兒，炮仗「砰」地炸開，把炮樓炸得粉碎。不料，炮仗燙了他的手指，他「哎呀」一聲叫了起來。

「這太危險了！」呂老師批評了馬大文，「看起來挺老實的小孩，豬腰子可不少！」

不過，馬大文很快就把這件事忘了。他帶著我和盧國林繞校舍轉了一圈，發現正門口其實是突出了一塊兒，就說：「這也是個『主』字兒啊，毛主席的主！」

這發現令人興奮，我們告訴了呂老師。呂老師搖搖頭，說：「這不可能。那會兒還沒聽說過『毛主席』三個字兒呢！」

呂老師和辮老師、魯老師都不一樣，他好像挺有水平似的。他不抽煙，卻愛喝酒。一天中午，我們看見他和幾個老師在教師宿舍裡喝酒，吃炒青椒乾豆腐肉片和白麵饅頭。下午上課時，他的臉紅得像猴屁股，說起話來，有點雲山霧罩，不著邊際。我們在下邊悄悄說，呂老師不但挺有水平，還挺有「酒平」。

跟呂老師喝酒的還有教美術的石老師，他組織了一個課餘美術小組，在畫室畫畫，馬大文負責保管畫室的鑰匙。

下課後，馬大文帶我去了畫室，在「王」字第三橫最左的那間。

書架上擺著陶罐、顏料和石膏幾何形體。玻璃櫃裡鎖著蠟製的蘋果、桃子和香蕉，是靜物寫生的道具，亂真得像剛摘下來的一樣。窗上掛著黑色的簾子，顯得詭祕而隱蔽。畫室裡到處都堆放著畫板、畫架、畫紙和毛主席像，顯得十分擁擠。國慶節那天，這些毛主席像就會被釘上木架，披上紅綢，裝扮得喜氣洋洋，由學生們扛在肩上，跟在一群浩大的旗隊後，緩緩通過廣場接受檢閱，再環城遊行。

我看到牆上掛著的石膏像，都是外國人，他們沒有眼球的眼睛空洞地望向遠方。畫室裡散發著油彩和煙塵的味道，令人感到沉悶。

我盯著一個大鬍子的石膏像看了一會兒，有些懵然，把頭轉向馬大文。

「哈哈，不用怕，他們都是假的……」馬大文說，「是練習畫素描用的！」

「這個大連毛鬍子……好像在哪兒見過！」我說。

「哈哈，你是說梁老師梁長揚吧！」馬大文說，「是有點兒像他！」

我說的正是大躍進時畫壁畫的梁長揚，他那時在中央街畫毛驢子拉大蘿蔔，連毛鬍子把下巴和腮幫子遮蓋得嚴嚴實實。

「這個連毛鬍子叫亞歷山大，是古代西方的一個皇帝。不過你還別說，和梁長揚還真有點像！」石老師說，「美術小組的幾個女生不敢來畫畫，就是怕看到這些石膏像！」

石老師在畫一幅毛主席像，是國慶節遊行用的。畫中的毛主席在抽煙，畫畫的石老師也在抽煙。石老師抽的煙不是魯老師的蛤蟆頭，而是「高級煙頭」。後來馬大文說，石老師的「高級煙頭」是領導們的煙屁股，是在政府大院禮堂地上撿到的。

那天下課，石老師喊馬大文幫忙幹活兒，說有晚飯招待。「活兒」是給政府禮堂的座位印號，石老師的妻子胡老師也到場幫忙。胡老師是南方人，他們在蘇州美專時是同學，畢業後，雙雙來到東北。

他們在刻好的油紙版上，用油畫筆把白油漆印在椅背上，從中間的「1」開始，左邊是單號，右邊是雙號。胡老師一邊印號，一邊收集掉在地上的煙頭，每個座位下都有，原來，領導們各個都抽煙。

胡老師對馬大文說：「咱老百姓啊，只抽得起一毛五的大綠樹和八分的白皮兒經濟，哪兒比得上當領導的？人家的都是高級煙：大前門、恆大、金鐘。你看，把這些煙頭裡的煙絲混在一起，大前門、恆大和金鐘三樣都有，快趕上主席的特供煙了！」

於是，馬大文也幫著撿。到了晚上，編號印好了，煙頭也撿了滿滿三大帽兜。見到這樣的大豐收，胡老師很高興，說：「這夠老石抽上一陣子了。」

晚飯由政府食堂招待，他們印號的三個人，加上政府陪同的三個人，六個人吃十菜一湯，外加一瓶古塔酒。

「吃得比我家過年時都好！不過我沒喝酒，因為我怕喝上癮！」馬大文說。

……

石老師對馬大文說：「你看，畫毛主席的頭髮，不能用純黑，得用紅黃藍三原色來調，就不顯得黢黑黢黑了。」

把紅黃藍三原色調在一起就變成黑，這是第一次聽說。我注意到石老師手裡的大前門、恆大和金鐘捲成的「三合一」，煙頭在幽暗的畫室裡閃著紅色的光亮，心想這大概和紅黃藍「三原色」是同樣的道理。

馬大文有時去石老師家，帶上些畫，請他指導。石老師學的是裝潢設計，他給馬大文看過他在校時的作業，畫面上都是外國字，灰顏色搭配得很好看，像是外國電影海報。不過，他畫的毛主席有點走樣，若不是那波浪式的頭髮和下巴上的痦子，幾乎看不出那就是毛主席。

毛主席的像和他的書法掛在黑板的上方。毛主席慈祥地看著我們，仍然在說：「好好學習，天天向上。」

教室的後面是牆報，貼著革命烈士的畫像：劉胡蘭、向秀麗、董存瑞、黃繼光……他們是不怕鍘刀剁、不懼烈火燒、捨身炸碉堡、捨身堵槍眼的英雄。

教室外的牆上還書寫著毛主席的另一句話：「團結、緊張、嚴肅、活潑。」我們都不懂這話的意思，只覺得說的也是「好好學習，天天向上」，而這也是每個家長對小孩的囑託。

家長會說：毛主席說得對啊！你學得好，是向上，是為你自己。你學得不好，是向下，也就是「鄉下」了。鄉下就是下鄉，就是當農民，你幹不幹？

小孩說：不幹！

家長還會說：你學得不好，莫非長大要像「屎杵子」那樣去掏大糞？像「小王發」那樣去撿瘟豬頭？像「梅老三」那樣去說預言瞎白話？要麼就下鄉修理地球喝西北風，你幹不幹？

小孩說：不幹！

家長最後說：不幹？那就好好學習、天天向上吧！

家長這麼說，並不是對掏大糞撿豬頭說預言瞎白話的不敬，也不是對老農民修理地球的不恭。

「掏大糞的屎杵子」本姓「史」，「杵子」是他的掏糞勺。他住在東南拐窯子街的巷子裡，是城裡貧民「劣等人」的聚居地，一住就是五十年。他的大糞池臭氣燻天，常常引來鄰居和路人的咒罵。然而，儘管工作卑微，他卻是個自食其力的勞動者。他不但用大糞換來了全家人的口糧，還養大了一兒一女，兒子叫史尚義，後來上了師範學校，女兒叫史尚霞，後來上了高中。

「撿豬頭的小王發」姓王名發，因為生得矮小猥瑣，人稱「小王發」。他雖然活得像豬狗，卻也是掙工資的工薪階層。他在澡堂子打雜掙得一份微薄的工資，還不時地撿回死貓死狗瘟豬頭，用鹽水煮了改善伙食，是靠勞動養活著全家。

「梅老三」本是鄉下草臺戲班的戲子，唱小生。一日他砍柴時在樹下小憩，醒來後，發覺自己無端地啞了嗓子，廢了唱功，同時感到一股莫名的能量正附身上體。他揉揉眼皮，尋思了一陣，突地恍然大悟：「吾人已然得道成仙！」從此，他開始為人說文解字，指點迷津，不但是「梅老三」，也成了「梅先生」和「梅半仙」。他對年輕人這樣說：「爾等不好好學習，我看將來除了喝西北風，就只能去修理地球了。」

說到西北風，這裡其實並不少見。每到冬天，西北風刮起來，「呼呼」地響著，張開嘴就能免費喝個飽。而另一種意義上的西北風，人們早在大躍進那幾年就領教了。那時的共產主義大食堂糟蹋了糧食，吃盡了穀糠，吃光了野菜和榆樹錢，就只能去喝西北風了。

至於修理地球，梅老三竟一語成讖。幾年後，大卡車裝滿了戴著大紅花的知識青年，轟轟烈烈地奔赴農村這個「廣闊天地」，「跟著太陽出，伴著月亮歸」，開始了「光榮神聖的修理地球的天職」。

姐姐魏冬錯過了她「修理地球的天職」，她在「天職」還沒開始時就獻出了她的青春……

眼下的《人民日報》剛剛發表社論，叫〈培養和造就千百萬無產階級革命接班人〉。學校的老師也說：「你們要好好學習，天天向上，做無產階級革命事業的接班人。」

實驗小學有操場、籃球場、美術室、音樂室、體育室和化學實驗室，在辦公室走廊的牆上，還掛了一部電話，都是「滿洲國」中央校留下的遺產。「遺產」中還有一個乒乓球臺，叫「桌球臺」，可惜已經裂得七零八落，完全不能用了。現在的乒乓球臺是磚砌的，每間教室前都有。黑板報在走廊裡，不怕風吹，不怕雨淋。學校把出黑板報的任務交給了馬大文，他在報頭上畫了一個留分頭的白衣少年，脖子上繫了紅領巾，標題是〈做無產階級革命事業的接班人〉。

姐姐魏冬已經上中學，在鐵道西的一中，上學要經過二道口。她把星星火炬書包讓給了我，自己背上了草綠色的仿軍用書包。

學校包場看了反特電影《徐秋影案件》。原來放電影的文化俱樂部被推倒重建了，新建的電影院加了樓座，長條板凳換成了有靠背的折疊椅，泥土地鋪成了水磨石地，大鐵桶爐子換成了暖氣。抽煙、嗑瓜子和烤土豆都被禁止了。電影院的張經理偷偷躲在牆角，監視著企圖抽煙的人，沒等那人劃著火，就突地按亮手電筒，厲聲說：「把煙掐了！」

普通電影票一毛錢，再加五分到七分，就能買一本小人書，這要攢上一年。但我還是看了《祕密圖紙》和《跟蹤追擊》，都是反特電影。

我讀過蘇聯反特小說《今天就要爆炸》、《大鐵箱》、《形形色色的案件》和《天狼星行動計劃》。福爾摩斯探案《巴斯克維爾的獵犬》雖然不是反特小說，卻更加驚險、曲折和引人入勝。我同學鄭威的爸爸在文化館工作，常常把小說和電影劇本帶回家，再轉借給馬大文，馬大文轉借給我，我轉借給盧國林，盧國林轉借給蘇小國。電影劇本也有反特的，讀著的時候，想像著畫面，就彷彿在看電影一樣。

我開始對「反特」產生了極大的興趣。我的同學之間若問起：「你最愛看什麼電影？」我會毫不猶豫地說：「反特電影！」「你最愛讀什麼書？」「反特小說！」

爸爸的書架上有不少書，除了醫學書，還有《三國演義》和《二刻拍案驚奇》，卻沒有我喜歡的「反特小說」和福爾摩斯。姐姐魏冬既不喜歡看爸爸的書，也不喜歡看我的書，她喜歡的是《鋼鐵是怎樣煉成的》和《簡・愛》。弟弟剛上一年級，只看《西遊記》上的圖畫和識字卡片。

我還和媽媽、奶奶去文化宮看了好多次評劇。戲文常常是「韻白」，但大致故事還是看懂了。在文化宮門口，我有時遇到班上的女同學黃亞光，便不好意思地低下頭，裝作沒看見似地走過去。

暑假時，我和大姨家的表弟小寶去了一次姥爺家。姥爺住在靠近C市的A城，要坐兩個多鐘頭的火車。為了省錢，我們溜進火車站，上了拉木頭的貨車，再換乘鐵路職工的通勤火車。通勤車不查票，但要等到下班的時間。我們路上吃了帶去的乾糧，到A城時已經餓腸轆轆了。

姥爺住在大舅家。暮色中，我們老遠就看見姥爺坐在門前的木凳上。他亮堂堂的光頭被太陽曬得通紅，雪白的一字鬍齊刷刷地橫在嘴巴上。他手掌中轉動著兩個石球，膝旁靠著一根烏木手杖。他有五個兒子、四個女兒，媽媽在女兒中排行老三。我沒見過姥姥，她在我沒出生時就過世了。上車前媽媽給我帶了兩元錢，囑咐我買兩包恒大煙，剩下的錢看著買點什麼，送給姥爺。

姥爺身後的房門敞開著。灶上的平鍋裡，小舅正烙著一張很大的白麵餅，滋滋的叫聲令人愉快。大舅在刮鬍子，臉上打滿了肥皂沫。他是列車員，每次出車前，都要花上一個鐘頭，把連毛鬍子刮得乾乾淨淨。

讀高中的老舅「老黑子」回來了。孩子們愛跟老舅玩，他會用墨汁畫齊白石的蝦和亭臺樓閣，還會用小刀在桃核上雕刻。晚飯後，他用桃核雕了兩條小船，送給我和小寶。

過了幾天，老舅又用木板做了一條小船，船裡裝了馬達，船上架起白帆。那天的傍晚很涼爽，老舅發動馬達，把船放進門前的小溪，小船便噠噠地行在水面上，船帆和溪水罩上了一層金燦燦的夕陽。

沿著小溪向東走，經過許多人家的門、窗和院子，轉左，走進一個拱門後的大雜院，就到了二姨家。

早晨的太陽剛剛升起，挑水的男人在院子裡進進出出。桶裡溢出的水滴在地上，令人覺得清爽。對面的窗前常常出現一個好看的女孩兒，把洗好的衣服一件件掛在繩子上，遠遠地飄來肥皂的清香，我心裡不禁掠過一縷莫名的惆悵。

去二舅家要穿過菜市場和一段沒有店鋪的路，顯得枯燥而漫長。

正午時分，明晃晃的太陽照著二舅家門前的菜園子，把苞米、黃瓜和柿子曬彎了腰。蒼蠅成群結隊地飛進飛出，嗡嗡地響著。西屋的雞籠裡，二十幾隻洋雞熱得撲打著翅膀，散發出一股難聞的雞糞味。一隻公雞高聲啼叫著，叫聲高亢而莊嚴：「嘎嘎——嘎嘎嘎……」

那個燥熱的中午留給我一個強烈的印象，彷彿我的童年就在那樣的感受中，渾渾噩噩地過去了一樣。

我們時常去三舅母家找表哥「黑小子」玩。三舅早逝，三舅母在縫紉店裡車衣，中午帶飯，不回來，於是，三舅母家就成了我們的天下。我們很晚起床，早飯後一起上街遊蕩，一路閒聊，回家後打撲克，看小人書，把衣服裡的蝨子一個個捉出來，裝進一個小玻璃瓶，蓋上蓋子，點上蠟燭，在瓶子下燒，熱得蝨子四處亂竄，不一會，牠們肥胖的身子就動彈不得了。

對面屋的男孩叫立柱子，他媽不時地喊叫著他：「立柱子，小癟犢子！」

「小癟犢子」立柱子每次都回上一句：「媽我聽見了，別喊了行不行！」他跟黑小子不和，見了我們，招呼都不打，昂著頭就走了過去。

到了中午，黑小子和我們一起做麵片湯。他給每人盛滿一碗，上面漂著幾個小的油花。我們用筷子小心地把油花聚在一起，連成一片，亮閃閃的，像掉在井裡的月亮。

我講了我看過的電影和小說，說起故事裡的特務。黑小子說對面屋立柱子爸有些鬼鬼祟祟，說不定就是個特務。

「他有個無線電收音機，夜裡聽完新聞聯播，還聽到滴滴答答聲，是在給蘇聯美國發電報也說不定！」黑小子說。

那天我們三人在外面玩到很晚，回來時悄悄進門，躲在暗處聽他家的動靜。快半夜時，我們聽到男人女人大口喘氣的聲音，不像是在給蘇聯美國發電報。我說是不是出了命案？黑小子說嗯，怪不得白天那男人拿了把鐮刀，在院子裡東張西望。三舅母被我們的聲音吵醒，硬把我們拖回屋裡，鎖上門，不準我們夜裡出去了。

暑假過得太快，夏天好像一下子就過去了。

回程時我和小寶坐的還是拉木頭的貨車。風在耳邊呼嘯，車輪壓過鐵軌，金屬的撞擊聲顯得沉悶而空曠。兩旁的樹木、房屋、田野和行人，在蒼白的天空下飛快地向後退去，是飛快逝去的風景。

接下來的幾年，我每年都要去一次姥爺家。整個夏天，我和表哥表弟們盡情地玩耍，彷佛我們不會長大，彷佛童年就是姥爺家門前的小溪，會這樣永遠地、無止境地淙淙向前流淌而去。

五年級下學期開學後不久，我從馬大文那兒借來一本書，還是蘇聯反特小說，叫《在前線附近的車站》，可惜書的結尾缺頁，不知道特務是怎麼被抓到的。

我模糊地記得，我那時開始翹課，是什麼原因，現在已經不記得了。回想起來，大概是因為上地理課時，我聽不懂老師在前邊講些什麼。我相信這不是我不喜歡老師的課，而是我滿腦子都在想著去「抓特務」。我看到馬大文在偷偷畫小人，也是百無聊賴的樣子，就傳過去一張字條，約好下課馬上溜出去，下午再返回課堂。

下課鈴聲一響，我就和馬大文衝了出去。我先陪他到火車站畫速寫，畫坐在長條椅子上等火車的人。他們都抽著煙，吐著痰，晃著腿，不時地向我們投來警惕而懷疑的目光。

路過不遠處的兒童商店，我們看到櫥窗的玻璃上畫著一個盤子，盤子上放著燒雞，旁邊整齊地擺著刀叉，鉤子上掛著香腸，冒著熱騰騰的香氣。

「這是西餐，是外國人吃的飯，刀叉就是他們的筷子。」馬大文說。

我和馬大文都沒見過西餐，更沒吃過西餐。我的爺爺在海參崴吃過西餐，馬大文的爺爺在日本吃過西餐。大躍進時，他們都把西餐刀叉獻出來煉鐵了。他們眼見煉出來的黑鐵疙瘩，十分沮喪。我爺爺說：「扯啊！還不如不獻了。」他爺爺說：「不獻，它是副刀叉，獻了，就啥也不是了。」

我們彷彿聞到了玻璃上的西餐，那是燒雞、香腸和抹了黃油的麵包的味道。食品商店的麵包要一毛五分錢一兩糧票，是野遊帶飯時才有的奢侈。我聽見馬大文的肚子「咕咕」叫了起來，我的肚子也「咕咕」叫了起來。

「可惜沒把午飯帶出來！」我說。這時，我帶到學校的午飯還在書桌上，是裝在鋁飯盒裡的高粱米飯拌豬油和醬油。

「這會兒要是有十菜一湯就好了！」馬大文說，他想起了那天的免費晚餐，「本以為很快就再有這種好事，可惜十菜一湯再也沒光臨到我的頭上！」

馬大文說，他還跟著石老師給武裝部幹過活兒，是畫民兵訓練用的坦克車。武裝部只是用三合板鋸出坦克車的外形，刷了綠油漆，看上去一點也不立體。馬大文和石老師給坦克車畫了明暗和車軲轆鏈條。軍代表孫參謀看了，背著手說：「這玩意兒畫得，跟他媽真的一樣起鼓！」

「本以為孫參謀會招待我們吃一頓原龍包子，卻只聽他說了一句：下回有事還要找你們，就沒了下文。」馬大文說。

走到站前飯店門口，一輛停靠在電線桿子旁的自行車引起了我們的注意。

「咦？這是什麼牌子的車？」我詫異地說。

周圍停著的車子都是「國防牌」、「永久牌」、「飛鴿牌」和「鳳凰牌」，還有的就是自己拼成的無牌車，破爛得要散了架子。「國防牌」的車牌上有一門大炮；「永久牌」的車牌上有「永久」二字組成的自行車；「飛鴿牌」的車牌上飛著一隻和平鴿；「鳳凰牌」的車牌上站立著一隻鳳凰。

眼前的自行車顯得很舊，但很結實，車牌上也站立著一隻「鳳凰」。

「奇怪！看起來像鳳凰，可又不是鳳凰！」馬大文說。

再看那上面的字，好像是拼音：Raleigh，但我們讀不出來。

「這拼音我們沒學過！」我說。

「這不是拼音，鳳凰的拼音是Fenghuang。Raleigh是外國字兒吧？」馬大文說。

「啊?!外國……」我們立刻警覺起來，因為我們知道，除了越南、古巴和朝鮮，所有的「外國」都是敵人。

我們湊向一扇半開的窗，向裡面望去。飯店裡坐滿了人，都是趕火車的旅客。他們大口地扒著高粱米飯，啃著蕎麵饅頭，不時地咬上一口大蒜，汁珠子和蒜皮掉落在地上和他們的包裹上。

吃完飯的人並不急著離開，他們抽著煙，打著飽嗝，搖晃著腿，眼睛茫然地望向窗外。窗外是站前公園，樹叢中有一座張平洋將軍紀念碑，再遠處是火車站票房子和旁邊高聳的水塔。水塔是日本人建的，三十幾年了，看起來非常堅固，像一顆鐵鑄的手榴彈。

靠裡面的一桌引起了我們的注意。那是一家三口人，男的女的和一個女孩。男的穿了一件深棕色夾克，頭上戴了頂寬沿涼帽，鼻上架了副墨鏡，一個黑色的提包放在腿上；女的穿了一件淺綠色外套，三開領，頭髮燙過，有一點波浪；女孩大約七、八歲，辮子上紮著大蝴蝶結。她穿了一件「布拉吉」，布鞋的白色塑料底很乾淨，像是從未碰過地上的塵土似的。更與眾不同的是，這樣小的孩子，竟然還戴著眼鏡。他們的裝束和周圍的人截然不同。

他們低聲交談著，吃得很慢，很斯文。

我和馬大文對望了一下，腦中浮現出反特小說和反特電影裡的畫面。這是怎樣的一家人呢？他們從哪裡來？來做什麼？又要到哪裡去？那輛外國自行車是他們的嗎？而那個提包……看那男的神情謹慎，難道提包裡藏著祕密圖紙？是發報機？還是定時炸彈？

「滿洲國」時，這裡曾住了不少滿、蒙、日、鮮、俄和漢人。小日本敗了，老毛子走了，莫非他們就是潛伏的間諜特務？十一國慶節快到了，他們是要……

這念頭令我們一震，心裡湧起一股莫名的興奮和激動。那個女孩似乎發現了我們的注視，低聲向大人說了句什麼。大人抬起頭，向這邊看過來。

我們慌忙閃到窗後，心裡怦怦直跳。

「這三個人非常可疑，應該是外國特務。抓特務的機會終於到了！」馬大文興奮地說，又和我討論了一陣，決定由我在這裡守候，他去學校找老師。

下雨了，我繞到另一個窗口，目不轉睛地盯著那一家人。那男的打開放在腿上的提包，取出煙和打火機。他先把煙叼在嘴裡，舉起打火機，對著火車站的方向，「啪啪啪」接連打了幾次火。

我向火車站的方向望去，頓時警覺起來：那裡聳立著張平洋將軍紀念碑，也常有蓋著苫布的軍用貨車通過。還有，那裡走過神祕的綠皮專列，窗上拉著絲絨布窗簾，站口布滿了解放軍和公安。有人說那是毛主席的專列，有人說那是金日成的專列，有人說那是胡志明的專列，莫非……我又想起：在反特電影裡，打火機就是微型照相機，難道……

那男的打著了火，點上煙，使勁吸了一口。他伸出手輕捏著涼帽的頂，微微地掀動一下，又向門口的方向點一下頭，墨鏡上閃出一道詭異的光。

「啊？是聯絡暗號！」我驚訝地看著他似出的一連串動作，轉頭向前望去，不覺一驚：一個戴著同樣墨鏡的男人，正推著那輛外國自行車在門前經過。就在同一瞬間，他抬起手，摸了一下墨鏡，突然登車離去，白府綢襯衫的下擺被風「呼啦啦」吹起。他的車技很好，一手扶著把，一手撐著傘。外國自行車可能是太老舊了，「吱嘎吱嘎」地響著，代替了車鈴。

我下意識地抓起一塊土坷垃，瞄準那騎車的男人，「嗖」地一下，不偏不倚，打中了他的腳踝。

那人一愣，抬頭四下張望，並不停下來，嘴裡嘟囔了一句，像是在說：「蚊子！」便風一般地飛車而去了。

我轉回頭，發現那一家三口已經站起身，走了出來，心裡一陣焦急，正要扔出第二塊土坷垃，大老遠看見了馬大文，還有呂老師、牛校長和皋書記，他們撐著傘，呼呼地喘著氣，是跑著過來的。

「來得正是時候！」我心裡說，一邊招手示意他們過來。

我告訴他們，來接頭的特務已經騎車逃走，這一家三口剛剛出來，還沒走遠。幾個老師疑惑地向那三人望去。

突然，呂老師一拍腦門，叫了起來：「那不是石文龍的哥哥石文秀嗎?!」

牛校長也說：「是他們一家三口啊！」

石文龍就是學校的美術老師石老師，昨天還給我們上過課。

我和馬大文愣住了：「啊?!」

皋書記說：「石文秀是組織部的幹部，不會是特務吧？」

牛校長說：「那兩個女的是他的愛人和女兒，聽說他們去Q市配眼鏡，現在是剛剛下車吧。」

呂老師、牛校長和皋書記並沒責問我們為什麼不在課堂。我們逃學的事，被我們的「烏龍」沖淡了。

呂老師說：「哈哈！老石若知道了這事兒，牙都得笑掉了吧！」

牛校長說：「哈哈！你們反特小說看多了吧？有點兒烏龍啊！」

皋書記說：「哈哈！提高警惕是對的，可也得動動腦子啊！」

這件事令我十分尷尬。第二天上課，我發覺大家都用異樣的目光看著我們，似乎在說「扯啊！」「烏龍啊！」

馬大文卻不以為然。他又借到一本蘇聯反特小說《偵察員》，說看完後再傳給我。

上美術課時，石老師要我們隨便畫，自由發揮。我不知畫什麼好，四處望了望，發現男孩多半在畫日本鬼子、雷震子和姜子牙，女孩多半在畫嫦娥奔月、七仙女和布拉吉。馬大文畫了一個孩子，騎著一條張牙舞爪的黑龍。石老師看了，先是微笑，說：「這是一條龍啊！」接著便大笑，不停地說：「這是一條烏龍啊！這是一條烏龍啊！」最後，笑得眼淚都流出來了，牙都笑掉了，原來，他戴的是假牙。

我讀了小說《偵察員》後，對抓特務的興趣有增無減。不過，在現實中，我所期待的「特務」並沒出現，日子仍然過得枯燥而平凡。至於那輛神祕的外國自行車，長大了才知道，原來那是英國造的「蘭苓」，是「滿洲國」遺留下來的老貨。

慢慢地，課本的內容有了改變，娓娓動聽的〈小貓釣魚〉、〈猴子撈月亮〉和〈夏天過去了〉統統從書中消失，取而代之的是〈紅心永向毛主席〉、〈贊歌獻給毛主席〉和〈血海深仇永牢記〉。

數學課本也是這樣。一道練習題的標題是「不忘階級苦，牢記血淚仇」：「在萬惡的舊社會，土地的大多數被地主、富農霸佔著，廣大的貧苦農民沒有土地……」說了很長一段後才進入正題：家裡有多少地，每年收多少糧，要繳地主多少租，借多少高利貸，不久後翻了幾翻……

一天，我在倉房裡翻出一本舊書，拍掉上面的灰塵，發現那是爺爺兒時讀過的識字課本，叫《開明國語課本》，課本中優雅的文辭和精美的插畫吸引了我。

爺爺戴上老花眼鏡正襟危坐，雙手舉起課本，彷彿回到了兒時的學堂。他開始讀第一課，聲音變得咿咿呀呀，像個孩子：

先生早
小朋友早
……

他在讀到「我」字時，發出的音是「ㄋㄟˇ」，三聲。接下來的課文同樣言短而意長，令人感動：

我姊姊
在房內
持剪刀
裁新衣

竹簾外
兩燕子

忽飛來
忽飛去

果然，就像爺爺的課本中說的那樣，燕子在我家屋檐下築了個巢，生了一窩小燕子，牠們忽飛來，忽飛去，嘰嘰喳喳的對話令人愉快。我看到了一個祥和而斯文的世界，它因年久而褪色，像晨霧中的東嶮泡子，顯得模糊而遙遠……

我的小學時代是在「人民文化宮」的舞臺上結束的。

我們站在大合唱的站臺上，男生在左，穿白襯衫，藍褲子，女生在右，穿白襯衫，花裙子。此外，我們都穿著白運動鞋，不管是不是少先隊，都戴上三毛錢一條的紅領巾，是少先隊員的標準盛裝。我的白襯衫是爸爸的一件舊大褂改製的，漂白了，藍褲子是媽媽的一條舊圍裙改製的，染成了藍色，只有白運動鞋是商店裡買的，花了四元多，超過了一學期的學費。一半的同學沒有白襯衫藍褲子，結果是要嘛從別人家借，要嘛退出了合唱團。另一半同學沒有白運動鞋，也沒有錢去買，又不願退出合唱團，就在黑布鞋上塗幾層刷牆的白灰。白灰容易掉，上臺前老師還特意拿起刷子給大家補色。

大合唱叫〈我們是人民公社社員〉，第一段合唱，第二段和第三段分部。

紫紅色的帷幕拉開，燈光打在我們的臉上，像早晨的陽光一樣溫暖而燦爛。

這個節目每天放學後都要練，足足練了一個月。大合唱的指揮是音樂老師，李老師。

李老師說：「你們在舞臺上不要緊張，不要看臺下的觀眾，要看著遠方，要感受前面的燈光，想像著早晨東嶮泡子上初升的日頭爺兒。」

「日頭爺兒」指的是太陽，我爺爺也這麼說。我們都被逗笑了。

李老師接著說：「日頭爺兒照在你們的臉上，暖暖和和、舒舒坦坦。你們要想像著歌詞中的畫面，彷彿面對著西下窪子一望無際的田野，黃的是麥子，綠的是苞米，紅的是高粱……」

李老師站在指揮臺上，雙手在空中架著，向我們點一下頭就劃動起來，畫出了一個又一個的「日頭爺兒」——一輪又一輪金色的太陽。

歌聲從我們中問響起：

向前看，永向前
我們是人民公社社員
集體的道路寬闊平坦
不急不躁苦幹實幹
……

我突然想起了辮老師。當年，她也是這樣教我們唱〈讓我們蕩起雙槳〉，也是這樣啟發我們想像的。東鹼泡子和西下窪子成了我們想像的翅膀……

「『不急』這兩個字不好唱，發音時恰恰要『不急』。」練習的時候，李老師說，「你們要把自己當成沒牙老太太，對著牆角，『噗嘰』一聲吐出口痰。噗嘰，就是這個意思！」

我們學著那「沒牙老太太」吐出一口痰，果然發出這樣「噗嘰」的一聲。於是，我們準確地唱出了歌詞中的「噗嘰噗躁克服困難」。

畢業典禮結束，我們從文化宮出來，捨不得脫下身上的白襯衫藍褲子和白鞋。我們就要上中學了，我們會從初中升到高中，再從高中考進大學。在舞臺光照下的我們，像蕩起雙槳的「祖國的花朵」，滿懷著憧憬面向「日頭爺兒」——那虛擬的太陽……

上語文課時，呂老師為我們升中學的作文考試押題。他說：「每年的考試都跑不掉兩個主題：〈我的理想〉和〈記最有意義的一天〉。大家記住，題目可能不同，但把這兩篇作文練好，就什麼都可以套進去了！」

結果考試的題目是〈我最熱愛毛主席〉。

半個多世紀後我們聚餐時談起了那次考試，大家都說呂老師押題很準，因為我們把準備的內容都套進去了。

有人是這樣寫的：「我的理想就是去北京見毛主席，因為我最熱愛毛主席！」

有人是這樣寫的：「我去北京見到了我最熱愛的毛主席，那是我最有意義的一天！」

大家對那次考試難以忘懷的主要原因，是不久後一個突發的事件，終止了我們的學業，那次考試也成了最後一次考試，我們從此和學校告別，甚至是永遠地告別了……

不記得從什麼時候起，常見的東洋馬和洋馬車在馬路上消失了。牠們巨大的蹄子踏出的呱嗒聲，也隱退進遙遠的記憶裡。後來我聽人說，「東洋馬」原來是「滿洲國」時日本人留下來的軍馬。

08 我揮一揮衣袖 Gently I Flick My Sleeves 公元一九六六年

公元一九六六年，我們失學了。

我們天天在畫兒上看到的毛主席預見到資本主義的復辟，預感到中國的赫魯雪夫奪權的威脅，決定發動另一場革命，一場「史無前例的無產階級文化大革命」。

毛主席在中南海一劃洋火，運動就點燃起來了。毛主席在天安門一揮巨手，火焰就煽動起來了。毛主席滿意地對林副主席說：「這個運動規模很大，確實把群眾發動起來了，對全國人民的思想革命化有很大的意義。」毛主席戴上了紅衛兵袖標，紅衛兵跟著毛主席，「以排山倒海之勢，以雷霆萬鈞之力」，頃刻間就砸爛了舊世界，轉瞬間就建立了新世界。

舊世界就是舊思想、舊文化、舊藝術、舊風俗、舊習慣、舊傳統、舊制度，就是仁義理智信，溫良恭儉讓……

新世界就是反其道而行之，就是不仁、不義、不理、不智、不信、不溫、不良、不恭、不儉、不讓……

革命就是遊街、批鬥、撒傳單、呼口號、大串聯、大辯論、大批判、大字報；革命就是義憤填膺、弓拔弩張、刀光劍影、血脈賁張、唇槍舌戰、汙言穢語、文攻武衛、殺氣騰騰，就是捨得一身剮，敢把皇帝拉下馬……

「捨得一身剮，敢把皇帝拉下馬？」一個一中的老師提出了疑問，「這話不是王熙鳳說的嗎？」

「一派胡言！這明明是毛主席說的，你偏安在王熙鳳的頭上！王熙鳳是誰？聽名字是個地主婆，是周扒皮的老婆也說不定！」紅衛兵給了老師迎頭一棒。

紅衛兵的覺悟高，把老師批鬥得死去活來。老師連說：「是是是，是毛主席說的。」

「皇帝」是誰？不多久，就露出了端倪。他的名字雖然還沒公開在兩報一刊上，但人人都知道：這個「皇帝」就是劉少奇，一個虛構的「中國的赫魯雪夫」。

大街上的景象從來就沒有這樣動人心弦過。街道兩旁聚集了全城的百姓，他們都被這場面和氣氛所感染，都為置身於這樣的時代而感到無比幸福、無上榮光。

人們在胸前佩戴了鈕扣般大小的毛主席像章。很快地，像章大了起來：像銅錢、像碗底、像杯口……

很多人的衣袖上戴起了紅袖標，印著「主席體」的書法：「紅衛兵」、「赤衛隊」、「糾察隊」、「工人造反團」、「紅色造反團」……他們像一群群紅色的幽靈，出現在大街小巷和每一個角落，遊蕩於紅色風暴和紅色海洋之中。

這是一個懷疑一切和打倒一切的時代：今天是戰友，明天是仇敵；夫妻反目，眾叛親離：人人自衛，家家設防；單人外出，疑似約會；男女同行，必有勾連；小腳偵緝隊，警民大聯防；人人都是造反派，個個都革命家；偷聽敵臺必是裡通外國；有書信往來必是談情說愛；談情說愛必是大逆不道；大逆不道者必被全黨共誅之，全民共討之；面帶微笑者必是笑裡藏刀，笑裡藏刀者必是居心叵測；居心叵測者必是階級敵人，對待階級敵人必得打翻在地，再踏上千萬隻腳，讓他永世不得翻身。

每個人都像打了雞血，在這個大詆毀大肆虐的大時代，他們完全拋棄了理性和自我，徹底把自己當成了活祭，獻給了他們「無限熱愛、無限信仰、無限崇拜、無限忠誠」的毛主席。他們過剩的精力和激情，通過肆無忌憚的打、砸、搶，得以酣暢淋漓的宣洩、釋放和滿足，他們把自己的青春慷慨地揮灑在虛擬的戰場上。

街頭的大廣播喇叭裡放出震耳欲聾的音樂，是中央樂團譜曲的毛主席語錄歌〈造反有理〉，歌聲「堅定、有力、豪邁」：

馬克思主義的道理千條萬緒，歸根結底，就是一句話：「造反有理」。根據這個道理，於是就反抗，就鬥爭，就幹社會主義。

……

這個世界像萬花筒般地旋轉著，像磁鐵吸引鐵屑般地吸引著全國人民，吸引著無所事事的我們……家裡人除了姐姐衛東，都沒有加入到「戰鬥隊」和「造反團」的行列。爸爸是「走資派」，媽媽是走資派家屬，我和弟弟妹妹們年紀還小，夠不上資格。「停課鬧革命」以來我們百無聊賴，便跟著同齡的孩子，終日在街上遊蕩。城很小，但若仔細逛，商鋪一家家逛下去，也能消磨掉不少時間。

一次，我們路過一個灰池子，見到幾隻豬在拱垃圾，拱出了一個破碎的毛主席石膏像，耳朵和鼻子都掉了，這把我們嚇出了一身冷汗，感覺自己成了壞蛋。看看周圍沒人，我們就一溜煙地跑了。不久，在編織社的大木門上，出現了一條「反標」，歪歪斜斜用滑石寫著：「中國除了個毛澤東」。一個月後破案，原來「作案人」是個十歲的女孩，誤把「出」寫成了「除」。專案組查三代搞外調，還開了批鬥會，要家長陪鬥，把那女孩弄得精神失常。六年後，女孩上山下鄉，在河裡洗澡，不幸溺水身亡……

從此家長告誡孩子，說你看階級鬥爭多複雜，再遇到灰池子和大木門，一定要躲得遠遠的。

街逛夠了，我們開始撿傳單。印傳單的紙張好，厚的薄的紅的綠的都有，是手刻蠟紙滾筒油印的，我和鄰家的小孩撿了不少。

梅老三的相好「小老人兒」是撿傳單專業戶。一天，我們撿的傳單被小老人兒搶去，她嗚哩嗚嚕地說：「沒有糧票。」她是個矮小邋遢缺心眼的女人，見人只會說「沒有糧票」。

我們和她理論，卻被「梅老三」攔住。梅老三是個「假二橫子」，外強中乾，但個頭高大。他手拿一把摺扇，一尺多長，據說有些法力。我們不敢直接和他對抗，只好趁小老人兒不注意，飛快地從她手裡奪回自己的傳單，撒腿就跑，一邊把《林海雪原》裡小爐匠的酸曲兒改編了，加在梅老三身上：

提起了梅老三
兩口子賣大煙

可惜，小爐匠的酸曲兒書上只有這麼兩句，餘下的就只能自己發揮了：

家住在南門裡
地窨子一小間
相好的小老人
懶得個沒有邊
坐炕上不動蹭

屎尿它憋一天

……

梅老三卻嘻嘻地笑著，把手裡的摺扇嘩啦嘩啦開合幾回，不屑地說：「爾等不知天高地厚，竟敢班門弄斧。我當紅唱曲兒那會兒，你們還沒被爹媽換出來呢！」說著，整整衣襟，清清喉嚨，作了個揖，道出句韻白：「哎呀，不敢當啊！」

接著，他唱起了《白蛇傳》裡的許仙：

寒家住在清波門
錢王祠畔小橋西

……

無所事事的我和馬大文漫無目的地在人群中遊蕩。我們睜大了眼睛，看著這個萬花筒般的世界。遊行隊伍旗如海，人如潮。

走在隊伍最前面的是「紅色造反團」，團旗上的黃色大字是龍飛鳳舞的「主席體」。十個男紅衛兵擎著紅旗，十個女紅衛兵舉著毛主席像，十個男女紅衛兵挎著手風琴，邊奏邊唱起〈紅衛兵戰歌〉，歌聲是「進行曲速度，堅定、有力」：

我們是毛主席的紅衛兵

大風浪裡練紅心
毛澤東思想來武裝
橫掃一切害人蟲
敢批判敢鬥爭
革命造反永不停
敢批判敢鬥爭
革命造反永不停
徹底砸爛舊世界
革命江山萬代紅

跟著的是「井岡山」、「全無敵」、「追窮寇」、「捍東彪」……「井岡山」代表革命根據地，「全無敵」、「追窮寇」出自毛主席詩詞，「捍東彪」代表捍衛毛澤東和林彪……

每個造反團戰鬥隊後都跟著一群牛鬼蛇神。他們垂著頭，彎著腰，頭戴高帽，臉塗黑墨，頸掛牌子，書寫著各自的姓名，歪斜顛倒著，像告示上的死刑犯那樣，用紅墨水打了大大的「X」。

〈紅衛兵戰歌〉過後，是牛鬼蛇神自唱的〈牛鬼蛇神嚎喪歌〉，歌聲淒厲、慘惻、自虐自汙、自甘羞辱，讓人聽得精神自焚、靈魂自縊，如同地獄裡傳來的鬼哭狼嚎：

我是牛鬼蛇神
我是人民的罪人

我有罪，我該死
人民應該把我砸爛砸碎
我是牛鬼蛇神
我向人民低頭認罪
我認罪，我改造
不老實交待，死路一條

一個女紅衛兵格外引人注目，她本是高六七屆二班的學生張麗君，現在的紅色造反團團長「張愛軍」，今年十九歲。她同樣地一身仿軍裝、軍帽、皮帶、袖標、短髮，同樣地身姿矯健，英氣逼人。她揮著《毛主席語錄》，對著擴音器大聲說：「偉大領袖毛主席教導我們說：凡是反動的東西，你不打，他就不倒。這也和掃地一樣，掃帚不到，灰塵照例不會自己跑掉。」停了一下，又振臂高呼：「打倒牛鬼蛇神！」周圍的人跟著振臂高呼：「打倒牛鬼蛇神！」

我和馬大文也跟著振臂高呼：「打倒牛鬼蛇神！」

在這些牛鬼蛇神中，我們努力尋找著熟悉的面孔。

「看，老李頭子！」馬大文向隊伍中指去，「還有孟大詩人！」

果然，我們看到了編織社的老李頭子和孟大詩人，他們都戴著高帽，掛著牌子，塗了墨汁的臉上看不出表情。

他們頸上的牌子令人啼笑皆非。老李頭子的寫著：惡毒攻擊沫若同志；孟大詩人的寫著：重複對沫若同志的惡毒攻擊。他們的高帽上都寫著：打翻在地，七千億萬恆河沙數地質天文年。他們做夢也想不到，四年前他們的信口開河胡說八道，今天得到了清算。

押著他們的是劉祕書，他現在是「千鈞棒造反團」團長。

又一夥隊伍走了過來。

「看，董四爺！」馬大文喊叫起來，「還有那個女的！」

果然，我們看到了董四爺。他的飛機頭被剃光，高帽上畫著一架飛機。跟著他的是那個跛女人，頭髮被剪成「陰陽頭」，高帽上畫著一盆洋繡球。他們的頸上都掛著破鞋：董四爺的是破膠鞋，跛女人的是破布鞋。押解他們的是各自的家屬——董四爺的老婆和跛女人的丈夫，現在是「鬼見愁造反團」的團長和副團長。他們都興高采烈，彷彿剛剛打過雞血。

人群裡有人議論起來：

「聽說董四爺撩次過下夜班的紡織女工，那跛女人就是在小胡同裡撩次時勾搭上的。」

「聽說董四爺的老婆和跛女人的丈夫正在搞對象，解決個人問題呢！」

「說穿了就是搞破鞋，是對老婆丈夫進行打擊報復，叫一報還一報！」

又一夥隊伍走了過來，押解著教育界的反動學術權威和牛鬼蛇神。他們胸前的牌子上配了漫畫：崔校長冒出煙圈的煙捲、魯老師的蛤蟆頭煙葉、仇老師的回力牌球鞋和足球、呂老師的酒瓶子、石老師的高級煙頭「三合一」，還有指揮大合唱的李老師，牌子上畫了麥子、苞米和高粱……那些漫畫畫得粗陋不堪，卻都畫龍點睛。我們看到，李老師被打掉了門牙，輕易就能發出歌詞中的「噗嘰噗躁克服困難」。

在圍觀的人群中，我們看見了撿豬頭的小王發、掏大糞的屎杵子和算卦的梅老三，都穿得破破爛爛。他們既不是造反派，也不是走資派，他們是「逍遙派」，是逍遙自在無拘無束的「徹底的無產者」。我們還看見了一些別的大人和小孩，但他們只有外號：吳大警察、曲大金牙、徐大白話、嗡嗡響、楊吃飯、土公雞、狗巴子、王老狗、二老蠻、狗剩子、大發子、三老擰、李大傻……都是些無足輕重的升斗小民。

小王發頭戴布帽，帽檐捲曲，褲腿捲起，腰繫草繩，腳穿露了趾頭的解放鞋。他矮小猥瑣，鬍子拉雜，眼睛滴溜溜轉。他仍然背著他的花筐子，骯髒的臉上掛著莫名的微笑。他在戰壕裡被炮彈震得缺了心眼兒，如今，在沒有豬頭可撿的時代，他興奮地看著眼前的景象，如同又看見了戰場上的槍林彈雨和炮火硝煙。

屎杵子頭戴草帽，面色黝黑，腰繫麻繩，腳穿膠皮靴子，脖子上搭了塊抹布；他仍然挑著他的糞擔子，不屑地看著這個瘋狂的世界，毫無投身到這造反洪流中的意願。他不時地從牙縫中滋出一口唾沫，吐進擔在肩上的糞筐裡，彷彿在說：「這世界上的道理，千條萬緒，歸根結底，只有糞尿才是硬道理。」

梅老三穿了件千瘡百孔的布褂，露出口袋裡紅藍黑三管鋼筆。他的頭髮向後攏著，鼻上架著眼鏡，一隻鏡片的玻璃已經破碎，看起來非工非農，非幹非群，非土非洋。他仍然握著他的紙扇，扇面上的書法「日照香爐生紫煙」換成了「造反有理」，不時地拉開又合上。跟隨他的女人「小老人兒」是他的相好，他們望著這浩浩蕩蕩的造反大軍，開始對「造反」產生了興趣和嚮往。

……

在這樣的大革命大時代大背景中，大街上出現了一個小女人，一個瘋女人。

瘋女人披散的頭髮遮擋了她的臉，她好像是二十幾歲，也好像是一百二十幾歲。她只穿了件短衫和內褲，正沿著馬路旁的「洋溝」，漫無目的地遊蕩。

她兩眼茫然地向前望著，沒有表情。見到很小的孩子，她就會伸出手去，摸那小孩的臉，咧開嘴笑笑，喃喃地說著什麼。這令周圍的小孩們既害怕又興奮，又忍不住去追逐著她。見她並沒有出手攻擊的意思，小孩們的膽子大了起來，開始啐她、罵她、向她扔土坷垃，就像人們對待瘸子瞎子聾子啞巴一樣。

一個看熱鬧的男人說：「看！這女人基本上是裸體了。」

另一個看熱鬧的男人說：「還差點。可惜關鍵的地方看不到。」

男人們遂慫恿小孩去扒掉那瘋女人的衣褲。

男孩們不肯，說：「我不去，我不敢！」

女孩們也不肯，說：「我不去，你們壞！」

一個胸前戴了一排毛主席像章的男人對小孩們說：「誰去扒掉她的上衣，我就獎勵他一個像章。」

一個男孩望了望他的像章，舉起手說：「我去！我要像章，我要那個大的！」

那男人又說：「誰去扒掉她的內褲，我就獎勵他兩個像章！」

另一個男孩望了望他的像章，舉起手說：「我去！我要像章，我要兩個大的！」

女孩們卻無動於衷。

另一些男人也迫不及待地叫嚷起來：「快去吧，我還要獎勵你們冰棍呢！」想了想，又說，「扒掉上衣獎勵普通冰棍，扒掉內褲獎勵奶油冰棍！」

看熱鬧的女人們都啐著痰，罵那些男人：「真他媽缺德！」

男人們推搡鼓勵著那幾個男孩：「去呀！快去呀！」

男孩們向瘋女人湊過去，又退回來。

男人們跺著腳：「笨蛋，你們倒是快去啊！」

「這女人是誰？」紅衛兵張愛軍問，她注意到了瘋女人。

「好像是個瘋子。」一個女紅衛兵說。

「這女人快棵體了，我看這裡面大有問題！」一個男紅衛兵說。

「不是『棵』體，是裸體。」一個「老二屆」紅衛兵糾正他。

「棵體或裸體，都是不合理！」男紅衛兵說。

「樹欲靜而風不止，這個瘋女人是什麼階級成分？是什麼出身背景？這裡面大有文章！」張愛軍見男紅衛兵盯著瘋女人，正義凜然地說，「你！不要看那女人！把眼睛轉過來，看著毛主席的寶像！」

男紅衛兵不情願地轉過來，轉向前面「毛主席的寶像」。

「警惕階級敵人裝瘋賣傻！防止資產階級糖衣炮彈！」張愛軍舉起了拳頭。

看熱鬧的群眾有的跟著呼喊，有的不跟著呼喊，而只是看著，笑著。

「人家那是精神失常了。」幾個看熱鬧的婦人說。

趁著混亂，幾個男人擠到瘋女人身邊，捏一把她的乳房和屁股。

瘋女人在喊叫著什麼，卻被周圍的聲音淹沒了。在這樣的大革命大時代的大背景中，街上的一個瘋女人如同一隻螻蟻一粒塵埃一樣微不足道。

……

「人民文化宮」前的廣場上擠滿了人。入口的臺階上擺著一排椅子，椅子上躬身站著評劇團的牛鬼蛇神。他們看著自己的戲服在大鐵桶裡燃燒，頃刻間化為灰燼，看著他們扮過的帝王將相才子佳人被「破舊立新」，臉上露出難以掩飾的痛苦和絕望。

一個長臉的男人從二樓的窗裡探出頭，飛快地在本子上畫下這場面，他是評劇團的布景設計師金之墨。

火車站附近的張平洋將軍紀念碑前也擠滿了人。紀念碑的碑頂四角飛檐，古色古香，碑文文辭行雲流水，氣貫長虹。據說作者當年才三十出頭，老丈人是地主，土改時被貧農會判了死刑。他氣不過，找貧農會主席閻國吉求情，說憑著我給烈士寫過碑文，你們就網開一面，刀下留人吧。閻主席大吼一聲：「你他媽向著地主說話，這還得了？」那時的一切權力歸農會，閻主席二話沒說，把他和老丈人一塊兒拉出去，就地槍斃了。

紅衛兵們發現碑文的落款是「中華民國卅五年十月十日」，便說：「什麼？那是國民黨的雙十節啊！」說著，掄起鐵錘就要砸碑「破舊立新」。有人說：「這可使不得，張平洋是共產黨的抗日英雄！」紅衛兵說：「喔？共產黨是抗日戰爭的中流砥柱！」最後，他們決定，把立碑日期塗抹，改成「中華人民共和國一九四九年十月一日」，說：「歷史是人民創造的！」

有人想起了「日本塔」。城郊的依布氣「南崗灣子」，有一座日本人修建的紀念碑，當地人叫「日本塔」，有兩個電線桿子高。不過，這座「日本塔」已經被武裝部帶著村民們捷足先登，用炸藥給炸了。他們把石頭和磚拉回家砌了豬圈，把塔上的「大興戰績紀念碑」幾個鐵鑄大字，拿到供銷社賣了廢鐵，二分錢一斤，用這錢下了頓館子。

老字號店鋪的招幌和匾額都被紅衛兵砸爛。正陽街公福祥「貿易局」牆垛上，端莊飽滿的黑色大楷「呢絨綢緞、京廣雜貨」被塗抹，胡亂地寫上了「革命無罪、造反有理」，把慶和長藥房「掌櫃李先生李幹臣心疼得扼腕長嘆：「爾等……爾等……那可是范秀才留下的墨寶啊，就這麼給塗了！」

那些舊時好聽的地名——乾安街禮賢胡同、民康路嘉祥胡同、正陽街忍讓胡同、國光路崇孝胡同、民康路允恭胡同、震明街年豐胡同、坤順街秉信胡同、明康路莊敬胡同……它們早在解放初就被人們遺忘，而信口開河地叫成了剃頭棚後院、邵大舌頭飯店對過、中央洋井那嘎噠、灰池子往東一拐角、屎杵子糞坑一轉彎、窯子街東南拐走到底、大門洞大雜院大裡頭、謝大個子豬圈旁過幾步……都不再需要紅衛兵的「破舊立新」。人們說，得了吧，別破別立了，你總不能把這些地方叫成「驅虎豹灰池子」、「滿江紅大糞坑」、「風雷激豬圈旁」，等等等等吧。

至於鄉下的地名，原本都是以各村的地主鄉紳命名，諸如于家園子、李家園子、梁家園子、石家園子、徐家園子，以及以鬍子頭命名的「天津字」，它們早在解放初就改了名，叫了和平公社、長青村、中心屯、聯合村、團結和兩井子……也都不再需要紅衛兵的「破舊立新」了。人們說，得了吧，別破別立了，你總不能把這些地方叫成「九天攬月于家園子」、「五洋捉鱉李家園子」、「與天鬥梁家園子」、「與地鬥石家園子」和「與人鬥徐家園子」，等等等等吧。

除此以外，城裡便沒什麼像樣的「古蹟」值得去「破舊立新」了。城郊綽爾河旁曾有一座高十五米的遼代六角密檐青磚佛塔，早在五十年代初就坍塌了。東鹼泡子旁有點歷史的「東大廟」，也在解放初就被拆毀，拆下來的青磚建了座文化俱樂部。

……

不久，「破舊立新」的烈火就燃燒到了我家：爸爸燒了他的《三國演義》和《二刻拍案驚奇》；爺爺燒了他的海參崴相冊。他的西裝領帶料子好，捨不得燒，就打了袼褙[1]做了鞋幫；奶奶燒了她的《金剛經》，藏起了她的香爐和香燭；姐姐燒了她的《鋼鐵是怎樣煉成的》、《簡・愛》和布娃娃「娜塔

1 用碎布、舊布糊成的厚片，大多用來製作布鞋鞋底。

莎」。媽媽沒什麼可燒，說，再燒，就燒房子吧。

爺爺屋裡大櫃上的膽瓶、帽筒刷了白漆，蓋住了原來的字畫「花開富貴」和「惜花春早起」，再用紅漆畫上「心」形，寫上「忠、公、群、用」。

爺爺還有幾枚鷹洋，捨不得扔，用油紙包了，藏在水缸底下，說那是祖太爺爺留下的紀念品。後來我知道，那是些假鷹洋。它們的正面鑄著一個大鬍子男人，是沙皇尼古拉二世，反面是俄國雙頭鷹國徽。

這些假鷹洋還有一段故事。我的太爺爺，就是我爸爸的爺爺，曾經經營一家錢莊，倒騰沙皇俄國時的銀幣。那時他家很有錢，家人在大院出出進進，風光得很。豈料沙皇被推翻後，太爺爺的一堆「鷹洋」被查出來是假的，遂變得一文不值。太爺爺的錢莊賠了大把的錢，為此，他上了股大火，吃了十顆萬氏牛黃清心丸，拔了一腦門子火罐。這時祖太爺爺正在湖南做買賣，他臨走時，把家裡的地契交給太爺爺的妹妹二丫頭。太爺爺哥幾個欠了賭債，連哄帶騙，從二丫頭手中騙出地契，把幾十晌帶青苗的地，一股腦拿去抵了債。祖太爺爺從湖南回來，得知此事，差點氣死。從此魏家的家業就敗落了。

爸爸的醫書、我的小人書和弟弟的香煙盒，都偷偷藏在了倉房，書櫥裡只留下《毛澤東選集》、《毛主席詩詞》、幾本醫學書和手抄的《大眾食譜》。空出的書架上，摞滿了報紙、街上撿來的傳單和紅衛兵戰報。《毛主席語錄》不放進書櫥，而是人手一冊，隨身攜帶，因為「要活學活用，學用結合，急用先學，立竿見影」。

爸爸雖然生性怯懦，卻又喜歡聊天。家裡無論來了親戚朋友還是街坊鄰里，沒說上幾句話，他都能找到話題，且高談闊論起來。不過，他的談論從來就不切實際和天馬行空——從西安事變到抗美援朝，從人民公社到共產主義，從文化革命到中蘇開戰，從U2飛機到遠程導彈，從天王星到銀河系……卻從不談柴米油鹽和家長里短，從不談東鹼泡子的葦子和西下窪子的高粱。談著談著，到了吃飯的時候，爸爸就盛情把來客留下，繼續著他們的高談闊論，直到夜深。

常來我家的是楊大夫。他每次來，都會帶上些什麼，或是一塊大李和燻炮肉，或是一瓶本地白酒，或是一斤本地糟子糕。燻炮肉是野兔肉，一毛錢只能買上一小塊。白酒沒有牌子，是六十五度原漿。一斤糟子糕要八毛錢四兩糧票，這些都是難得的奢侈品。

楊大夫身披一件深灰色的棉大衣，卻仍然披出了「將校呢」的派頭。我們不敢叫他「楊花臉子」，也不叫他楊大伯，爸爸要我們叫他楊大夫。在「國民黨殘渣餘孽」中，楊大伯算是幸運的。二中有個老師，曾當過國軍團副，因為害怕批鬥，一天夜裡，走進東鹼泡子沒再出來，「自絕於人民」了。倖存下來的「殘渣餘孽」都被管制起來，在工人代表的監視下「學工」，打鐵皮爐筒子和鐵皮水舀子。每天早上紅衛兵查房，他們都受到同樣的訓斥：「幹了什麼壞事？」「有沒有不老實？」「不許亂說亂動！」

爸爸和楊大夫的酒量都不大，就著撒了椒鹽的油滋啦當下酒菜，他們很有共同的話題。

「看來這社會的發展啊，是要走蘇聯的路線。」楊大夫呷了口酒，神祕地說，「我估計啊，將來家庭要解散，私產要歸公，國家要興建大批集體宿舍，國人要穿統一的制服，這是共產主義的大勢所趨啊！」

「啊，是這麼個趨勢啊！」爸爸附和著，也呷了口酒，贊同的神情中若有所思，「咱們國家的人口，一下子從六億躥升到八億。人多好辦事，可總有一天，這地球就會爆滿！」

「不過，宇宙無邊無垠，大得很吶。」楊大夫想得更高更遠，「咱們這樣的地球肯定不止一個。到那時，科技進步了，人類移民到外星球，也不是不可能！」

「據說火星就是一個可能。距離是遠了點，就看通勤交通的進步啦。」爸爸感慨地說，「人吶，就是活神仙，了不得啊！」

「你沒看那大躍進嗎？人有多大膽，地有多大產，畝產三萬六千九博斤，只有想不到，沒有做不到啊！」楊大夫說，他習慣把「百」說成「博」。

這時，我彷彿聽到爺爺不屑的譏諷：「扯啊！吹啊！不著邊際啊！」

爺爺對銀河系和天王星毫無興趣。他的嘴唇厚，一看就是個腳踏實地的過日子人。他和奶奶已經在東屋吃過晚飯，這會兒該正搖著蒲扇聊著家常呢。爺爺奶奶的家常是南山崗子的蒿子和北菜園子的茄子，東鹼泡子的葦子和西下窪子的高粱，樣樣都實實在在。這時的爺爺，大概又想起爸爸抄寫的《大眾食譜》，字跡工整，卻都是紙上談兵，他的一生連一樣菜飯都沒做成。

我們幾個孩子早已饑腸轆轆，等不及楊大夫散去，就端著飯菜，狼吞虎嚥地填飽了肚子，爸爸和楊大夫的高談闊論仍在熱烈的進行中。

一次，楊大夫帶來半隻燒雞和一截香腸，爸爸拿出一瓶塔子城老窖，兩人又海闊天空地邊喝邊聊起來。他們先聊孔夫子和秦始皇：

「孔夫子完了，變成了孔老二，已經被揪出來了！」爸爸煞有介事地說，從衣兜裡掏出一張紅衛兵傳單，是一則有關「孔老二」的消息：

「……數十萬人聚集在曲阜，召開徹底搗毀孔家店大會，並向毛主席發出致敬電，彙報一個激動人心的消息：敬愛的毛主席，我們造反了！我們造反了！孔老二的泥胎被拉出來搗毀了！萬世師表的大匾被摘了下來！孔老二的墳墓被鏟平了！封建帝王歌功頌德的廟碑被砸碎了！這是無產階級文化大革命的偉大勝利！這是毛澤東思想的偉大勝利！……」

見我和弟弟在偷聽他們的談論，爸爸示意我們不要出去亂說。

「孔老二和梅老三是親戚嗎？」九歲的弟弟問。

「孔老二和梅老三風馬牛不相及，就好像東臉泡子和銀河系風馬牛不相及一樣，哈哈哈哈！」楊大夫說，發出一連串大笑。

我找出爺爺的《開明國語課本》，翻到孔夫子那一頁，指給弟弟看：「各處學堂，皆拜孔子。我上學堂，我拜孔子。」

「這書現在是大毒草了！」坐在一旁讀《哥達綱領批判》的姐姐說。她喜歡的《鋼鐵是怎樣煉成的》和《簡・愛》現在也成了大毒草。

爸爸又繼續著和楊大夫的高談闊論。

「秦始皇也得重新評價了！」楊大夫也煞有介事地說，也掏出一張傳單，標題是〈馬克思加秦始皇〉，「主席說了：馬克思要與秦始皇結合起來！」

聊著聊著，他們聊起了李鴻章和袁世凱，又聊杜月笙和張靈甫，又聊胡適之和徐志摩。沒等爺爺說「扯啊！不著邊際啊」，忽然聽到頂棚上的響動：「格啦格啦……」

「是耗子！」爸爸說著，起身用掃帚拍了一下頂棚，耗子「格啦格啦」地跑了。

「耗子？」楊大夫說，「別提牠了！」

楊大夫講起不久前的故事。他說他一向不把錢存進銀行，相信只有把錢放在身邊才最踏實。放在哪兒呢？一天早上醒來，他望著頭上的紙糊頂棚，忽然恍然大悟：「有了！」遂把正在捅爐子的老婆「趙大姑娘」嚇了一跳。待下班回家，老婆打了漿糊，關窗拉簾，他登上桌子，把十張十元票「大團結」、二十張五元票「鋼工」和三十張兩元票「車工」，總計二百六十元人民幣刷上漿糊，依次貼在紙棚上，又在上面精心裱上一層白紙。他的手藝很好，沒留下絲毫破綻。

「等這一切做完，我看著頂棚，心想誰會料到那博紙底下另有乾坤？我呷了口酒，對老婆說，這下子可是神不知鬼不覺萬無一失了，我這不是『棚藏萬貫』嗎？我老婆說好，反正眼下不等著用錢，用時揭下來就是了。」

我們四個孩子聽得入神，湊過耳朵等著下文。

「不承想，你猜怎麼著？博麵漿糊的香氣引起了耗子的關注。當夜我睡意正酣，忽然被格啦格啦聲驚醒。開燈一看，頂棚露出一個大洞，一群耗子正吃著塗了漿糊的人民幣改善伙食呢。我大吼一聲：住嘴！格啦聲停了。我又喊了聲：滾犢子！耗子們格啦格啦溜走了。一隻小耗子意猶未盡，反轉回來，在漿糊上又舔了一口，朝我做了個鬼臉，你說這是不是欺人太甚？」

我們幾個孩子「格啦格啦」地笑出聲來。姐姐嫌家裡太吵，抓起個餅子去了造反團。

「哈哈哈哈！耗子耗子把人欺，有錢當存銀行裡！」爸爸也大笑起來。

「耗子的這頓夜宴，吃掉了我五十多元人民幣，超過普通工人一個月的工資，心疼啊！看著那掏了大洞的頂棚，還有掉在地上的耗子糞，氣得我大罵耗子們混蛋王八蛋紅鬍子！」楊大夫說著，抬頭望著我家的頂棚，彷彿那裡也藏著人民幣似的。

不過，我家卻沒有多餘的人民幣可藏。我家的人民幣入不敷出，每月還要孝敬太爺爺十元錢的生活費，哪裡有閒錢藏在頂棚？

「我家糊頂棚的漿糊是拌了耗子藥的。」爸爸說。

楊大夫呷了口酒，沉思了片刻，脫口吟出一首打油詩來：

耗子耗子把人欺
偷吃我的人民幣

勸君高興莫太早
老子遲早收拾你

爸爸和楊大夫的高談闊論在雄渾悲壯的〈國際歌〉樂聲中結束，這是全天廣播節目的結束曲，取代了原本慵懶纏綿的廣東音樂〈步步高〉。

有時，楊大夫會打發鄰居的小孩鄭小子來我家，叫爸爸去吃飯。爸爸去的時候也不空手，他會帶上媽媽蒸的包子，或烙的蔥油餅。楊大夫的老婆趙大姑娘是南方人，做不好麵食。楊大夫住在東門裡，一棟青磚瓦舍中的兩間，那裡雖然是個大雜院，卻曾是城裡最好的房子——「張監督的房子」。張監督是民國時代的高官，「滿洲國」時因自憐自愛而沉湎於鴉片「福壽膏」的煙霧之中，落得個萬貫家財散盡，不得善終。

兩個月後，楊大夫被停職反省，罪名是「國民黨潛伏特務」和「資產階級醫術權威」，老婆趙大姑娘的罪名是「國民黨軍官臭婊太」和「資產階級交際花」。造反派給他們畫了花臉，戴上高帽，胸前的牌子上畫了青天白日徽，並限令他們三天內交出藏匿的金條美鈔和蔣介石的委任狀，再合唱〈牛鬼蛇神嚎喪歌〉，向毛主席請罪。楊大夫說向毛主席請罪找擁護，金條美鈔和委任狀可沒有，人民幣也已經被耗子吃光。至於〈牛鬼蛇神嚎喪歌〉，楊大夫想說：「士可殺不可辱，要我唱〈嚎喪歌〉，除非太陽從西下窪子升起，在東鹼泡子落下，除非你們在天王星撒尿，嘩啦啦就流進銀河系！」但這話沒說出口，剛到嘴邊就嚥了回去。

想了兩天，想不出到哪兒去找金條美鈔和委任狀，更張不開口唱〈牛鬼蛇神嚎喪歌〉，楊大夫對老婆說：「坦白從寬，抗拒從嚴，頑抗到底，死路一條。君子名節，咱們只剩下這死路一條了。」當晚，批鬥會散去，楊大夫夫婦洗去臉上的黑墨，換上乾淨的衣裳，喝掉了一瓶白酒，吞食了一瓶「安定」，暈暈乎乎一覺睡去，再也沒有醒來。他們夫婦雙雙自殺，自絕於人民了。

楊大夫夫婦無兒無女，桌上金雞餅乾盒子下壓了個信封，裝著一百元人民幣和一首詩，注明：「餅乾送給小將們，錢用來辦理後事，詩用來作墓誌銘。」

「墓誌銘」不但讚美了火星和太空，還謳歌了蘆葦、韭菜和高粱：

暈暈的我走了
正如我暈暈的來
我暈暈的招手
作別暈暈的雲彩
那東鹼泡子的蘆葦
是夕陽中的韭菜
西下窪子的高粱
在我的心頭蕩漾
乾德門山上的青草
悠悠的在火燒雲下搖擺
……
暈暈的我走了
正如我暈暈的來

我揮一揮衣袖
帶走了火星上的霧水和太空中的雲彩

這莫名其妙的墓誌銘引起了造反派們的議論。

有人說這墓誌銘是仿了徐志摩的詩〈再別康橋〉，有人說徐志摩是資產階級反動詩人；有人說這詩裡隱藏著找尋金條美鈔委任狀的密碼；有人說藏匿地點像是東鹼泡子西下窪子和乾德門山；有人說那和火星太空天王星銀河系有什麼兩樣？有人說這字裡行間像是有反動標語和聯絡暗號；有人說戴笠毛人鳳布下的特務果然太狡猾太厲害，就這麼揮一揮衣袖，暈暈地留下這一頭霧水一片雲彩……

爸爸說，一次他們喝酒時，楊大夫沒有像往常那樣高談闊論，而是低聲說他還有個大哥，卅八年隨軍去了臺灣，留下一個兒子，就是楊大夫的侄兒，託付給一個部下的親戚撫養。大躍進那年，侄兒坐悶罐車去了廣州，又輾轉去了東莞。那時的廣東，常有人偷偷練習在夜裡游水，目的是日後偷渡去香港時用得上。由於大量的外逃，那一帶許多村莊都「十室九空」。侄兒水性好，順利地游到了對岸，並立即去警察局自首。那時的香港政府還收留他們這樣的人，侄兒慢慢有了身分。楊大夫說，遺憾的是，他一直沒有一點大哥的消息，侄兒是他唯一的親人，如今也逃到資本主義那邊了。

爸爸說他最後一次見楊大夫是兩天前，那時他和老婆趙大姑娘剛挨完批鬥。楊大夫掏出顆煙，抽得剩了個煙頭，甩了甩手指，極度疲憊地說：「燃燒得差不多啦。」又無奈地搖搖頭，說，「我揮一揮衣袖，帶走了火星上的霧水和太空中的雲彩……」

造反派們把楊大夫家翻了個遍，拆了頂棚，掏了炕洞，挖了地磚，掀了鍋灶，裡裡外外，除了幾堆耗子糞和蟑螂屎，連金條美鈔委任狀的影兒都沒找到。

他們沒給楊大夫夫婦立墓碑刻墓誌銘，只給他們插了一塊木牌，上書「自絕於人民，死有餘辜」。至於那盒餅乾，「小將們」懷疑被下了毒，便餵給了一條狗。第二天，見狗還在活蹦亂跳，有些後悔，說：「莫非這就是火星上的霧水和太空中的雲彩？」

許多年後，楊大夫的侄兒從美國回來，為二大爺二大娘立了墓碑，上面刻了遺書中的墓誌銘。但那遺書的原件早已不知所蹤，侄兒只能憑口傳的片段拼湊起來，說對與不對，就請那邊的二大爺雅正吧。而楊大夫的大哥，卻病故在臺灣，沒再踏上大陸的土地。

09 白氣球 The White Balloon

公元一九六六年

過了幾天，街上瘋女人的衣褲終於被脫掉了。

她一絲不掛，全身赤裸，仍然沿著大十街路旁的洋溝，漫無目的地遊蕩。她的兩腿間流著血，彷彿在呼應著這紅色的風暴和紅色的海洋。

洋溝上的洋溝板子早就一塊也不剩了。洋溝裡的水發綠發霉，漂浮著死貓死狗和掉落的傳單，發出陣陣惡臭，吸引了成群結隊的蒼蠅。

見到掉落在地上的傳單，瘋女人就彎腰撿起，紅的黃的藍的綠的……她把傳單仔細豎著摺成三摺，夾在兩腿之間，用手捂著，鮮血仍止不住地流下來。

街頭的大廣播喇叭裡仍然在播放著音樂，仍然是毛主席語錄歌〈造反有理〉。

瘋女人會唱歌，不過，她唱的不是〈造反有理〉，她唱的是什麼，誰也聽不懂。她的歌聲不是「堅定、有力、豪邁」的，而是「猶疑、無力、膽怯」的，像秋天的落葉和冬天的寒風，被如雷般的口號聲淹沒了。

小男孩們向瘋女人扔土坷垃，大男孩們跟著她，觀察她的乳房和她的身體。

她的乳房飽滿、圓潤，她的體態纖細、修長。

「老瘋子，大破鞋！」幾個小男孩興奮地罵著。

「破鞋破，大流血！」幾個大男孩惡毒地罵著。

那瘋女人知道是在罵自己，卻「咯咯」地笑著，揚起頭來，繼續唱她的歌。

幾個男人喊了起來：

「眼福啊！我除了自己的老婆，還沒見過別的光身子女人吶！」

「那你他媽的就多看幾眼唄！」

「這娘們兒長得不賴呀。」

「那兩個奶子配得上那張臉。」

「就是埋汰了點兒。」

「那更有味兒。」

「比我老婆強。」

「是頭母豬也比你那老婆強。」

「去你媽的吧！」

「去你媽的吧！你媽解放前是地主婆！」

「你爹解放前是資本家！」

「屁個地主婆，就有那麼幾十畝地，雇了那麼兩個工。」

「屁個資本家，就開了那麼個小鋪子，賣個油鹽醬醋豆腐乳。」

也有女人們在議論：

「我呸！老爺們兒都是下流胚！」

「嘖嘖！這女的看起來不是大老粗。」

「人家可是個文化人兒！」

「聽說是和平公社的小學老師。」

「咳，生下來個孩子，沒見上一眼就死了！」

「當媽的腦子受了刺激，就瘋了。」

「聽說本來都好了，這運動一來又被揪出批鬥了。」

「嘖嘖，這光著身子，多砢磣[1]！」

「可憐的人兒！上哪兒找件衣服給她穿上呢？」

「是被哪個王八犢子給糟蹋了，又把人家給甩了？」

「中心校副主任那王八犢子肯定要算一個。」

「聽說還有好幾個王八犢子呢。」

「挨千刀的，作孽，不得好死啊！」

「是我的話，就告他個奶奶孫子。」

「屁，公安局局長都靠邊兒站了！」

「我看就只能到玉皇大帝那兒去告了。」

「屁，皇帝都被拉下馬了！」

……

忽然，那瘋女人的散髮被風吹開，她向我這邊看過來，目光和我對視，嘴角動了動，彷彿是笑了。

1 揭發他人短處，使難堪。這裡指難看、醜陋。

我怔了一下，正要躲閃，她的臉卻深深地吸引了我：那張臉雖然已經汙穢得難以形容，卻輪廓柔美，隱約有一顆黑痣，嵌在兩道眉毛偏右的地方，那眉毛就變成了一隻蝌蚪。

這不是辮老師才有的黑痣嗎？六年前在課堂上，我每天看見辮老師眉間的黑痣和她長長的辮子。現在她的頭髮披散著，她就是六年前的辮老師嗎？

我想起了辮老師帶我們讀的課文〈小三毛和阿廖沙〉。如今，「好像親哥倆」的中國和蘇聯，已經是不共戴天的仇敵了。

那瘋女人又唱起了歌，現在聽清了，她唱的是〈讓我們蕩起雙槳〉：

小船兒輕輕
飄蕩在水中
迎面吹來了涼爽的風
……

「讓我們蕩起雙槳！」馬大文驚訝得叫了起來。

「是辮……老師！」我也驚訝得叫了起來。

那個瘋女人就是辮老師，那個教我們寫「阿拉伯數字」、教我們念「小三毛」、教我們唱〈讓我們蕩起雙槳〉的辮老師。

……

「老瘋子！大破鞋！」

「破鞋破，大流血！」

孩子們仍然惡毒而下流地罵著。

「小崽子們！你們的嘴太損，太缺德了！」幾個婦人又動了惻隱之心。

「小崽子們」不理會婦人們的責備，繼續著惡毒而下流的謾罵。

我和馬大文下意識地向前擠去。我們要像齊天大聖孫悟空那樣，騰空而躍，掀起一陣狂風，吹散人群，大喊一聲：「辮老師！」然後，奇蹟般地把她從水深火熱中解救出來……

可是，瘋女人仍然痴痴地唱著。我們被洶湧的人潮擠到一旁。

我沒忘記，三年前，我也和這群「小崽子們」一道，在那張紙條上寫了字，是對辮老師的嘲弄和羞辱。我彷彿看到一面鏡子，鏡中的影像令我自慚形穢和無地自容……

紅衛兵們注意到了瘋女人。

男紅衛兵們見到瘋女人，不覺一怔——這是他們生平第一次眼見一絲不掛的女人。

「看那女人！竟敢用革命傳單當草紙，還夾在兩腿中間！」一個男紅衛兵喊了起來。

「那上面有毛主席的最高指示呀！」一個女紅衛兵也喊了起來。

「說不定還有毛主席的寶像呢！」

「狼子野心，何其毒也！」

「是可忍孰不可忍！」

「抓住這個壞分子！」

「把她批倒鬥臭！」

兩個紅衛兵上前抓住了瘋女人。一個女紅衛兵扯過兩張白紙，一張圍在瘋女人的腰間，遮住了下體，另一張的中間掏個洞，套在她的身上，遮住了乳房，並抓起筆墨，飛快地寫下「反革命大流氓」，畫上個大大的紅「X」。一個男紅衛兵從一個走資派頭上奪過一個高帽，扣在瘋女人的頭上。女紅衛兵一身洗得發白的仿軍裝、軍帽、皮帶、齊肩短辮「兩把刷」和紅衛兵袖標，使她顯得身姿矯健，英氣逼人。當她轉身舉起手中的話筒高喊「打倒……」的那一瞬，我發現那正是我的姐姐魏冬。

「衛兵你看！那是你姐衛東！」馬大文喊了起來。

衛東已經有些時候沒回家了，她的樣子已經變得有些陌生。

這時，政府的日常工作已經癱瘓。紅衛兵像巴黎公社佔領市政廳一樣，佔領了政府大院。紅色造反團先是佔據了一中的一間辦公室做團部，繼而佔據了政府禮堂。他們在舞臺上擺放了桌椅，架起了屏風，隔出了床鋪。他們常常徹夜戰鬥，餓了，就啃兩口帶來的乾糧，睏了，就把椅子拼在一起，合衣而睡。他們的武器是鋼板、鐵筆、蠟紙、油墨、油印機、戰歌、戰報、傳單、檄文、皮帶、拳頭、棍棒和毛主席語錄。他們的戰場是大街小巷、四面八方，直擊人類的靈魂和心臟。他們擠進火車進行革命大串聯，隨時上下，憑著紅衛兵證，乘車吃飯住宿不要錢。他們周身熱血沸騰，心中充滿莊嚴神聖的情感，堅信正投身於一場曠世偉業，正在為人類的解放貢獻著自己的青春……

姐姐衛東即便偶爾回家，也是在午夜以後。這時全家人都已睡下，所以我很少遇到。衛東洗漱後倒下，頭蒙著被子睡到第二天下午，走時帶上換洗衣服和乾糧，之後就又消失在外面的世界中……

我大聲呼喊著：「姐姐！衛東！」

然而，我的呼喊被一陣響徹雲霄的鼓樂聲淹沒了。我看見喇叭匠夏大胖子，正高舉著大喇叭「三節跳大桿」，伴著鼓手門和的「磨盤大鼓」，一遍遍地吹著戰地新歌〈山丹丹開花紅豔豔〉。他們被吸收進了「毛澤東思想宣傳隊」，做了「毛澤東思想宣傳員」。夏大胖子漲紅了臉，不時地加進些花腔，把

「毛主席來了晴了天，晴呀麼晴了天」吹得喜氣洋洋，像娶媳婦迎親一樣。他瞥見空中一團團的雲，心情舒展，喇叭吹著吹著，就吹成了〈千里送京娘〉。

他向門和點點頭，似乎在說：「找到那味兒了！」

門和也向他點點頭，似乎在說：「找到那味兒了！」

天上的雲變得晦暗，他們的「味兒」也隨之變得黯然。夏大胖子吹出的〈千里送京娘〉突然調門一轉，變成了〈送別〉：

送君送到大路旁
君的恩情永不忘
……

「咦，味兒好像不對啊！」一個提漿糊桶的紅衛兵警覺起來，「怎麼聽起來像是〈送別〉？」

他記得這是電影《怒潮》的插曲，是為劉少奇樹碑立傳的大毒草。他向夏大胖子走過去。

夏大胖子猛地看到紅衛兵映在喇叭口上的身影，他靈機一動，調門一轉，轉成了大悲調〈雁落沙灘〉，又一轉，就回到了〈山丹丹開花紅豔豔〉。

紅衛兵懷疑自己的耳朵出了毛病，摸了摸，聽到的還是〈山丹丹開花紅豔豔〉。這時，他覺得手中的漿糊桶在晃動，一看，是撿豬頭的小王發，正從桶裡摳出一坨漿糊，塞進嘴裡，眼裡露出狡黠的光。

「小王發！你是在偷吃漿糊，破壞革命大字報！」紅衛兵呵斥道。

小王發並不作答。他嘴裡品了一下，皺皺眉，把漿糊吐回桶裡，用襖袖子擦了擦嘴，鄙夷地說：

「味兒不正！」又擠擠眼，嘻嘻笑著，泥鰍一樣地溜進人群之中。

夏大胖子和門和的鼓樂聲被震天動地的呼喊聲淹沒。千百個拳頭拋向空中，大的、小的、老的、少的、男的、女的，都跟著衛東高呼：「打倒腐化墮落分子！打倒大破鞋!!誓死保衛毛主席!!!」

我和馬大文也鬼使神差地攥緊拳頭，拋向空中，跟著群眾高呼：「打倒腐化墮落分子！打倒大破鞋!!誓死保衛毛主席!!!」

有人在地上撿到一隻「破鞋」，掛在瘋女人的頸上。瘋女人皺起眉頭，抱起那隻破鞋，像抱著一個嬰兒。她的臉上綻開了笑容，眉毛間的黑痣不見了，「蝌蚪」也不見了。她是辮老師嗎？她變成了一個溫柔慈愛的母親，抱著她的孩子，跟著隊伍，磕磕絆絆地向前走去。

天空變得越來越陰暗。突然間，閃電劈頭蓋臉地劃過，雷聲大作，傾盆大雨自天而降，肆虐般地擊打在人們的身上。圍觀的群眾被沖散了，只剩下紅衛兵押著牛鬼蛇神，他們狼狽地在風雨中蹣跚而行，像落湯雞一般，頭上的高帽和頸上的牌子被雨水沖得稀爛……

幾天後，那個瘋女人不見了。

有人說，她死了，漂浮在洋溝的水裡；

有人說，她的身上覆蓋著一些五顏六色的傳單，像一條彩色的織錦；

有人說，有一個戴眼鏡的男人，帶著幾個漢子，收走了她的屍體；

有人說，她曾經是城裡的小學老師；

有人說，那是許久以前的事了；

有人說，那時有一個小學老師懷了身孕，起因於一個副主任，他和她在搞破鞋時「氣球」漏氣，那氣球的質量不好；

有人說，國家提倡計劃生育，氣球是免費的，百貨商店的櫃檯就能要到；

有人說，原來氣球的作用還真挺大，怪不得國慶時，人們手裡都牽著氣球，從主席臺前經過，把灰土土的天空妝扮得五彩繽紛；

有人說，那個副主任栽了。氣球漏氣的結果，是副主任被「開除黨籍，判流氓罪有期徒刑三年」；

有人說，那戴眼鏡的男人就是傅副教導主任……

沒有人說那個瘋女人是不是「辮老師」，我希望不是。是與不是，她終還是死了。

這時，我對於「死」這個字有了新的認識。死亡，已經不再和「棺材」二字相連。國家廢除了土葬，棺材鋪和棺材已經成為永遠的過去。那些黑洞洞的棺材令人生厭，我幸災樂禍地看著它們被掃進「歷史的垃圾堆」，被火葬場和骨灰盒取而代之。火葬場叫「煉人爐」，那座高高聳立著的煙筒，是陽世通往陰間的甬道，是人生最後歸屬的地方。

骨灰盒像是小號的棺材，上面寫著毛主席語錄：

> 要奮鬥就會有犧牲，死人的事是經常發生的。但是我們想到人民的利益，想到大多數人民的痛苦，我們為人民而死，就是死得其所。

骨灰盒很小，這些字寫得密密麻麻，顯得擁擠而侷促。很快地，煉人爐的美術師就把這語錄簡化了，他只用四個字就概括了全部內容：死得其所。

瘋女人，或者辮老師，她的骨灰盒上也寫了「死得其所」嗎？

隨著時間的流逝，辮老師的容顏漸漸變得模糊，她和死去的妹妹、姐姐和媽媽的影像重疊在一起，使我分辨不清，只有一隻黑色的蝌蚪，在那影像上孤獨地游動。

……

這年夏天，廣播喇叭裡又傳來了激動人心的喜訊：毛主席把外國朋友贈送的芒果，轉送給了北京的工人代表。芒果被批量用蠟複製，分發到全國各地，每到一處，就彷彿王母娘娘的蟠桃喜降人間，男女老幼無不傾巢出動，頂禮膜拜。

大街小巷紅旗招展、鑼鼓喧天、鞭炮齊鳴，人們再次歡騰起來，如醉如痴地簇擁著工人領袖王常青。他剛剛從北京歸來，雙手捧著一個玻璃盒子，裡面裝著「毛主席的芒果」，發著金色的光芒。

人群中，我看到了馬大文、蘇小國、盧國林、張鐵錘……還看到了屎杵子、小王發、梅老三……

「看到了嗎？那就是毛主席送的芒果！」蘇小國對馬大文說，指向王常青。王常青出身僱農，苦大仇深，根紅苗正，本是農機修造廠的普通工人，現在是著名的工人造反派領袖。

「看到了，不太清楚呀。」馬大文說。他的眼睛近視，只能模糊地看出芒果的輪廓。

「看看，那玻璃盒子裡裝的就是芒果！」蘇小國又指給馬大文看，一面推著他向王常青的方向擠去。

王常青木訥地微笑著，不時地抽著鼻子，向腳下吐出一口痰，胸前的大紅花把他的下巴映得火一樣紅。

「馬大文！蘇小國！」我喊叫著，卻被一陣震耳欲聾的喇叭聲淹沒了……

文化大革命仍在「如火如荼」地進行著。

毛主席不時地發出最高指示，不時地接見紅衛兵。他在天安門城樓上揮動著巨手，在敞篷汽車裡揮動著巨手，在電影銀幕上揮動著巨手，在街頭宣傳畫上也揮動著巨手。他說：「你們要關心國家大事，要把無產階級文化大革命進行到底。」這激動人心的畫面和聲音，無時不在牽動著每一個青年的心房，激蕩著每一個青年的血液，他們恨不得插翅飛到天安門，飛到毛主席身旁。

姐姐衛東和她的戰友們，跟著紅色造反團團長張愛軍，擎著紅旗，憑一張證明信，向著北京出發了。證明信這樣寫道：

〈革命師生步行串聯證明信〉

為響應林彪同志號召，學習紅軍不怕遠征難的革命精神，現有紅色造反團，由張愛軍同志帶隊計12人，自願組織步行串聯，準備工作就緒，從XXX省XXX地前往北京市進行革命串聯，請沿途黨政機關給予支持。

此致

敬禮

一九六六年X月X日

附：錢、糧補助說明：

1. 應發款
2. XXX已發至XXX，錢XX元，全國糧票XX斤他們一行十二人，在地圖上向北京畫了條直線，隨之，沿著這條線，徒步朝著北京天安門進發，一路唱著「金色的太陽，升起在東方，光芒萬丈」，他們要在〈東方紅〉的樂曲中，接受毛主席和林副主席的檢閱。

我哭著鬧著要跟去，卻被爸爸媽媽強行關在家裡，說我太小，還沒滿十二歲，還沒有過一個兒童的年齡。我因錯過了那列時代的列車而捶胸頓足，望洋興嘆……

很快地，文化大革命的烈火就燃燒到了我家。

首先是爸爸，他的大字報貼滿了醫院的走廊。我擠在人群中，驚奇地發現了他的「罪行」：爸爸念國高時鬧學潮，為逃避日本人的抓捕，偷偷跑到奉天，結果還是被日本人抓住。他有個有些背景的女同學去探視，在襪子裡藏了錢送給他，還通過關係幫助他出逃。這件事是爸爸和別人高談闊論時說漏嘴的。爸爸被日本人抓去又放出來，就必定有「叛變」的可能。

我在大字報上發現：爸爸研讀醫書，必定是只專不紅；他上過國高，那個「國」必定是「滿洲國」的國；他會日語，必定是潛伏下來的日本特務；他和親戚朋友們海闊天空的談話，必定是在散布反動言論；他收過病人家屬送的雞蛋和豬下水，必定是新生的腐化墮落分子；他在醫院門診部任副主任，必定是走資本主義道路的當權派，也必定是赫魯雪夫在中國的代理人；他和國民黨特務來往密切，必定是在傳遞情報……樁樁件件，一切都觸目驚心，一切都聳人聽聞。

更嚴酷的是，爸爸被隔離反省，工資停發一半，家裡的生計突然間坍塌。每天天剛放亮，他都要站在醫院大門口低頭請罪，然後或掃廁所，或給醫療器械消毒，雙腳脹得連鞋都穿不下。一年後，他終於被允許回家吃飯睡覺。這次回來後，母親的言行就日漸怪異了。

接著的是爺爺。他辛虧提前燒了海參崴相冊，把西裝領帶做了鞋幫，才沒被貼大字報和停發工資，但他會滿文，曾經在鎮公所當過文書，是「滿洲國」和蘇聯「特嫌」，遂被派到郊外看菜地改造思想，接受外調和政審。

姐姐衛東沒有活著回來。紅色造反團團長張愛軍和她的戰友們帶回了衛東的遺體。

衛東沒有被追認為「烈士」。爸爸的罪行足以使衛東失去紅衛兵的資格，更談不上被追認為「烈士」了。

眼見拉著衛東遺體的平板車遠去，媽媽哭得死去活來。飛來的橫禍，使她的精神受到極大的刺激和打擊，她不時流露出對文化大革命的不滿和抵觸，甚至在爸爸被批鬥挨打時，她竟然站到爸爸身旁，高喊「要文鬥不要武鬥」，還替爸爸遮擋拳頭。批鬥會結束後，她手挽著爸爸走在人群中，這令造反派們十分尷尬和氣憤……

10 時代的最強音 The Strongest Sound of the Times

公元一九六八年

在全國進入「停課鬧革命」狀態一年多後，丁字路口的廣播喇叭裡，突然傳來了夏青、葛蘭「要復課鬧革命」的聲音。

然而，社會早已失去制約，學校早已失去秩序，學術權威們早已被打倒，我們早已習慣了自由自在的暢快，而再也不願意回到教室，去接受教育的管控和知識的桎梏。夏青、葛蘭的召喚被革命的暴風雨所淹沒，脫韁的野馬和瘋狂的戰車再也無法回到原有的軌跡之中。

直到「復課鬧革命」的聲音聒噪了一年半之久，這個北方小城才有了象徵性的回應。一天，我們接到通知：我們要升入中學了。不但如此，凡是讀了四、五、六年級的小學生統統一刀切，一躍被塞進初中一年級，而且一律以居住點為單位，按片就近分配。三年前的升學考試，連同作文〈我最熱愛毛主席〉被當成廢紙，掃進了「歷史的垃圾堆」。

我被「分配」到曾經的「耕讀中學」，現在的「衛東中學」，即以「捍衛毛澤東」為宗旨的中學。

「衛東」二字引起了我對姐姐「衛東」的回憶。姐姐已經死去整整兩年，如果她仍活著，如果不是文化大革命，她應該在讀高中二年級了。

她的死，非但沒有「重於泰山」，甚至也沒有「輕於鴻毛」。「衛東」已經被這個時代所遺忘，她十五歲年輕的生命，像東鹼泡子的蘆花和西下窪子的火燒雲一樣孱弱而飄渺，一下子就飛散得無影無蹤了。

衛東中學的校址就在我曾經讀過的小學——企業小學。我又和那時的幾個孩子成了同班同學——馬大文、盧國林、劉秀雲、陳孝仁、符雅芬、謝爾蓋、張鐵錘、簫亞茹和局長廖忠義……我們已經從童年走進了少年。

除了劉秀雲和張鐵錘的個子不見明顯長高外，其他人都差不多長了一頭。陳孝仁在二年級時就退學，跟他爸學了皮匠，但還是被居委會說服回到了學校。不過，他只讀完了小學四年，就又退學了。現在，他讀不下來《人民日報》和「老三篇」，卻完全學會了抽煙。他的手指和嘴唇都被蛤蟆頭燻得發紫，嘴上稀稀拉拉長了小鬍子。他家常有鄉下的親戚來城裡賣香瓜，馬車上帶著草料和餵牲口的豆餅。有時，他偷著掰些豆餅渣帶到學校，分給我們吃。豆餅是黃豆做的，又粗又硬，但細嚼起來，就能嚼出綠豆糕的味道。

「好吃！你再多帶些來吧！」盧國林對陳孝仁說。

「也帶些氣球來吧！」我說。

「免費的氣球質量不好，我爸乾脆結紮了！」陳孝仁說。

「結紮了就是計劃生育了。」見我們不懂「結紮」，陳孝仁補充說。

「計劃生育了就是被劁了。」見我們不懂「計劃生育」，盧國林說，「我爸也被劁了，還獎勵了二斤掛麵票呢。」

「我爸也得了二斤掛麵票。沒承想，掛麵買回來，剛下鍋，鄉下親戚就來了。他說給弄點吃的吧，結果他一個人把二斤掛麵全吃了！」陳孝仁說，「吃完掛麵，湯也全喝了！」

「你家那親戚是個胖子吧？」我問。

「正相反，他是個瘦子。鄉下沒有胖子呀！」陳孝仁說。

「鄉下沒有糧本，吃不到大米白麵，黃米麵和小米就算是細糧了。」有一次他說起大躍進挨餓的事，「我家那親戚住在哈拉乾吐，他是生產隊長，吃得多，勁頭也大。逼公糧那年，他把私藏糧食的人捆起來，一拎，就掛在房梁上，隊幹部抄起鞭子就抽，眼睛都不眨一下！」

「你仄（這）四（是）給銀（人）民公色（社）抹黑吧！」說話的是賈紅軍，他也分到了這個班。他把所有的捲舌音說成平舌，像在開玩笑，語氣裡卻透出尖刻和惡意。

賈紅軍家也常有鄉下親戚來，但他從不帶豆餅分給大家。他每次都向親戚要些馬鬃毛，留著冬天紮毽子踢。他還有不少玻璃球，最初是一個顏色的，後來就有了花的，很好看。他把它們擦得鋥亮透明，揣在衣兜裡，走起路來「嘩啦嘩啦」響。

賈紅軍的家在東鹼泡子附近。幾個月前，我曾經跟他有過交往。他爹是個老實巴交的山東人，一天也說不上幾句話。他家孩子多，大姐已經成家，住在豆腐社旁邊的大門洞裡，時常能買到豆腐渣，拌上大醬下飯。令人驚訝的是，他家生活困難，書架上卻擺了不少書。

我向他借了《安徒生的童年》，他也向我借了小人書《獅駝國》。他很喜歡，看完後，要用馬鬃毛跟我換，我不幹。見他不高興，我帶他看了爸爸的「書房」，是在廚房隔出來的一間小屋，放了張行軍床，掛了字畫，放了檯燈和筆筒。他很驚訝，譏笑那是資產階級的「書齋」。我又給他看了我的《札記》，是我自己裝訂成冊的雜文剪報。他挖苦我，說那是小資產階級的閒情逸致，是鄧拓吳晗廖沫沙《三家村札記》的翻版。

我說我要實現我的理想，除了要個人奮鬥，更要有金錢。有了金錢，就可以去買書看，買車票去闖蕩世界。這些豪言壯語非但沒得到他的稱讚，反而得到他更多的譏諷。他十六歲，大我兩歲，好像很有覺悟。他說：「你滿腦子都四（是）資慘（產）階級思想。」

見我不理他，他有點氣急敗壞，開始挑釁奚落挖苦我，說：「蘇（書）房、蘇哉（書齋）、雜（札）記、金錢美女、資慘（產）階級，在有些銀（人）那裡大行其道。」

我還是不理他。如果真有一個「書齋」就好了：書齋裡鋪著青灰色的磁磚，床上罩著白色的床單，牆壁平整而潔淨，一個書架、一張書桌、一把籐椅、一盆水仙……窗外一片陽光，透過紗簾照在軸畫上。牆上還掛著一幅西洋油畫，鑲了金色的畫框，畫面黯淡，看不清內容……

我雖然說了「金錢」，卻從沒說過「美女」。「金錢美女」四個字常常連在一起，組成了一幅醜陋的圖畫：一個細腰肢大屁股塗口紅的妖豔女人，一手香煙一手紅酒，身旁是一堆金幣和美鈔，象徵著腐朽和墮落。

「金錢美女，我看，你就四（是）一個資慘（產）階級！」賈紅軍惡毒地譏諷著。

他的譏諷令我無法忍受。我把這事告訴了盧國林和局長。他們把賈紅軍堵在路上，每人抽了他一耳雷子。

教室前面仍然掛著毛主席像。毛主席黃褐色的中山裝換成了銀灰色，背景的醬油色也換成了天藍色。毛主席的頭髮有些灰白，仍然波浪式向後梳著。他的嘴唇緊閉，和藹而神祕的微笑變成了莊嚴而凝重的質疑。他畫像兩旁的書法「好好學習，天天向上」換成了林副主席題詞：「大海航行靠舵手，幹革命靠毛澤東思想」，不但龍飛鳳舞，還忽大忽小，天馬行空。林副主席是毛主席最親密的戰友，他為《毛主席語錄》寫的〈再版前言〉，是「偉大的毛澤東思想的結晶」。

衛東中學勉強找到幾個剛剛被「解放」的老師。見到學生，他們小心翼翼，唯唯諾諾，像電影裡的漢奸見到皇軍。

所謂的「復課」，其實並沒有課本，沒有作業，沒有考試，沒有成績。很少有人背了書包，大多數人只是衣兜裡揣了張摺起來的紙和一枝筆，或是乾脆兩手空空。

所謂的數學，只是學了幾個公式。原來的封資修教材全部不用了，姜老師一手捏著一本油印小冊子，一手捏著粉筆，在黑板上抄下習題，每一道習題都以毛主席語錄或政治口號為開場白：

「海內存知己，天涯若比鄰。中阿兩國遠隔千山萬水，我們的心是連在一起的。」北京離地拉那7,805公里，在一幅世界地圖上量得它們之間的距離是22.3釐米。求這幅地圖的比例尺。

毛澤東思想是革命的法寶。兩位阿根廷青年克服重重困難，終於來到日夜想念的北京。在比例尺1：50,000,000的地圖上量得從阿根廷的首都到北京的距離是36.7釐米，它們之間的實際距離是多少公里？」

……

或者是要求通過計算，解答「地主是如何喪心病狂地霸佔貧下中農土地的？」「資本家是怎樣巧取豪奪榨取工人血汗的？」

這樣的習題，有人做了，有人根本就不做，反正作業不需上交，無法知道答案的對錯。不久，姜老師的數學課就不了了之了。後來聽說，我們那時總共學了十七頁油印教材，包括一半篇幅的毛主席語錄。

所謂的語文，只是學了一段古文〈湯子・列問：愚公移山〉。趙老師把課文抄在黑板上：「太行、王屋二山，方七百里，高萬仞，本在冀州之南，河陽之北……」之後，又畫出兩座大山，說，「仞，古代計量單位。一仞，周尺八尺或七尺。周尺一尺約合二十三釐米……冀州，古代漢地九州之一，包括現在北京市、天津市、河北省、山西省、河南省北部、遼寧省與內蒙部分地區……」我們覺得這課文過於晦澀和拗口，遠不如毛主席老三篇的〈愚公移山〉直截了當。毛主席在〈愚公移山〉開篇就說得明白：「我們開了一個很好的大會……」不久，語文課就不了了之了。

所謂的俄語，並不是從字母和語法開始，而是直接學了最實用的句子。

「Да здравствует Председатель Мао !」孫老師說，一邊在黑板上寫下這行俄文，「同學們，跟著我說：Да здравствует Председатель Мао !」

「什麼意思啊？」教室裡喧鬧起來。

「同學們，這是我們時代的最強音：毛主席萬歲！」孫老師說。

孫老師大約二十歲出頭，是一中反動學術權威老孫老師的女兒。她穿了一身褪色的衣褲，還打了幾塊補丁。她的眉毛緊鎖在一起，我彷彿見到了辦老師的身影。

「老師慢點說！」我們要孫老師一遍一遍地重復，又用漢字逐字寫下來：「大斯特拉夫斯圖維伊特普雷切外切毛！」

「老師，我的舌頭……不能打嘟嚕！」盧國林站了起來，他的前額拔了三個火罐。

「舌頭打捲是需要反覆練習的，大家先說『得』，再順勢打捲：得——嘟嚕——嘟——嚕——」孫老師做著示範。

「得——嘟——」我們學著，還是打不好。

「回家後嘴裡含一口水，一邊漱口一邊感覺，慢慢就練習出來了。」孫老師說。

孫老師的爸爸老孫老師也是教俄語的，五十年代在莫斯科留學，見過毛主席，聽過毛主席親口講出

「世界是你們的，也是我們的……」他那時每天吃麵包夾黃油喝咖啡加牛奶，還取了個蘇聯名叫阿列克謝，就是「阿廖沙」。回國時，別人都攢錢給未婚妻帶回照相機和手錶，他卻只帶回一個很大的不倒翁「搬不倒」。他現在是反動學術權威和蘇聯特務，據說那搬不倒裡藏著微型發報機和電碼表。

「老師，這句話太長……記不住啊！」陳孝仁站了起來，他的太陽穴上貼了塊膏藥。

「大斯特拉夫斯圖維伊特普雷切外切毛——一共十六個字，用中國話五個字就說完了，還是咱們的話好！」我們本來要說「老毛子話真囉嗦」，想到這是「時代的最強音」，就嚥了回去。

「還有一句重要的話我們要學會。」孫老師又說，「那就是『資搭瓦一下』，意思是：投降吧！是在蘇聯侵略者入侵我國領土，或在我們解放了蘇聯人民時，要振臂高呼的口號！」

這時，陳孝仁的煙癮犯了。他從煙荷包裡取出些煙葉蛤蟆頭，灑在一小塊舊報紙上，又在紙邊上舔了些唾沫，熟練地捲出一個喇叭筒，點燃，教室裡頓時散出一股刺鼻的煙味。

「阿嚏！」孫老師打了個大大的噴嚏。

「阿嚏！」幾個學生也打起了噴嚏。

「別抽了！」幾個女生抱怨起來。

「嘻嘻，毛主席還抽煙呢！這是革命工作需要呀！」陳孝仁說，他已經不吐煙圈了。

「同學們，讓我們一起說：資搭瓦一下！」

但沒等我們把發音用中文記下，教室外忽然來了一群學生，正把一頭大黃牛轟進門口。那牛是「學農」的道具，吃多了草，鼓鼓的肚子卡在門框中間，擠不進去，也退不出來，便發瘋似地吼叫起來。孫老師嚇得丟了課本，驚叫著：「資……搭……瓦一下！阿嚏！」

眼見大黃牛擠進教室，並開始橫衝直撞，女生們嚇得躲在桌子下瑟瑟發抖，男生們登上桌子跳窗而逃……

我們興奮地期盼著中蘇開戰，期待著手持紅纓槍，面對老毛子，一字一句地喊出「時代的最強音」和「投降吧」，最後，讓毛澤東的旗幟在克里姆林宮的上空高高飄揚……

不久，孫老師因借給我們看俄國小說《罪與罰》和《安娜．卡列尼娜》，被揭發檢舉。這兩本書都遭到批判，在〈一百部毒草小說毒在哪裡〉之列。孫老師被學校革委會停職反省，我們的俄語課也不了了之了……

至於「鬧革命」，我們學習了兩報一刊社論：〈無產階級文化大革命的全面勝利萬歲！〉並在當夜走上街頭遊行，慶祝全國各省、市、自治區革命委員會成立，慶祝黨的八屆十二中全會召開，擁護把叛徒、內奸、工賊劉少奇永遠開除出黨，撤銷其黨內外一切職務。

蕭瑟的寒風中，丁字路口的廣播喇叭裡斷斷續續地傳來夏青、葛蘭的聲音：

「這次無產階級文化大革命……完全必要……非常及時……」「劉少奇……叛徒、內奸、工賊……一致決議……永遠開除……撤銷其黨內外一切職務。」

還有一次「鬧革命」是聲討大會，聲討的對象是劉少奇，由局長廖忠義主持，老師坐在教室的角落旁聽。局長雖然不是黨員團員，卻因長得方頭大臉，濃眉大眼，很像宣傳畫上的工農兵，就當了班長。

「那個啥，革命的同學們，大家踴躍發言吧！」局長說。

沒有回應。

「那個啥，革命的同學們，大家積極聲討吧！」局長又說。

過了幾分鐘，一個聲音打破了沉默：「我發言！我僧（聲）討！」站起來的是賈紅軍。他的發言雖然把全部捲舌音說成平舌，語氣卻慷慨激昂：

「偉大領袖毛祖（主）席教導我們縮（說）：四（世）界喪（上）沒有無緣無故的愛，也沒有無緣無故的恨。叛徒、內奸、工賊、黨內最大的走資本組（主）義道路的當權派、綜（中）國的赫魯雪夫劉掃（少）奇，罪該萬死、死有餘辜。他和地祖（主）、資本家贊（站）在一起，氽（穿）一條褲子，四（是）他們的孝子賢孫。在萬惡的舊色（社）會，我們呲（吃）的四（是）野菜和穀糠，氽（穿）的四（是）更僧（生）布和麻袋片……」

說著說著，他的鼻子開始抽搐，直至被自己的深仇大恨感動得痛哭流涕。教室裡一片沉靜。

「呲（吃）的四（是）野菜和穀糠，他說的是三年困難時期吧？氽（穿）的是更生布和麻袋片，他說的是劉秀雲的爺爺和小王發吧？」我旁邊的盧國林學著賈紅軍的口氣，小聲說。

「解放後，我們窮銀（人）翻了森（身），當家做了祖銀（主人），不但呲（吃）得飽、氽（穿）得暖，八月節還呲喪（吃上）了月餅，十月一還呲喪（吃上）了餡餅。現在，劉掃（少）奇搞修憎（正）組（主）義，要復辟資本組（主）義，讓我們貧下宗（中）農呲（吃）二遍苦，遭二遍罪，我們堅決不答應！毛組（主）席萬歲！」賈紅軍的發言變成了「憶苦思甜」。

從此，賈紅軍開始熱衷於「憶苦思甜」，一有機會就用他的平舌音，像一個苦大仇深的老貧農那樣，控訴舊社會的黑暗，歌頌新社會的光明，動情之處，不禁聲淚俱下，直到有一天，學校請來了「老紅軍」劉泰，做了一次「憶苦思甜報告」。

「老紅軍」劉泰的憶苦思甜報告在學校的大操場舉行。他略帶外鄉口音，說起話來，動不動就說「額參加改命那年」，「額們打下地江山」和「紅軍不怕遠征難」。

這時的「老紅軍」劉泰已經在各學校做過不少次報告，憶起苦思起甜已經駕輕就熟。

「老紅軍」五十來歲，黑慘慘的臉，酒糟鼻子有點歪，連毛鬍子有點白。他戴著沒有帽徽的八角帽，穿著吊兒的灰布衣，腰間紮著舊皮帶，胳膊肘子上打著補丁，是爬雪山過草地時的「紅軍」造型。不巧的是，他晌午飯時貪杯，多喝了幾盅酒，說起話來不禁信馬由韁。

「額們紅軍長征那年，小日本兒被林副主席在平型關打地屁滾尿流……」「老紅軍」劉泰說。

「那……林副主席咋沒跟著毛主席長征呢？」我旁邊的張鐵錘小聲說。

「那時候苦啊！額給地主南霸天放騎，一個不留神，把騎全給放丟咧！」「老紅軍」劉泰說。

「額……意思就是我吧？騎就是豬吧？」我問旁邊的張鐵錘。

「呵呵，這……聽起來咋像白毛女涅？」張鐵錘答非所問。

「額就莫個顏面去見南霸天咧……」「老紅軍」劉泰繼續說，「南霸天那王八犢子可狠涅，到了年三十，要額還他地債，額莫錢給，他娘地硬是把額地閨女搶去做小，可憐額那閨女啊，水靈靈地，沒幾年頭髮就變博咧……」

「博……就是白吧？」我問旁邊的張鐵錘。

「南霸天……白毛女……這是哪兒跟哪兒啊？」張鐵錘說。

臺下響起了議論聲。

「這……老紅軍，別是假的，打冒支[1]吧？」

「這……老紅軍，有點兒扯王八犢子吧？」

---

1 東北方言，指假冒他人名義進行欺騙。

「這……影響不太好咧，我看，就此打住吧！」革委會主任和軍代表有些尷尬和狼狽，商量了一陣，喊了聲口號：「不忘階級苦，牢記血淚仇！」沒等臺下跟著重複，就揮起手，做了個打拍子的動作：「全體起立，我們來唱支〈憶苦歌〉吧！天上布滿星，一、二：」

天上布滿星
月兒亮晶晶
生產隊裡開大會
訴苦把冤伸
萬惡的舊社會
窮人的血淚仇
……

臺下的賈紅軍代表學生送給了「老紅軍」紀念品——一本《毛主席語錄》和一個皺紋紙紮的大紅花，在熱烈的掌聲中，草草結束了「憶苦思甜報告」。

不久，組織上對「老紅軍」劉泰進行了外調，查明了他的歷史和底細，原來，他根本就不是什麼老紅軍，充其量算是個「老貧農」，至於「軍」或「兵」，是一天都沒當過的。從此後，「憶苦思甜報告」就不做了，「賈紅軍」也改回了原名——賈學全。

這期間，學校組織過一次支援麥收，去的是嫩江三河農場生產建設兵團，但只要男生，說勞動相當艱苦，女生就算了。出發前的動員大會上，學校革委會說我們去的是兵團，而兵團戰士又是農業工人，所以他們把「工、農、兵」的身分全都佔了，說我們此行是學工學農又學軍，一舉三得，意義重大。我們坐火車再坐汽車，到達農場時，已經近深夜。

這年秋天大澇，麥子淹在地裡，聯合收割機「康拜因」[1]無法運行。北大荒的麥地一望無邊，一壠足足一公里長，是很累的活。我們手持鐮刀，高捲褲角，雙腿被麥茬劃出一道道口子，傷口泡在水裡，走完十個苗眼寬的麥田，雙手已經磨出水泡。麥子濕漉漉的，我們與其說是在割，不如說是在拔。但是，兵團的伙食好，頓頓都是白麵大饅頭、糖合麵燒餅和白菜肉片湯。我們每人每頓都吃四、五個大饅頭，把肚子撐得鼓鼓的。局長一頓吃了七個半大饅頭，得了新外號叫「七點五」。我和馬大文各吃了四個，帶走的三個在路上也吃完了。

在田裡割麥的有一群「二勞改」，是一個特殊的人群。他們中大多數是原國民黨軍團營級軍官，我所在的一分場就有四百多人，多數是在東北戰場上被解放軍俘虜的，抗戰後期，他們是派往緬甸和日軍作戰的中國遠征軍。

我們在割麥時曾和他們相遇，還碰巧在麥田一起吃過幾次午飯。午飯是卡車送過來的，照樣是白麵大饅頭和白菜肉片湯。這些二勞改比我們還能吃，每頓七、八個大饅頭不在話下。他們吃得很快，坐在麥捆上，腰板挺得溜直。那時他們已經刑滿就業，但不許回家，仍戴著歷史反革命帽子繼續勞動改造，俗稱「二勞改」。他們每月開三十二元工資，住集體宿舍，穿著破舊的灰色勞改服。

一個大家叫老曹的二勞改，滿臉連毛鬍子，是原國軍團長，在滇緬戰役中患風濕不能下田勞動，便因病照顧，在宿舍裡燒火打掃衛生，工資降到十九元。我們常常有機會和他閒聊上幾句，發覺他講話

---

[1] 英文Combine的直譯，指能一次同時完成幾種作業的組合式採收機器，這裡特指聯合收割機。

相當和氣，和電影裡燒殺掠搶的「國民黨匪兵」完全不一樣。他說國軍新一軍和新六軍進瀋陽時秋毫無犯，老百姓夾道歡迎，我們沒敢搭話，只當是「反動言論」沒理會。後來開大會時，兵團指導員說不準我們和二老改說話，但那時我們已經快離開了。

三個星期後，我把積攢下來的糖合麵燒餅帶回家，雖然都發了霉長了毛，卻還是刷洗乾淨，和家人高高興興地分著吃了。

學校裡有一群高班的男生，整天在教室裡吹拉彈唱，常聽到的是〈草原上的紅衛兵見到了毛主席〉、〈在北京的金山上〉和〈紅太陽照邊疆〉，都是熱情洋溢的「戰地新歌」。他們每人嘴裡叼了顆煙，是自己捲的葉子煙蛤蟆頭，嗆得人不敢近前。

冬天到了，教室裡沒有爐子和煤，更沒有暖氣。「復課鬧革命」沒了下文，學校解散了，我們的「中學」連課本都沒見到，就糊里糊塗地畢業了。我和我的同時代人又過起了無所事事、遊手好閒的日子，那段荒誕不經的「復課鬧革命」，成了史無前例的笑話和絕無僅有的傳奇。

……

我和馬大文去東崗子刨了一車鹼土，賣給房產公司抹房子，每人賺到了五元錢。那是用五天的汗水和滿手的水泡，換來的「人生第一桶金」。我的雙手磨出了老繭，習慣了用手撫過面頰，甩掉苦澀的汗水，體會著小王發打雜屎杈子掏大糞老農民修地球的艱辛，把學過的十七頁數學和一篇古文還給了老師，而只記住了那句俄語：「大斯特拉夫斯圖維伊特普雷切外切毛！」後來我在北京瞻仰毛主席遺容時記起了那句俄語——「時代的最強音」。那時，排在我身後的人咳嗽了一聲，像是一口痰湧出嗓子眼又嚥了回去，那聲音打斷了我的思路……

我開始想念上課的日子，期待著真正的復課，期望著毛主席揮動巨手，說，你們——早晨八、九點鐘的太陽，去吧，學校的大門正向著你們敞開呢。然而，毛主席卻說：「知識青年到農村去，接受貧下中農的再教育，很有必要。」

昨天的紅衛兵漸漸看到：他們的革命狂歡已經曲終人散，他們的造反盛宴已經人走茶涼，他們的輝煌勝利變得毫無價值，他們的面前不再有學業，他們的攻擊慾和破壞慾只能在「廣闊天地」繼續宣洩……全國兩千餘萬「知識青年」一批又一批，相繼背著行李捲，戴著大紅花，開始了一場空前絕後、長達十年的大遷徙。

歡送的人群中擠滿了他們的父母和家人們：崔校長、老李頭子、孟大詩人、夏大胖子、謝大個子、賈大鼻子、于拔子、屎杵子、李家大奶、李小個子，以及無數的普羅大眾……他們眼睜睜地看著那些大卡車，載著自己的子女和親人，在鞭炮鑼鼓聲中絕塵而去。

我清楚地看到，他們的今天，就是不久後我們的明天。

11 糖水橘子 The Canned Oranges

公元一九六九年

那天午飯時分，我在老街上徘徊，來回走了幾次，看到一家門面乾淨的餃子館，我推開了門。

向老闆確認了對面就是「回民飯店」的舊址後，我揀了二樓靠窗的一個位子坐下，要了一個拍黃瓜、一份西葫蘆[1]餡水餃和一瓶啤酒，慢慢吃了起來。

老闆說得對，窗外街拐角那棟白色的兩層樓房，看起來不倫不類，正是「回民飯店」的舊址。我清楚地記得，那時的「紅翻天回民飯店」，也就是最早的「福合軒」，就在那個位置。

「原來的老回民飯店太遠古了，八三年著了一場大火，成了危樓，後來就拆了。」當我問起回民飯店時，老闆這樣回答。

老闆看上去三十歲出頭，應該不知道「紅翻天」和「福合軒」的事。果然，這兩個名字對於他，都是「太遠古了」。

我故意吃得很慢，想多看看「窗外的風景」。好在小館裡人不多，老闆很客氣，沒有催促我的意思。

當年常看到小王發和屎杵子，在回民飯店的對面下「五道」，過路的閒漢梅老三見了，就坐在一塊

[1] 即夏南瓜，又被稱為矮南瓜、嫩南瓜、櫛瓜、節瓜等。

磚頭上給支招[1]。準確地說，那塊磚頭的地點就是我此刻吃餃子的樓下。那時，整條街上，都是破破爛爛的矮房，就回民飯店那麼一座「二節樓」像點樣。小王發和屎杵子在這兒下五道是圖個熱鬧，他們的花筐子和糞擔子擱在旁邊，熏得人叫罵連天。梅老三愛在這兒坐，是因為對面就是飯店，吃人家的剩飯剩菜方便，為了這個，他沒少挨罵。

當我問起當年的屎杵子、小王發、梅老三時，老闆笑了，說我這小店已經開了十年，人來人往，從來就沒聽說過這幾個人啊。接著，裡間廚房傳出一個女人的笑聲，而且笑個不停。

「咯咯咯咯……屎杵子、小王發、梅老三，哎呀媽呀，這都是些啥名兒啊！」那女人應該是老闆娘。

老闆也說：「這些人怕是遠古的人吧？」

我算了算，這些人若是在世，應該是八、九十歲，甚至近百歲的高齡了。可是，像他們這樣卑微的底層無產者，恐怕早已不在人世，怎麼可能會「萬壽無疆」和「永遠健康」？

「你是外地人吧？聽口音就知道了。」老闆說。

我如實地告訴他，說我本來就是這兒的人，出去多年，口音有些變了。這次是回來「看看、轉轉」的。

「看看、轉轉，就是回憶歷史吧？」老闆說。

他說得準確，我回到久違的故鄉，就是為了「回憶歷史」。

當年我離開故鄉時已經二十四歲，大街上的人「抬頭不見低頭兒」。我想，在我認識的人群中，總會有一個和眼前這位老闆有點關聯，比如親戚的親戚、朋友的朋友，或親戚的朋友、朋友的親戚。

1　招：招數，這裡指為下棋的步子提出建議。

果然，老闆說出一個名字：「去年，還真遇到一個像你這麼大歲數的人，叫馬大文，是一個親戚的朋友。這人在我這兒吃飯，就坐在你現在的位子，向我打聽對面飯店的事兒，說要把它畫下來復原，是回憶歷史！」

看來，馬大文真地是在「回憶歷史」。我一下子記起了他在福合軒前寫生的情景。

那時，文化大革命已經進入第三年。「復課鬧革命」偃旗息鼓後，我又回到馬路上遊蕩。我常常漫無目的地走在大街小巷，東看看，西望望，有時是和同學，有時是一個人。一個人時，我常常逛新華書店，和同學一起時，就逛火車站、大車店和商店。

新華書店裡很是熱鬧。雖然書架上只有馬恩列斯毛和魯迅的著作，滿室的宣傳畫卻把人帶進一個五彩繽紛的世界。那些宣傳畫上的標題個個如雷貫耳：〈毛澤東同志是當代最偉大的馬克思列寧主義者〉、〈歡呼世界進入毛澤東思想的新時代〉、〈要把無產階級文化大革命進行到底〉、〈革命委員會好〉、〈祖國山河一片紅〉……畫上的紅衛兵工農兵簇擁著毛主席，張開嘴，露出幸福的微笑。滿面紅光的毛主席時而穿草綠色軍裝，時而穿銀灰色制服，時而捏香煙，時而揮巨手，時而發出萬道金光。

七月的一個上午，新華書店突然張燈結綵，又響起鑼鼓鞭炮聲。我隨著人潮湧了進去，發現原來的宣傳畫被同一張畫覆蓋，那是剛剛發表的油畫：〈毛主席去安源〉。

人群中，我看到多時不見的馬大文，手裡拿著一個紙捲，正興沖沖地向門口擠去，我叫住了他。

「好不容易才請到一張！」馬大文說。我注意到他說的「請」，是那時對「買」毛主席像的敬稱。

他忙不迭地展開手中的紙捲，飄出一股淡淡的油墨香。果然，他「請」到的是一張〈毛主席去安源〉。

我看到畫面上年輕的毛主席身穿長衫，左手攥拳，右手握著補過的紅色桐油傘，身後是翻滾的烏雲，沉降的地平線使群山顯得低矮。毛主席的前額寬闊，目光深邃，長髮被晨風吹起，正迎著初陽，堅定地向前走去，遠處的層層山巒，罩上了淡玫瑰色的光，低沉的火車汽笛聲，彷彿在群山的深處迴響。

畫的下面有一行小字：一九二一年秋，我們偉大的導師毛主席去安源，親自點燃了安源的革命烈火。

「這是文化館劉成榮的弟弟劉春華畫的！」馬大文說，「他本來叫劉成華，印刷廠排版時把名字排錯，但畫已經印了，生米煮成了熟飯，最後還是江青說了句話：叫春華更好，魯迅的詩裡有一句：寒凝大地發春華！」

「你見過劉春華嗎？」我說。

「還沒呢。我認識他哥哥，就在張家店那邊住，和鄭威家隔壁。」馬大文說，「聽說劉成榮也要改名，改成劉春榮！」

我想起三年前，姐姐魏冬改名叫了「衛東」，我改名叫了「衛兵」，就問：「文化大革命開始那年，你也改過名嗎？」

「改了！那時，有人說我的名字『大文』聽起來像『達爾文』，是崇洋媚外，說不如改成馬繼烈，就是繼承先烈遺志。後來發覺還是叫馬大文好。我的解釋是：馬克思的馬，大躍進的大，文化大革命的文，誰也挑不出毛病！」他用食指向上推了推眼鏡，鏡片上閃爍出一道狡黠的光。他顯然比小時候愛說話愛開玩笑了。

「我也改回到原來的魏冰了！金魏陶姜的魏，冷若冰霜的冰。」我說。

「辛虧我沒改成馬繼烈。我家前院有個孩子叫柯文儒，改了名叫柯繼烈，從此，脾氣變得又激又烈，整天雞頭歪臉，氣呼呼的！」馬大文說。

不久，新華書店最顯眼的位置，立起了一座〈毛主席去安源〉石膏像，比真人還高。劉春華的哥哥劉成榮把石膏像塗成彩色，在後面的屏風上畫了背景。燈光下的毛主席攥著拳頭，握著雨傘，從藍色的風雲中走出來，像真的一樣。

這幅畫的國畫版、絲織版、木刻版、雕塑版和各式各樣鋁製的、陶瓷的像章，迅速出現在神州大地上。馬大文告訴我：「〈毛主席去安源〉總共印了九億張，全中國每人一張還多出一億張！」

在後來的半個多世紀中，無論我走到天涯海角，都能看到毛主席走向安源的身影。

我還和同學互相串門子，傳閱著幾本缺了頁的小說：《三俠五義》、《福爾摩斯探案集》和《神祕島》，都是被批判被禁止的「封資修大毒草」。高爾基的三部曲我只看過《童年》和《在人間》，而且是小人書。可讀的書太少，我恨不得潛到新華書店和圖書館的倉庫，把好看的書偷出來佔為己有，更幻想著遇到《在人間》裡優雅美麗的女人「瑪爾戈皇后」，從她那兒借來好看的書，一本一本地讀個夠。

不過，我很快就在盧國林那裡發現了新大陸。盧國林的爸爸是造紙廠的技術主任，文革時收繳的書籍都歸他的部門處理。他們把舊書報打成紙漿，再做成紙，用來寫大標語和大字報。他偷偷把一些好書帶回家，所以他家的書很多，文革前出版的中外文學名著，無論古典的現代的都有。

這段日子裡我過得渾渾噩噩。我在不知不覺中，把童年和少年拋擲在腦後，而不由自主地步入青年，就是高爾基說的「人間」。不過我沒有像阿廖沙那樣當繪圖師的學徒，當輪船上的洗碗工，也沒有像我同學那樣去學抽煙。別人偶爾硬塞給我煙時，我只是裝裝樣子，像是抽煙，其實是只吹不吸。

一次我獨自遊蕩到老街北段拐彎的地方，看到一個戴眼鏡的男孩正坐在木凳上畫畫，前面放著一個畫箱，在巴掌大的畫紙上，畫著前面的回民飯店「福合軒」。

戴眼鏡的孩子很少見，這個雙手沾滿顏色的男孩是馬大文。這時，每個青年的最高理想是當兵，但馬大文的家庭出身不好，加上眼睛近視，根本就沒有當兵的可能。後來「復課鬧革命」草草結束，他戴上了眼鏡，一頭扎進「藝術青年」的行列，又畫畫又學英語，不怎麼和我們來往了。

馬大文剛戴上眼鏡時，正趕上「九大」開幕。那天學校發出通知：晚上七點鐘，全校學生集合，參加全城的大遊行，慶祝九大勝利召開。在人群中，我見到了馬大文，他戴著眼鏡，走路的樣子有點跌跌撞撞。

「眼鏡是新配的，剛剛從Q市捎回來，你也戴上試試！」他說，一邊摘下眼鏡遞過來，「你看看遠景的東鹼泡子！」

我透過眼鏡，向東鹼泡子的方向看去，看到的是一片混沌。

「哈哈！我也不太習慣。」見我齜牙咧嘴的樣子，馬大文說，「不過，沒有眼鏡，我看到的是一片混沌，戴上眼鏡，連遠景東鹼泡子的葦子，都看得清清楚楚！」

「那如果看中景呢？」我問，把眼鏡還給他，指向不遠處街口的宣傳畫。畫上的林副主席跟在毛主席身後，揮動著紅寶書《毛主席語錄》，像是捏著一把扇子，一下一下地搧著涼風，也像是在說：「毛主席的話，水平最高，威信最高，威力最大，句句是真理，一句頂一萬句。」

「很清楚啊！連毛主席的痞子都看得清清楚楚！」馬大文說，他的眼鏡框是白色透明的，和林副主席作報告時戴的眼鏡一模一樣。

「現在再看看近景吧！」我說。

「近景？你沾在鼻子上的一粒小米飯都看得清清楚楚！」馬大文說，對他的眼鏡很滿意。

街口的大廣播喇叭裡，毛主席的湖南話響徹雲霄：「我們希望這一次代表大會，能夠開成一個勝利的大會，團結的大會，大會以後，在全國取得更大的勝利。」

馬大文不時地眺望東鹼泡子，再轉向宣傳畫和我的鼻子，似乎在說：「遠中近都看得清清楚楚！」

廣播裡傳來了另一個喜訊：林副主席被任命為「毛主席的接班人」，並寫進了黨章。

人群裡熱烈而興奮地議論起來：

「毛主席有了接班人，這下子可好了！」

「可是……聽說林副主席不能像毛主席那樣萬壽無疆，只能永遠健康！」

「這事兒……怎麼說呢？毛主席若是萬壽無疆，就不需要接班人了！」

「聽說林副主席怕光怕風又怕聲！」

「誰說的？就像你親眼看過一樣！」

「我沒親眼看過，五金公司的單大鼻子親眼看過！」

五金公司「單大鼻子」單主任曾經給林副主席做過警衛員，擁有林副主席贈送的鋼筆，以及民國卅七年單大鼻子和三歲的林立果的合影。

「比起毛主席，林副主席……看起來有點兒瘦。我看得多吃點兒豬肉燉粉條子！」

我向街口的宣傳畫望去，的確，畫中的林副主席被畫得太瘦了。

「比起毛主席，林副主席也就是年輕十四歲，接了班，也就是十四年。那十四年後呢？」

「要相信群眾相信黨，十四年後，林副主席也會有接班人了！」

這時，人群中又響起了夏大胖子的〈山丹丹開花紅豔豔〉，人們的議論被這震耳欲聾的喇叭聲淹沒了。

……

福合軒前，我向馬大文打了個招呼。他放下畫筆，向上推了推眼鏡，正好把手上的顏色抹在鼻子上，是很鮮亮的「翠綠」。

「哈哈哈哈！」我大笑起來。

他摘下眼鏡，借著鏡片上的反光，看到自己翠綠色的臉，也「哈哈哈哈」大笑起來。

這情景引來一群孩子的圍觀，他們看著馬大文的臉，「嘻嘻」地笑著。

一個膽子大的孩子說：「你的臉是綠唧唧的蓋蓋蟲色兒！」他伸出手去摸調色板上的「鈷紫」，往另一個孩子的臉上抹去，說，「你的臉是紫薇薇的蝲蝲蛄背色兒！」

我覺得這孩子形容得有意思，連忙掏出紙筆，把「綠唧唧的蓋蓋蟲色兒」和「紫薇薇的蝲蝲蛄背色兒」這兩句話記下，對馬大文說：「我小時候抓過蓋蓋蟲和蝲蝲蛄！」

馬大文收好油畫箱，說：「這是苞米瓤子話，最擅長說這話的是梁老師，人家都說，他的話裡充滿了雞糞子味兒！」

梁老師叫梁長揚，早年在師範學校學音美教育，畢業後在二中當老師，音樂美術語文都教，還拉手風琴。有人說他是多面手，有人卻說他是樣樣通，樣樣鬆。我不認識他，但見過他畫大躍進壁畫，還見過他在舞臺上拉手風琴，給毛澤東思想宣傳隊的演出伴奏。他三十五、六歲，皮膚黝黑，眼睛凹陷，留著背頭，看起來像外國人，至少像新疆人，因為國產電影裡的外國人，無論是美國鬼子還是蘇聯特務，都是由新疆人扮演。有一次他去電影院看《神祕的旅伴》，散場時竟被小孩當成電影裡的外國神父。小孩衝著他說：「你是特務！」那外國神父就是新疆人克里木江扮演的。

馬大文很快就畫完了福合軒，一邊收拾畫箱，一邊說：「梁長揚還說過藍汪汪的老鱉蓋色兒、黑黢黢的油拉鸛子色兒呢！」

我看著馬大文臉上「綠唧唧的蓋蓋蟲色兒」，又把「藍汪汪的老鱉蓋色兒」和「黑黢黢的油拉鸛子色兒」這兩句話記下，說：「我小時候也抓過老鱉和油拉鸛子！」

馬大文說：「梁長揚還說過挺多有意思的話呢！」說著，他講了下面的故事。

那天，馬大文去梁長揚的美術班上課。教室在二中，他走路快，一會兒就到了。夏天的教室裡悶熱得像蒸籠。

梁長揚在給學生做「人像寫生」示範。他咧了咧嘴，「啪」地一聲，把手中的畫筆戳進一個玻璃瓶，濺起幾滴水珠，再把筆在水裡涮了涮。水像泥湯子一樣渾濁，瓶子上的商標汙穢不堪，隱約看得出「糖X橘X」幾個字，那是個裝過「糖水橘子」的罐頭瓶子。

「水粉子難畫呀！」梁長揚說。「水粉」就是廣告色，梁長揚把它叫「水粉子」。課堂上畫的「水粉子」因為不是臨摹，是寫生，就比較難。

他張開手指，插進濃密的頭髮，向後梳攏過去，手指從頭髮中抽出，帶出一片頭皮屑，飄在空中，閃著奇異的光亮。

「這是什麼色兒？太難兌！」他向後仰了十公分，瞇起眼睛，看著前面畫板上的一塊顏色，嘆了口氣說。

他盯著前面的模特兒，要「兌」出他下巴頦上的一塊顏色，到底是什麼色兒，很難說得清。

「這……到底是什麼色兒呢？」坐在旁邊的馬大文嘟囔著。

「什麼色兒？這色兒……」梁長揚用油畫筆指著模特兒的下巴頦。模特兒是一個鬍子拉碴的老漢，頭上繫了條灰不拉唧的手巾，扮演的是「貧下中農」。

「這色兒，遠看是藍汪汪的老鱉蓋色兒，近看是綠唧唧的蓋蓋蟲色兒，不遠不近看呢？是紫薇薇的蝲蝲蛄背色兒！總而言之，是你們說不出，兌不出的那個色兒！」梁長揚說。他腮幫子上的連毛鬍子刮得乾淨，藍裡透綠，綠裡透紫。

這番話引起了學生們的興趣。

「梁老師，你的意思是……」一個學生問。

「意思是……你腮幫子上那色兒？」另一個學生問。

「我的意思是：雞糞子色兒，就是雞粑粑色兒！」梁長揚摸了摸自己的腮幫子。

這話被模特兒聽到了，老漢便一揚脖，說：「你說俺這下巴頦子是蝲蝲蛄背色兒？莫錯！莫錯！俺昨晚還吃了一盤子炒蝲蝲蛄涅。下巴頦子，製啥？它就變成了蝲蝲蛄背色兒咧！」模特兒是山東人，他下巴頦子的「色兒」令人想起東門外黑泥地裡的蝲蝲蛄。

一隻蒼蠅從模特兒面前飛過，嗡嗡地叫著，正像是一種不可思議的「色兒」，又微妙，又玄幻。

模特兒坐不住了，伸出手去抓那隻蒼蠅。

「老哥你不能動！」梁長揚急了，「這一動，你那下巴頦子的色兒就變了！」

「俺木動！俺木動！俺就是這倔有點麻，屁股也怪癢癢咧！」模特兒也急了。「倔」就是腳。他突地站起，跺著「倔」，抓著屁股。他的褲子是尿素袋子做的，染過了，卻蓋不住原來的印字，前面是「尿素」，後面是「日本株式會社」。他這一跺一抓不要緊，整個臉突地由紫薇薇的蝲蝲蛄背色兒，變成了黑黢黢的油拉鸛子色兒。

「梁老師，那臉色兒不對了！」學生們指著模特兒喊起來。

梁長揚有點煩躁。他把好不容易兌出的藍汪汪、綠唧唧、紫薇薇的色兒在「糖X橘X」裡涮掉，調色盤上各樣顏色都戳了些，兌出了一種藍不藍、綠不綠、紫不紫、黑不黑的色兒，塗在畫中老漢的下巴上，瞇起眼睛說：「你下巴頦子這色兒，像孫猴子一樣變化多端，一轉眼兒就變成了雞糞子雞粑粑色兒！」

「哈哈哈哈哈！」學生們哄堂大笑。

「梁老師你忒逗了！」馬大文誇讚道。

學生們開始議論起這些不可思議的色兒，覺得這些色兒和名兒都「忒逗」，不禁想起了另一種色兒，叫「鳳凰藍」，起源於另一個青年，名叫焦文東。

焦文東有點結巴。一次他和馬大文一起畫什麼東西，看到一瓶廣告顏料，標的是「孔雀藍」，覺得十分新奇。不過，他在腦中把孔雀和鳳凰這兩種鳥兒混淆了，就對一旁的馬大文說：「你……看，這……還有……鳳凰藍呢！」後來他家搬到瀋陽，小青年們每當談起他，就忍不住議論這兩種顏色，說孔雀和鳳凰這兩種鳥雖然有點像，但孔雀藍應該更接近藍汪汪的老鶩蓋色兒，而鳳凰藍呢，則應該更接近綠唧唧的蓋蓋蟲色兒。

「你們都別吵吵，先看著我畫，然後再自己畫！」梁長揚說。不料，畫了一陣，他把這張「人像寫生示範」畫得一塌糊塗，一敗塗地，畫砸了。

模特兒老漢看著自己被畫成這樣，說：「這哪兒是我涅？這明明就是蓋蓋蟲蝲蝲蛄油拉鸛子咧！」學生們失去了興趣，模特兒更是睏得不時低下頭，閉起眼，流出了哈喇子。待梁長揚終於兌出他的「雞糞子雞粑粑色兒」，不但模特兒睏得沒著沒落，學生們也睏得哈欠連連，昏昏欲睡了。

梁長揚自己也有些犯睏。他向後仰了二十公分，瞇起眼，看著自己的「人像寫生」，不禁十分洩氣：顏色塗得太厚，已經在氾粉，像濕地上氾出的鹼土，像雞粑粑上掛了一層粉霜。他知道這畫兒已經無可救藥，便索性把手中的畫筆扔進了「糖X橘X」。

他皺了皺眉，沮喪起來：「水粉子啊水粉子！這回我算告饒了！」想到要收場，就加了句，「你們先畫著，我去一趟茅樓子。水粉子不中，明天改畫油畫！」

茅樓子就是茅房。不等學生們說「中」或者「不中」，梁長揚撕下那張「人像」，一邊揉搓著，隨著背頭上飄出的頭皮屑，揚長直奔茅樓子而去了。

教室裡的學生們推開那可惡的筆和顏色，模特兒老漢扯下了頭上的手巾，索性提前下課，或趴或仰在桌子上，睡起了午覺。

在茅樓子，梁長揚把那張人像反覆揉搓了十個來回，用它擦了屁股，沾了滿屁股的「水粉子雞糞子雞粑粑色兒」……

「哈哈哈哈！」我和馬大文都大笑起來。

「梁長揚對畫油畫心有餘悸，有點愛恨交織！」馬大文說。

「是因為油畫難畫吧？」我問。

「不是，是……這裡的問題。」馬大文說，指了指自己亂蓬蓬的頭髮，「不是頭髮的問題，是意識形態的問題！因為這個，他還給勞教了三年！」

「啊？是政治問題?!」我說。

文革的前一年，梁長揚給學校運動會畫遊行用的毛主席像。畫了幾天，他發現毛主席臉上那些莫名其妙的老鱉蓋色兒、蓋蓋蟲色兒、蝲蝲蛄背色兒和油拉鸛子色兒都不夠正。「立體」方面，則該立體的沒立體，不該立體的卻太立體，而且，他把毛主席頭髮上的高光畫成了白頭髮，嘴唇畫得過紫，鼻子畫得過紅，改了無數次，越改越糟糕，結果畫得一塌糊塗，砸了。然而，儘管如此，卻還是看得出毛主席的輪廓和影子。領導要他重畫，他只好把那硬梆梆的畫布揭下來，繃了新布，刷了皮膠，重新開始。

可是那張揭下來的畫布，丟了它不是，放著它也不妥，梁長揚陷入了迷惘。回家躺在炕上，摸著炕上的炕席，他忽然靈機一動，一拍腦門兒說：「這麼好的油畫布，防水又隔潮，用來鋪炕最好！」於是就把那毛主席像拿回家，偷偷鋪在炕席底下。

這事在文革期間被紅衛兵告發。紅衛兵是他從前的學生，一次去他家，坐在炕上，聞到一股油畫顏料味，說梁老師你這炕席味兒不正啊！好像是煙袋油子吧？順手揭開炕席一看，見到一個大嘴巴，再掀開點兒，露出下巴頦子上的痦子，明白了這是主席像啊。學生當時並未言聲，把這事記在了心裡。

第二年，文革開始，學生的覺悟提高，想起這事，就抄了老師的家，炕席下翻出了毛主席像。這下子可不得了，這是要把毛主席枕在頭下，壓在身下，墊在腳下，是可忍孰不可忍！結果把梁老師送進公安局，以「現行反革命罪」發配他到農場勞改三年。後來雖然平了反，卻一朝被蛇咬十年怕井繩，每當畫起油畫，他便覺得有一雙看不見的眼睛，在暗中監視著他，迫不及待地等著他用畫布鋪炕呢。

不久，按上級的指示，為大樹特樹毛主席的絕對權威，城裡的綜合服務樓改裝成了「紅太陽展覽館」，梁長揚被抽調到美術組，臨摹放大宣傳畫，每天補助三毛錢夜餐費，是一份美差。他們總共十一個人，報帳時把全樓的人都寫上，這樣，湊夠十八元錢，能買回不少炒菜和饅頭。炒菜盛在臉盆裡，饅頭串在筷子上，每人再出兩毛錢，合伙買二斤散裝酒，用白瓷茶碗「洋灰墩子」輪著喝，吃喝得十分盡興。

領導上本來要他臨摹油畫〈毛主席去安源〉，架在「紅太陽展覽館」的大門口。他說油畫我算告饒了，還是畫「水粉子」吧，結果他畫的是〈全世界人民團結起來，打敗美國侵略者及其一切走狗〉。畫面上飄揚著一面巨大的紅旗，上面書寫了毛主席語錄。

梁長揚用「熟褐」打完稿子，數了數畫中的人頭。

「一共有十一個人，是群像啊！」他說。

紅旗下的十一個人，代表著十一國人民。中國工人是領導階級，跟隨著的是阿爾巴尼亞、朝鮮、越南、老撾[1]、日本、巴基斯坦、剛果和第三世界，都是中國人民的同志加兄弟。他們擺出「金字塔」造型，或振臂吶喊，或持槍衝鋒，或舉目遠眺……

「嗯，畫上十一個人……咱們美術組也是十一個人。」他突發奇想，「報夜餐費……如果把這十一個人也算進去，每人三毛，十一個人就是三元三。包子鋪的包子一屜一元七毛三，填上一分錢，三元三夠買兩屜包子啦！」

「把背景上的小人頭算上，那就更多了！」在一旁看熱鬧的馬大文說。畫面背景上人頭攢動，代表了全世界的無產階級。他計算了一下，又說，「這麼多人，包子如果平均分配，每人連一口都吃不上。」

「哈哈，要是全世界的無產階級都吃上原籠包子，那就是實現了世界革命、全球一片紅啊！」旁邊寫標語的韓老師插嘴說。

「那不就成了吃大鍋飯嗎？」梁長揚說，「咱們還是按三突出的原則吧！就像我這畫一樣：在所有人物中，正面人物每人吃一個包子，正面人物中的英雄人物，每人吃兩個包子，英雄人物中最主要的中心人物敞開吃！這畫兒是我執筆，我就是該敞開吃的那個人啊！」

---

1 寮國。

「扯王八犢子！」韓老師說，「你那根本就不是共產主義按需分配的原則！」

「按需分配？得了吧！大躍進大鍋飯我可吃夠了！」梁長揚說，「整天吃的就是茄子拌大醬和苞米碴子！」

提起「大躍進大鍋飯」，梁長揚氣不打一處來。那天夜餐時他多喝了點酒，口渴時，差點把涮筆的渾水喝進肚子。他去水房打了一壺開水，放在公用的桌子上。

過了一陣，韓老師走過來，不暇思索地端起壺，給自己倒了一茶缸子水，正要離開，被梁長楊撞上，見韓老師不勞而獲，就丟過來一句話：「那水可是我打的！」

韓老師一怔，見梁長揚話中帶刺，就回了他一句：「啊？水是你打的？那咱可喝不起！」他二話沒說，「嘩」地一聲，把水倒在地上，拎了茶缸子拂袖而去。

旁邊的人看不過去，勸韓老師別跟老梁一般見識：

「老梁淨說些苞米瓤子話！」

「充滿了雞糞子味兒！」

「你就當他放了個屁！」

「一個巴掌拍不響，你就讓他自個兒拍吧！」

「讓他那巴掌在空中比劃，沒人理他，就只當他是對著空氣搧涼風！」

梁長揚有些尷尬。他的臉色變了，由綠唧唧的蓋蓋蟲色兒，變成了紫薇薇的蝲蝲蛄背色兒，再由藍汪汪的老鱉蓋色兒，變成了黑黢黢的油拉鸛子色兒。他伸出一個巴掌，在空中比劃了一陣，見沒人理睬，就假裝做操，喊了句：「廣播體操第一節：伸展運動，一、二、三、四、五、六、七、八……」

我再去馬大文家時，他的眼鏡腿上已經纏了一塊膠布。

「是打籃球時給撞的。戴眼鏡的人不能搞體育。」他說，「以後就不打球了。」

我不喜歡打籃球，也不喜歡戴眼鏡，戴眼鏡的人被稱作「四眼」。

「四眼就四眼，看得清楚就行！」馬大文說，一邊摘下眼鏡，遞過來，「你再戴一次看看我的畫！」

我再次戴上他的眼鏡，看著牆上的畫，吃驚地說：「原來如此，這些細微的色兒──老鱉蓋色兒、蓋蓋蟲色兒、蝲蝲蛄背色兒、油拉鸛子色兒、雞粑粑色兒……一下子全都看見了！」

「哈哈哈哈！戴上眼鏡，看東西也立體多了！」馬大文笑了，接過眼鏡戴上。

「太清楚太立體就不太習慣吧？」我說，「怪不得你那天有點跌跌撞撞呢。」

我記得他剛戴上眼鏡時的情景，那天正好是「九大」開幕。

「第一天不太習慣，不知道晚上睡覺要不要戴。我問我爸，他說，戴眼鏡睡覺，做夢就會清楚點。」馬大文說，「我爸是開玩笑呢。那天晚上，我是把眼鏡裝在盒子裡才睡的。」

他的眼鏡盒是黑絲絨的，盒蓋很緊，有彈簧，關上時發出「啪」的一聲響。

我看到牆上的一張畫片，叫〈庫爾斯克省的禱告行列〉。

「這是世界名畫，俄國列賓畫的。你看這遊行場面，這些人沒戴眼鏡，也是跌跌撞撞的。」馬大文說，「這是從別人手裡借來臨摹用的。」

果然，我看到畫面上浩浩蕩蕩的宗教禱告行列，場面宏偉壯觀，像文化大革命大遊行的隊伍，有一點「跌跌撞撞」。

「我沒有那麼大的畫板，只能臨摹局部。」馬大文說著，給我看了他剛剛用鉛筆起草的頭像，是這幅畫中的「駝子」。

他指給我看他完成的作品，都畫在自製的油畫紙上，書本或巴掌大小，都是臨摹的油畫和風景寫生，佔滿了一面牆。

「這張叫〈蒙娜・麗莎〉，更是世界名畫！」他給我看了一張外國人頭像，暗綠色調，「我正在臨摹，要畫四個月呢。」

「要畫四個月？這麼長時間？」這令我十分驚訝。

「達・芬奇畫了四年才完成！」馬大文說，這更令我驚訝。

「達・芬奇……也是蘇聯老毛子吧？」我沒見過〈蒙娜・麗莎〉，也沒聽說過達・芬奇，問了一個愚蠢的問題。

「達・芬奇是義大利人。你看看〈蒙娜・麗莎〉，看得出她神祕的微笑吧？」他說。

「嗯……像是看得出，又像看不出。」我如實地說。

「你感覺她在笑，她就是在笑，你感覺她不在笑，她就是不在笑！」馬大文說，「你再看，她的眼睛會跟著你的眼睛轉，不論你轉到哪個方向，她的眼睛都在盯著你！」

畫中的蒙娜・麗莎大鼻子，沒有眉毛，眼睛有點斜視，嘴抿著，透出一種不可思議的神祕。我按馬大文說的試了試，果然，蒙娜・麗莎似笑非笑，眼睛老是在盯著我，這令我愈發驚訝。

我伸手去摸蒙娜・麗莎的鼻子，馬大文制止了我：「達・芬奇在這畫上設了密碼，只能眼看，不能手摸的！」

蒙娜・麗莎的眼中閃出一道光，有些神祕。馬大文的眼鏡片上也閃出一道光，有些狡黠。多年後，我知道了一些〈蒙娜・麗莎〉的傳說，又看了電影《達・芬奇密碼》，原來馬大文並不是在開玩笑。

馬大文講起一天上課時，梁長揚大談〈蒙娜・麗莎〉的事。

那天剛進教室，梁長揚就打開一本畫冊，指著一張圖片說：「你們看，這就是著名的〈蒙娜・麗莎〉！」

「這人……是男的還是女的？」馬大文說。

「這一點從名字和頭髮上就看出來了。」梁長揚說。他很興奮，每說一句，就用手指梳一次頭髮，帶出一片頭皮屑，「你們看這名字的『娜』字，是女字旁，還有頭髮，是披肩髮，如果是男的留長髮，不就成了流氓？」

大家都點頭稱是。

「這顏色——色兒……不好兌吧？好像是炒菜放多了醬油！」馬大文說。

「外國人不吃醬油，吃咖啡，咖啡子。」梁長揚說，「你們看這畫兒：猛一看，它就是一杯咖啡，咖啡子色兒！換成中國國情說，它就是雞糞，雞糞子色兒，也就是雞粑粑色兒！你要是睜大了眼睛，湊近了細看，就啥色兒都有了！」

學生們睜大了眼睛，湊近〈蒙娜・麗莎〉細看，果然，藍汪汪的老鱉蓋色兒、綠唧唧的蓋蓋蟲色兒、紫薇薇的蝲蝲蛄背色兒、黑黢黢的油拉鸛子色兒，外國的咖啡子色兒、中國的雞糞子色兒，這畫兒上全有。

「咳，〈蒙娜・麗莎〉這色兒絕了，它不好整，也不好兌呀！」梁長揚感嘆著。

「蒙娜・麗莎……看起來有點……」幾個女生覺得沒有眉毛的蒙娜・麗莎有點嚇人，都把臉轉了過去……

「是有點嚇人吧？」梁長揚說，「你們盯著她看，看一會兒就不覺得那麼嚇人了。」

馬大文臨摹的〈蒙娜・麗莎〉好像不大對勁——眼睛有點小，嘴有點歪，「色兒」有點太綠，鼻子也不夠立體。

……

「世界上什麼最難畫？」我問。

「世界上最難畫的就是毛主席像！」馬大文說。

我本以為他會說，「世界上最難畫的就是〈蒙娜・麗莎〉」。他說〈蒙娜・麗莎〉本來最難畫，但你畫得不像也無所謂。毛主席像就不同了，畫得不像是犯錯誤。這令我想起我兩歲時說過的「死大林，要死了」，忽地感覺到牆上的蒙娜・麗莎正在盯著我看。

馬大文又給我看了他的風景寫生。不過，他的寫生都是寥寥幾筆，看不出畫的是什麼地方。

「這是江橋啊！」他指著一張巴掌大的畫說。

「江橋」是座大鐵橋，是日本人在「滿洲國」時建的，現在還在用。馬大文畫上的江橋也是寥寥幾筆，他說那是「概括的大效果」，是去年紀念毛主席暢游長江時，特意去江橋畫的寫生。

「那天我也去了，怎麼沒見到這個教堂？」我看著他的畫，發現綠樹叢中有座高聳的白色建築，詫異地問，「還有，江裡那個大標語——緊跟毛主席在大風大浪中前進，怎麼不見了？」

「哈哈，教堂啊，那是想像的！」他說，「也不完全是想像。畫的時候，把眼睛瞇起來，覺得那兒有塊白的東西，就大筆觸點出來，退遠了看，說它是教堂，它就是教堂。大標語嗎，影響構圖，跟教堂也不搭調，我給去掉了！」

我那時想說：「你寫生的時候，可以摘下眼鏡，這樣，看到的就是概括的大效果了。」

他又抄起小提琴，拉出一段琶音，說：「畫畫和音樂是相通的。你看，這樣的哆、瑞、米、發、嗦、啦、啼、哆，不正是畫畫中的各種色兒嗎？」

我彷彿看到了琶音中的「各種色兒」——梁長揚說的「藍汪汪的老鱉蓋色兒、綠唧唧的蓋蓋蟲色兒、紫薇薇的蝲蝲蛄背色兒、黑黢黢的油拉鸛子色兒，還有啥也不是的雞糞子雞粑粑色兒」。

我忽然想問，他的那些東西——油畫箱、油畫顏料、小提琴都是從哪兒來的呢？

他把這些都告訴了我。

「顏料是我幫文化館畫毛主席像時密下的，油畫箱是求別人做的。小提琴是從我五奶家買的，花了五十元錢。」他說。「密下的」就是貪汙的。可是，小提琴花了五十元，那是一個人一個月的工資。

「我媽把一件皮襖賣了五十元錢。」馬大文說，又嘆了口氣，「要是賣畫能賺到五十元錢就好了。」

他還給我看了他臨摹的〈毛主席去安源〉，但那也只是一張頭像。

「我沒有那麼大的畫板，只能臨摹局部。」馬大文說。

「聽說劉春華回來了。」我說。

「嗯，聽說他出去這麼多年，每年都回來一次。他家離張家店不遠，我是在他哥劉成榮家見到劉春華的！還和他握了手呢！」馬大文興奮地說。

「聽說他見過毛主席，還和周恩來握過手。」我說。

「他還和周恩來吃過飯呢！」馬大文說。

接著，馬大文和我講了劉春華畫〈毛主席去安源〉的故事，說他去年畫這畫時才二十三歲，在工藝美院還沒畢業。那時正是大夏天，很熱。他身穿一件破了洞的背心，在展覽館悶熱的樓道，汗珠子不斷線地流，按他自己的話，是在「揮汗作畫」，用的還是一塊用過的舊畫布。

「你看畫上的背景是不是有點眼熟？」馬大文說，指著畫中那些滾動的風雲。

「有點像……暴風雨前東鹼泡子的上空？」我說。

「完全可能！劉春華去魯迅美院附中時都十五歲了。他說，他小時候還在東鹼泡子冒雨追過仙鶴呢！」馬大文說，「一個藝術家，在創作時，常常會把自己的經歷和感受加進去的。」

馬大文的話令我忽然想到：我已經十四歲了，我將來長大了能做什麼呢？

「你將來要當個畫家？還是音樂家？」看著他滿牆的畫和桌上的小提琴，我說。

「我也不知道，這兒的學習條件太差了！目前，我最想做的就是離開這兒，從這塊平坦的盤子裡走出來，走得越遠越好。不過，暫時出不去也不怕，我有這個！」馬大文說著，從衣袋裡掏出一個很小的本子，裡面還鑲著一個小鏡子。他指著抄在本子上的一段話：

> 一要生存，二要溫飽，三要發展。……我之所謂生存，並不是苟活；所謂溫飽，並不是奢侈；所謂發展，也不是放縱。

「我想把這句話當作法寶，就是座右銘。這個本子我隨身攜帶，鏡子是象徵『自省』。」馬大文說，他的樣子很認真。

「喔，自省？」我說，又讀著那座右銘，「這法寶……是毛主席語錄嗎？」

「這是魯迅語錄。」馬大文說，「人得先生存下來，然後要吃飽飯，有了這兩樣，才能發展。」

「生存不能苟活，是不是說不能像小王發那樣混吃等死？溫飽不是奢侈，是不是說不能整天吃瘟豬頭？發展不是放縱，是不是說不能……」我對「發展」二字就沒有恰當的解釋了。

「發展不是放縱，是說不能像梅老三那樣扯王八犢子！」馬大文說。

「你……這些苞米瓤子話是從哪兒學來的？」我對他的「苞米瓤子話」也很感興趣。

「哈哈哈哈！」馬大文大笑起來，「充滿了雞糞子味兒的苞米瓤子話，是不是？這種話說得最好的是梁長揚！」

說著，他指著牆上的寫生和臨摹的〈蒙娜・麗莎〉說：「我想請他幫我指導指導。你想不想跟我去他家，聽他親口說出這些苞米瓤子話？」

我很想聽那些充滿「雞糞子味兒」的「苞米瓤子話」，覺得機會不能錯過，就說：「去！」

12月餅 The Moon Cakes

公元一九六九年

梁長揚家在「八一路」路西。

馬大文和我約好，晌午十二點半在「東風路」老柳樹前匯合，預計走到梁家時，他們已經吃過了午飯。

還沒走進院子，大老遠就聽到了激烈的爭吵聲，一聽就是梁長揚和他老婆在吵架拌嘴。

「妳這菜做得！難看又難吃！難看得像雞糞子！難吃得像雞粑粑！」先聽到的是梁長揚的聲音，果然，他的「苞米瓤子話」裡充滿了「雞糞子味兒」。

「扯王八犢子！菜做得難看又難吃，你還不是照吃不誤？茄子拌大醬，它不像雞糞子雞粑粑能像個啥？」回應的是他老婆的聲音，她的話裡充滿了「雞粑粑味兒」。

「我聽妳說話滿嘴雞糞子味兒！」梁長揚的聲音。

「我聽你說話滿嘴雞粑粑味兒！」他老婆的聲音。

……

「苞米瓤子話開始了，你得有點心理準備。」馬大文對我說。

我早就聽說梁長揚性情暴躁，太沒涵養，太愛吵架，是「毛驢子脾氣」，說他在學校跟領導吵，跟同事吵，跟學生吵，跟工友吵，在家裡跟老婆吵，跟兒子吵，跟他爹吵，跟鄰里吵，在社會上跟所有人吵，而且總是為屁大的小事吵。這一次，我算是領教了，他甚至跟園子裡的豬都能吵起來。

「你倆噁不噁心？雞糞子雞粑粑整天掛嘴上，叫人咋吃飯？」這是他兩個兒子梁倉和梁庫的抗議。這名字都是梁長揚爹梁老爺子「梁馬車」給起的。大躍進挨餓那年，梁家給餓怕了，說有了「糧倉」和「糧庫」，將來無論多大的躍進來了，咱都能抵擋它一陣子。

「這倆小王八犢子！淨說苞米瓤子話，一股子雞糞子雞粑粑味兒！雞糞子雞粑粑，你們不是已經吃進了肚子？」梁長揚衝著他們大吼起來。

「看把你們狂的！雞糞子雞粑粑咋的？大躍進那年，這兩樣都是好東西！」梁老爺子「梁馬車」接著發了話，這話雖然有點誇張，然而大躍進那年，他的確餓得骨瘦如柴，滿臉雞糞子雞粑粑色兒。

「大躍進？別提它了！」梁長揚繼續大吼著，「它早就破產了！都什麼時代了，還吃這大躍進大鍋飯，還吃這雞屁股裡拉出來的雞糞子雞粑粑！」

「扯王八犢子！我問你：雞蛋是不是從雞屁股裡拉出來的？跟雞糞子雞粑粑有啥區別？那蒸雞蛋羔子、雞蛋韭菜盒子，你不是也吃得滿頭大汗、呼嚕呼嚕嗎？」梁馬車也大吼起來。

我和馬大文裝作沒聽見，寒暄著說：「梁老師，你們……是不是要睡晌午覺了？」

梁家晌午飯的炕桌子還沒撤。正盤腿坐在炕上的梁長揚見我們來了，有些尷尬。他下炕穿上懶漢鞋，一邊用一根秫秸篾剔著牙，裝作若無其事地說：「隔壁鄒啞巴整天和老婆吵架，哪兒睡得了晌午覺?!」

梁家的門窗大敞大開著，成群的蒼蠅不時地飛進飛出，間或落在桌上的茄子拌大醬和苞米碴子上。

馬大文打開畫袋，恭立一旁，點著頭，咧開嘴，憨笑著說：「梁老師你給我指導指導，看看我有沒有發展！」

梁長揚戴上眼鏡，拿起一張素描，是石膏半面像〈亞歷山大〉。他向後仰了十五公分，端詳了一陣，說：「這石膏子畫得……挺起鼓！」

馬大文的眼鏡片上閃出一道光亮，轉過頭，悄聲對我說，「石膏子就是石膏像，挺起鼓就是挺立體。」

梁長揚問：「你畫過水粉子嗎？」

馬大文說：「水粉子？畫過呀！上次畫那個模特兒老漢……」忽然覺得有些「哪壺不開提哪壺」，就轉移了話題，從畫袋的裡層抽出一張臨摹的「水粉子」，「這是我新畫的水粉子！」

那是馬大文用「水粉子」畫的〈毛主席去安源〉局部——滿面紅光的毛潤芝。

梁長揚向後仰了二十公分，端詳了一陣，說：「春華的〈去安源〉，水粉子……你兌的這紅色兒生分了點兒，缺少了中間色兒！」

馬大文小心地問：「中間色兒指的是……」

梁長揚馬上回答：「中間色兒，就是那些灰了吧唧的色兒：老鱉蓋色兒，蓋蓋蟲色兒，蝲蝲蛄背色兒和油拉鸛子色兒！」

我強忍住沒笑出聲來。

馬大文找出〈蒙娜．麗莎〉，說：「梁老師你再看看這個，你說的是這些色兒嗎？」

梁長揚接過〈蒙娜．麗莎〉，並不急於看那些色兒，而是先翻過去，查看畫的背面，莊嚴地說：「〈蒙娜．麗莎〉的原作，是畫在木頭板子上的！」

然後，他把〈蒙娜．麗莎〉翻回正面，立在炕頭，示意我們和他一起退遠了觀看。

他瞇起眼睛，遠遠地看著〈蒙娜．麗莎〉，莊嚴地說：「這是世界名畫，歷經了五百年，重要的是味兒要整得對，得整出滄桑感。」他皺著眉，手插進濃密的頭髮，帶出一片頭皮屑，接著說，「滄桑，主要表現在色調上。你們看，這畫兒色彩豐富，色調微妙，老鱉蓋色兒、蓋蓋蟲色兒、蝲蝲蛄背色兒，全都有了！」

「雞糞子色兒、雞粑粑色兒、驢糞蛋子色兒，也全都有了！」一旁的梁倉和梁庫插嘴說。

我裝作記筆記的樣子，把這些話全記了下來。梁長揚把色彩和色調這麼複雜的問題，用淺顯易懂的「苞米瓤子話」，一下子就說明白了。我注視著他，彷彿那些不可思議的色兒就寫在他的臉上。

「雞糞子色兒、雞粑粑色兒……都有了。至於驢糞蛋子色兒……」梁長揚忽地揚起頭，向窗外望去，表情驟然凝重起來。

我看到馬大文有些不安，像是在說：「莫非我這畫兒上缺少些驢糞蛋子色兒？」

「梁老師，你看，這……」馬大文說。

「這……」梁長揚並不理會，而是繼續看著窗外，我們不由得跟著向外望去。

窗前菜園子的洋柿子秧裡，好像有什麼東西在蠕動。定睛一看，原來是梁家的兩頭豬，一公一母，一白一黑，一大一小，一胖一瘦，牠們撞開了圈門，流竄到園子，正肆無忌憚地拱著秧，吧唧吧唧地吃著洋柿子，一邊搖晃著尾巴，喘著粗氣，還不時地擠著眼睛，像是在交流心得呢。

梁長揚飛快地脫下一隻懶漢鞋，「嗖」地一聲從窗子扔出去，準確地砸在大白豬的身上。大白豬怔了一下，抖抖身子，非但不怒，反而露出譏諷的神情，又迅速咬住那隻鞋，開始咀嚼起來。小黑豬見狀，也湊過去咬住那鞋，與大白豬爭奪，二豬互不相讓，難解難分。

「扯王八犢子！」梁長揚氣急敗壞。他光著一隻腳，跳著衝出房門，一邊發出絕望的呼喊：「蠢豬！蠢豬！我那鞋呀，它它它生生毀在你們的手裡！你你你……看我如何收拾你！」

白豬和黑豬似乎聽懂了主人的咒罵，扔下那鞋，「呼」地跑開，鑽進旁邊的一個棚子。棚子的模樣古怪，塗了鮮亮的綠油漆。兩隻豬在裡面竄著、轉著，痾下幾泡屎、撒下幾泡尿，衝著梁長揚「嗚嗚」地叫著，用豬的語言向他發出惡毒的咒罵。

「豬也會罵人？真缺乏涵養！」梁長揚不依不饒，揀起土坷垃狠命地砸去，擊中了大白豬的左屁股，擊中了小黑豬的右屁股。牠們竄出棚子，離弦箭般地逃回了豬圈。

一直在一旁觀望的梁馬車急了眼，這棚子是他的出租車車棚。他順手抽出他的趕車鞭子，跳進豬圈，對著那兩頭豬就狂抽猛打，疼得二豬四處亂竄，嗷嗷哀嚎。

叫罵聲驚動了鄒啞巴家午睡的叫驢，牠氣急敗壞，歇斯底里大發作，一聲迭一聲地怒吼起來。

梁馬車在「滿洲國」時，就有了一輛四輪出租馬車，叫「玻璃車」。那車加了車棚，鑲了玻璃，車座包了大紅絨布，車底加了防震鐵板，顯得體面而結實。拉車的大黑馬溜光水滑，頭頂上繫著紅纓，脖頸上掛著銅鈴，一路在城裡的街巷走過，如同扭大秧歌般的歡喜和快樂。後來公私合營，玻璃車歸公，梁馬車加入了運輸社，屬於「資方」，是被改造對象。

不久，他的玻璃車被改造成「宣傳車」：車廂塗成大紅色，前面掛了毛主席像，兩側畫了五角星，座位上架起一面「磨盤大鼓」，鼓手門和狠命地掄著鼓槌，滾雷般地敲著。喇叭匠夏大胖子，高舉他的「三節跳大桿」，揚著脖子吹響〈社會主義好〉，大黑馬驚得一路狂奔，終於一個失足，跑進了洋溝，玻璃車散了架子。

鼓手門和摔裂了橈骨，喇叭匠夏大胖子扭傷了脖筋，大黑馬撞破了腳踝，梁馬車雖然毫髮未損，但見原本美輪美奐的玻璃車已經面目全非，不禁悲從中來，大喊了一聲：「我操——」此後，鬱悶了足足一個月。

領導上分了一輛牛拉大糞車給他趕，說：「你過去趕玻璃車拉的是地主資本家，現而今趕牛車拉的是臭大糞，地主資本家就是臭大糞，臭大糞就是地主資本家，實質上的服務對象沒有改變！」

梁馬車說：「我梁馬車從此得改名兒叫梁牛車，不，叫梁糞車了！」他悲從中來，又大喊了一聲：「我操——」那聲音慘烈，引起了院子裡的群馬嘶鳴……梁馬車又鬱悶了足足一個月。

儘管如此，梁馬車還是撇不開對車的愛好。沒了馬車，他把一輛半新不舊的自行車改裝成摩托車，照樣拉客捎腳[1]。再後來，他把摩托車進行加工，竟變成了小轎車，只不過車棚不是鐵皮而是木頭和膠合板做的。小轎車形狀怪異，通體塗了綠油漆，畫了五角星，插了小紅旗，寫了「紅旗號」三個字，被街上人叫作「小蛤蟆」。

小蛤蟆引起了人們的注意。從此，租車迎親嫁娶的、車前車後參觀的人便絡繹不絕。照相館的攝影師傅李喻武，請梁長揚把小蛤蟆畫在布景上，當成照相的背景，打上燈光，顯得十分立體，像真的一樣，吸引了前來照相的男女老少，為國家增加了收入。說這話時，梁馬車已經近六十歲了。

再再後來，小蛤蟆的發動機壞了，滿城找不到合適的零件修理，他的車旅生涯隨之壽終正寢。

……

我和馬大文終於把梁長揚等了回來。他穿著一隻鞋，單腳跳著，沮喪地坐在炕沿上，咧開嘴說：「這些豬真缺乏涵養！」

馬大文附和著說：「一般的豬都缺乏涵養！」

梁長揚聽了這話，火氣才平息下來，對馬大文說：「我正在二中辦靜物寫生學習班，擺了一盤子月

1 順道載客或捎帶物品。

餅，那些不可思議的色兒都有了，你來練練吧。」

我學著馬大文的口氣說：「好多豬都缺乏涵養！」

梁長揚很高興，轉向我說：「那你也來練練吧。」

我想聽梁長揚的苞米瓤子話，又怕自己畫不好，說：「梁老師，我……除了氣球，就沒畫過啥，恐怕兌不好那些色兒！」

梁長揚說：「氣球？氣球子啊，哈哈！你畫過氣球子就算啥都畫過了。達・芬奇小時候畫雞子兒[1]，還比不上氣球子難呢！」又加了一句，「你可以畫油畫，油畫的色兒比較好兌！」

在二中，我看到一群青年，每人抱著一塊畫板，一張褐色木桌上擺了個白瓷盤，裡面放著四塊半月餅。月餅已經用了一兩年，但顏色看起來還很豐富。

梁長揚要大家畫油畫，說就畫這盤月餅，不過，這次他沒做示範。

「油畫色兒有一個特點，就是不變色兒，容易些，你畫上去是雞糞子色兒，它乾了後就是雞粑粑色兒！雞糞子，雞粑粑，是一個色兒！」梁長揚說。

「那我就畫容易些的雞糞子雞粑粑色兒吧。」我說。

「說容易也不容易。你別看那月餅都是雞粑粑色兒，每一塊雞粑粑色兒都不相同啊！」梁長揚說。

「那些色兒……全都有了！」我本來想說出那幾個「色兒」的完整名稱，剛到嘴邊卻嚥了回去。

「你們看！」梁長揚指著月餅說，「一塊是藍汪汪的老鱉蓋色兒，一塊是綠唧唧的蕎蓋蟲色兒，一

[1] 雞蛋。

塊是紫薇薇的蝲蝲蛄背色兒，一塊是黑黢黢的油拉鸛子色兒，最後這半塊呢，是各樣色兒都有一點的混合色兒，就是雞糞子雞粑粑色兒。而那缺口露出的淺色兒和月餅餡裡的深色兒，就是天知道的啥也不是的色兒！」

「是驢糞蛋子色兒吧？」我記得梁倉梁庫這樣說過。

「這些色兒……怎麼才能兌出來呢？」我問旁邊的馬大文。我沒有畫具，只能什麼都用他的。

「你先別急，等我兌好了這些色兒你塗上去就是了。」馬大文說。

然而，梁長揚說的話比兌出來的色兒更吸引著我。他妙語連珠，不但用通俗淺顯的苞米瓤子話解釋了「色兒」的問題，也同樣解釋了「起鼓」的問題。

「光有色兒還不夠，還要把東西畫得起鼓才行！」他說。

「起鼓就是立體吧，哈哈哈哈！」一個叫包國祥的男青年說。包國祥是蒙古人，在Q市民族學校畢業後，時常給人家主持婚禮，聲音練得異常宏亮。他曾跟一中的于老師學國畫，專畫「紫藤下之雞雛」，但對於「紫藤與雞雛之起鼓」卻沒有概念。

「起鼓就是立體！」梁長揚說，「好比白與黑，你能說白就是白，黑就是黑嗎？不，白黑之間存在著無數的色兒！有了這些色兒，我們才看到了這個大千世界！」

「那……咋能畫得起鼓呢？」馬大文問。

「起鼓，還是不起鼓，這是一個問題。」梁長揚伸出五指，空中一抓，彷彿抓住了一個碩大的橢圓形，虛擬地捏在手中，說，「墨分五色兒。你們看，它本是個平噠噠的橢圓形，咋把它變成個圓乎乎的大雞子兒呢？」

青年們盯著看他手中虛擬的橢圓形，不知如何作答。

沉默了一陣，一個青年說：「水煮嗎？」

另一個青年說：「清蒸嗎？」

還有一個青年說：「油炒嗎？」

最後一個青年這麼說：「找個母雞把這個橢圓形吃了，下出來就是個大雞子兒了。」

梁長揚眼睛一亮，拍了下腦門兒，說：「對！」見青年們不語，就把手中虛擬的橢圓形摩挲了幾下，彷彿摩挲著一個母雞剛生出的蛋，圓滾滾的，有點燙手，「這，就是大雞子兒的道理。達・芬奇的成功就是從畫大雞子兒開始！達・芬奇，說得快一點就是『大母雞』！他面對一個平片的橢圓，愣是把它整得起鼓了！」

果然，梁長揚是語不驚人死不休啊。我沒怎麼兌那些不可思議的色兒，卻悄悄把梁長揚的話都記了下來。

不料，奇怪的事發生了。第一天上完課，起了稿子，鋪了底子，待第二天早上接著畫時，我們發現那盤中的月餅有些不對勁：四塊半月餅變成了三塊半，那塊老鱉蓋色兒的月餅不翼而飛了。大家困惑不解，說，難道是看走了眼？於是只好憑記憶補上那藍汪汪的老鱉蓋色兒。

第三天，我們又發現了新問題。盤中剩下的三塊半月餅中，那塊蓋蓋蟲色兒的月餅又不翼而飛了。於是我們相信，月餅準是讓耗子給偷吃了，便只好在空缺的地方，添上了想像中的蓋蓋蟲色兒。

可是想來想去，大家覺得這事太詭異：多大的耗子才搬得動這整塊的月餅呀？難道是耗子成了精？

「這事兒太奇怪！」馬大文說。

「這事兒太蹊蹺！」我說。

幾年前抓特務的感覺一下子又回來了。我們拉了幾個好奇的學生，決定下課後留下來，反鎖上門，躲藏在模特兒換衣服的屏風後，等著那神祕的耗子現身。

果然，待天完全黑下來，我們聽到門口有了動靜。接著，又聽到門鎖被開動的聲音。門開了，一個細高的黑影閃進來，但那不是耗子，分明是個人！

那黑影躡手躡腳地走近擺靜物的桌子，伸手就抓起一塊月餅。

躲在屏風後的馬大文突地扭亮手電筒，照在黑影的臉上，驚叫起來：「王學偉！」他抖抖索索地喊著「抓小偷！」卻不敢近前。小偷王學偉嚇得一怔，並沒有逃走的意思。

這時，包國祥炸雷般地大吼一聲：「哪裡逃?!」

王學偉一個激靈，「嗖」地一聲逃出門去，轉瞬間，消失在夜色中。

再看桌上的盤子，那塊蝲蝲蛄背色兒的月餅已經被王學偉偷走。

這令人大惑不解，我們開始議論起王學偉。

王學偉是食品公司王會計的兒子，上中學時趕上文革，沒學到多少東西，還受到班主任王老師的歧視。王老師不知是哪根筋出了毛病，老是損他、擠兌他，弄得他得了憂鬱症，整天神經兮兮、魔魔怔怔的。

不久後，趕上知識青年上山下鄉，王學偉去了特克吐，是蒙古人聚居的地方，後來改叫了宏生公社良種場。「特克吐」是蒙語，意思是「好打誤的地方」。這裡的蒙古人和漢人都愛喝酒，說喝透了酒腦子才清楚，才不至於打誤。

這時，文化館下鄉辦「農民畫培訓班」，場裡派王學偉參加，他就學了點水粉畫。到搞創作時，他苦思冥想搞不出來，急得唉聲嘆氣。當地老鄉說，你這是打了誤啊，喝點酒試試吧。於是，他去供銷社打來二兩白酒，邊喝邊畫。果然，他很快就產生了靈感，一下子就畫出了農民畫〈歡天喜地掰苞米〉，大家說好。於是，他得出一個結論：酒，是個專治打誤的好東西。他把自己的作品端詳了一陣，又在畫上加了幾個酒瓶子，暗藏在苞米堆裡。

因為是獨生子女，王學偉的爸爸王會計找到知青辦，好說歹說把兒子調回城，安排在一百商店賣貨。這工作本來挺不錯，吹不到風，淋不到雨，月拿三十元工資，旱澇保收。無奈他酒喝得上了癮，常常喝得五迷三道，根本就撥不了算盤，開不了小票，應對不了顧客，他徹底地「打誤」了。

領導韓主任把他叫到辦公室談話。

韓主任外號叫「韓大卵子」，是個青年領導，正值春風得意躊躇滿志之時，對國家政策也十分熟悉。他不慌不忙地說：「我說小王啊，你這可是越來越打誤了。毛主席號召抓革命、促生產，你呢？革命、生產全打誤了不說，還讓狗尿灌得五迷三道的。你看你這……嗯吶，組織上決定考驗你，給你停薪留職！你知道延安整風吧？我看，你先把自己個兒整風整風，是騾子是馬，咱遛出去看看。等遛完了，是馬你就回來，革命的大門永遠向你敞開。是騾子呢，你就自謀生路，廣闊天地大有作為。馬也罷，騾也罷，都是為文化大革命添磚加瓦。」又拍了拍他的肩膀，語重心長地說，「小王，為人民服務，任重而道遠啊！」

王學偉聽了這番話覺得不對勁，用手擦了擦肩膀，說：「韓主任你這苞米瓤子話，不是明擺著要開除我嗎？馬也罷，騾也罷，我不他媽伺候了！」他罵了韓主任一句，「韓大卵子我操你媽！」便拂袖而去。

第二天，他去了菜市場，跟殺豬的李聾子賣起了豬肉。他剃了禿頭，光著膀子，學著李聾子的口氣吆喝：「看這膘[1]！五指厚！這他媽的哪兒是膘？這簡直就是他媽的大豆腐，這簡直就是他媽的韓大卵子！」儘管他的吆喝聲很像李聾子，卻沒人理會，因為無論是大豆腐還是大卵子，聽起來都令人噁心。

不久後，王學偉又練上了氣功。等練到鬼迷心竅有了「氣場」時，他便隨時隨地盤腿而坐，雙目緊閉，雙手合十，口中念念有詞，把周圍的人看得一頭霧水，「造得一愣一愣的」。

王學偉的行為令人費解：他守著肉攤，要肥有肥，要瘦有瘦，卻又為何不偷點豬肉，而偏要潛到教室，偷這硬得像石頭般的月餅呢？他又為何不連盤一鍋端，而是這樣只偷一塊，零打碎敲呢？

有人說他這是痴了，有人說他這是呆了，有人說他這是在練氣功意念開門鎖，是走火入魔，在「牛刀小試」，有人說這些原因都有一點兒，他是用這月餅回家練水粉畫「水粉子」，要兌兌那些妙不可言的色兒呢。有人說這明明是鼠偷狗盜，咱們得去派出所，嚴厲打擊刑事犯罪，咱們得說道說道。

第二天，我們把這事告訴了梁長揚。

梁長揚皺了皺眉，張開手，插進頭髮，帶出　片頭皮屑。他尋思了一下，說：「嗯，梁上君子，小偷小摸，可以說道說道，也可以不說道說道，不太重要，你們看著辦。我要說的是，剩下的油拉鸛子色兒和雞糞子雞粑粑色兒，正是所有色兒中最重要、最難兌的色兒。能兌出這倆色兒，其他所有的色兒就會不攻自破，色彩學中的難題就迎刃而解了！」他又指著白瓷盤中的空位，說，「那幾個色兒空了也沒啥。什麼是色兒？色兒即是空，空即是色兒，就是這個道理！」

這話把大家說得如墮五里霧中，丈二和尚摸不著頭腦。我們有些失望，覺得梁長揚這次的解釋不如以往那樣通俗淺顯了。

---

1 指肥肉，多用於牲畜。

「梁老師，空了，不就是沒色兒了嗎？是不是有點兒……」馬大文小心地問。

「有點兒……雲山霧罩？」我說，聲音壓得很低。

梁長揚沒聽見，他繼續說：「你們是想說，有點兒……雲山霧罩，是不是？」他非但沒惱怒，反而愉快起來，「哈哈！恰恰相反！大音希聲，大象無形。這話翻成大白話就是：越好聽的音兒就越不吵吵八火，越好看的形兒就越不破馬張飛，越好看的色兒就越灰了吧唧、雲山霧罩！」

說著說著，他指向白瓷盤中剩下的一塊半月餅：「四塊半月餅，色兒各不相同，基本上卻都是一個調兒。丟了三塊不要緊，在雞糞子雞粑粑色兒的基礎上，你分別兌上點藍、兌上點綠、兌上點紫，那老鱉蓋色兒、蓋蓋蟲色兒、蝲蝲蛄背色兒，不就全都出來了？」

「來，我給你們看張範畫！」說著，他從畫袋裡抽出一張不大的油畫，舉到月餅盤前。大家十分詫異，「咦，這張靜物月餅，咋擺得和咱們的一模一樣？」

「哈哈哈哈哈哈哈！」梁長揚大笑了一陣，說，「咱們的靜物，說穿了，就是根據這張原版擺的呀！」

「原版是誰畫的？達・芬奇？」我問。

「說出來你們也不認得，畫畫的人叫司維坦。」梁長揚說，「這畫兒啊，是從一個朋友的朋友那兒淘到的！」

「司維坦？聽起來像個外國人。」馬大文說。

「不是外國人，是崇拜列維坦的山東小青年！」梁長揚說。

「列維坦是誰？」班上沒有人知道列維坦。

「列維坦，是個俄國畫家，人家那風景子畫得，沒治了[1]！」梁長揚說，「我的一本畫冊裡有他的畫，可惜啊，讓紅衛兵抄家給抄去了！」

那個山東小青年叫司子傑，因為崇拜列維坦的畫，得了「司維坦」這個外號。

大家先鼓掌叫好，再仔細觀察那原版畫上的月餅，發現上邊的「色兒」多得很。

我指著那畫的背景問：「這算是什麼色兒呢？」

「什麼色兒？」梁長揚抬起腳，指著自己的皮鞋，說：「這色兒可絕了！這是地地道道的皮鞋油色兒！」又指著自己的頭髮，補充道，「也就是說，是地地道道的髮蠟色兒！」

學生們一看，他的皮鞋和頭髮果然是這種黑不黑、白不白、灰不灰，一種啥也不是的色兒，於是讚歎著：「啊，這個山東的司維坦，這色兒整得準，味兒整得對啊！」

說到王學偉，梁長揚說：「我看算了，你們就專心畫月餅吧，別去派出所了，人家民警子不稀罕這芝麻穀子大的爛事兒，這月餅就全當是讓耗子，喔不，全當是讓大象給偷吃了，大象無形，牠隱了身、遁了形，咱看不見。但是，這空下來的色兒，就是真正的色兒！」

終於，梁長揚把這深奧費解的「色即是空，空即是色」的道理，用通俗淺顯的苞米瓤子話形容和解釋出來了。

至於王學偉，一次他喝高了酒，賣肉時跟顧客吵架大打出手，差點沒動刀子。李聾子把他給開除了，說你已經出徒，自己個兒單挑吧。其實，李聾子開除他的真正原因，是嫌他的吆喝聲太像他李聾子本人，是功高蓋主。王學偉沒有單挑，他從此什麼都不幹了，當上了一個徹頭徹尾的無產者。

---

1 指事情做得太過了，太好或太壞。

我終於把月餅畫得一塌糊塗。那些老鱉蓋色兒、蓋蓋蟲色兒、蝲蝲蛄背色兒，全部被我畫成了煤核狀的東西，畫成了「黑不黑、白不白、灰不灰，啥也不是的色兒」。我生平只畫了這麼一次寫生，就發現自己完全沒有馬大文那樣的天賦，我徹底地放棄了。

此後，我再也沒見到梁長揚，但我聽到了他後來的故事。

在我離開故鄉的三年後，城裡開辦了技工學校，梁長揚被聘去當老師，教的是水粉、油畫、音樂和語文，算是個建校的「開國元老」。馬大文沒再找梁長揚做指導，也沒去上他的美術班。他和幾個小青年在家裡畫了一陣子畫，又給一些飯店臨摹油畫，布置店堂，大家在一起不但熱鬧，還有好吃好喝的招待。在這種場合，他常常見到梁長揚。

梁長揚在技工學校教了一陣子書，就鬧出一件事，轟動很大，那也是他一生中吵得最厲害最邪乎[1]的一次。

那年學校組織美術教員去黃山寫生，教水彩、教素描和教商標設計的幾個老師都去了。梁長揚也要去，但因為他不是純教美術的，校長史尚義不讓他去，這令他十分光火。他決定來一個先斬後奏，自己去。他心裡想，等我回來，抱了一摞子寫生給你看，諒你不敢不給我報銷旅餐費吧。於是，他給學生放了假，自己墊錢，單槍匹馬，背包出發了。

他一路觀黃山日出，遊江南古鎮，賞清明上河圖，把玉屏景迎客松蓮花峰怪石溫泉雲海人字瀑百丈泉九龍瀑盡玩了個遍……待錢花光打道回府時，他不禁嘆道：「五嶽歸來不看山，黃山歸來不看嶽。咱

[1] 東北方言，厲害、超出尋常、離奇、玄虛、不可捉摸。這裡指「嚴重」。

老家西下窪子那乾德門山，就只能算個小上包子！」

至於黃山寫生，他頭兩天還湊和著畫了兩張水粉子，顏色兒不對勁，被他擦了屁股。接下來，他就把寫生這二字忘在了「雲深不知處」。

歸來後，他胡亂搜集些別人的作品——三分之一是東山，三分之一是乾德門山，三分之一是西南崗子。他把這些當作自己的「黃山寫生」，帶著各種票據，追著史尚義讓他簽字報銷。

史尚義堅決不簽，說：「黃山我去過，啥模樣也知道。你的這些寫生純屬扯王八犢子，別說不是黃山，就算是黃山我也不能給你報。你想想看，要是不給你報，我只不過是得罪了你，要是給你報了，我可就得罪了黃山！黃山那麼高，我得罪得起嗎？」

梁長揚惱了，說：「史校長你淨說苞米瓤子話，你要是不給我報，就有你好受的。我管你黃山東山乾德門山西南崗子，你跑到哪山我追到哪山！」

果然，梁長揚採取了窮追不捨、死纏爛打的戰術。他把史尚義堵在辦公室、馬路旁、大街上、家門口、甚至茅廁裡，扯著拽著嚷著鬧著要他簽字。

這天，梁長揚跟著史尚義，從家門口追到校門口，拉住了他的提包，大罵道：「今天你簽也得簽，不簽也得簽。簽了，我叫你聲史校長。不簽，我叫你聲屎殼郎！外加日你八輩祖宗，直到你把你爹餵你的臭大糞吐出來！」

梁長揚的最後一句話惹翻了史尚義，他爹正是那個「掏大糞的屎杵子」。他最忌諱「臭大糞」這三個字，就說：「你再說一遍！」

梁長揚變本加厲，說：「好，那我就再說一遍：屎杵子！臭大糞！屎殼郎！還有，你那一身臭氣，灑多少花露水子也蓋不住！」

梁長揚說的「灑花露水子」更把史尚義氣得火冒三丈。他一個耳雷子向梁長揚抽過去，頓時抽得他滿臉冒金星。

兩人撕打起來，周圍有人觀看，卻沒人拉架。梁長揚大罵史尚義屎杵子臭大糞屎殼郎和史家十六輩祖宗，罵得史尚義忍無可忍，接連幾個耳雷子抽過去，直到把梁長揚抽得鼻青臉腫，掉了兩顆門牙，最後，抽出圍脖就要勒死他。圍觀的人眼見要出人命，這才把他倆拉開拖走。

挨了頓暴抽，梁長揚的兩個兒子梁倉梁庫趕到技工學校，要把史尚義暴抽十頓，要抽掉他上下四顆門牙，眾人死死拉著才沒抽起來。

梁長揚嚥不下這口惡氣，告狀到勞動局，找到常局長。常局長對梁長揚的品行早有耳聞，先把報銷的事一口回絕，說：「換了我，你就是上了井岡山大別山延安寶塔山，也不能給你報。此外，我還得罰你款，扣你獎金。」不容他分辨，又說，「史尚義抽你了？」

梁長揚說：「差點抽死！你看我這眼睛，被抽成了老鱉蓋色兒。你看我這鼻子，被抽成了蓋蓋蟲色兒。你看我這下巴頦子，被抽成了蝲蝲蛄背色兒。還有，你看我這渾身上下，到處都被抽得起了鼓了……」

沒等他把這些比喻說完，常局長就打斷了他：「兌色兒畫畫我是外行，是啥色兒我看不出來，起沒起鼓我也不知道！我只知道抽幾下沒啥。抽死你，我出車給你送殯，讓你風風光光去見馬克思恩格斯！」

在一旁的楊副局長平時就對梁長揚不屑，見狀，就加了一句：「好！湊個雙數，抽死你，我也出一輛車給你送殯，讓你歡歡喜喜去見列寧斯大林！」

見常局長楊副局長非但不息事寧人，反倒搬出馬恩列斯來火上加油，梁長揚氣得渾身發抖，臉也終於變成了黑亮亮的油拉鸛了色兒。

想來想去，梁長揚找到了Q市的老同學，如此這般地說出了事情的原委，請老同學出面給他擺平。

老同學說：「你擅自公出，實際上私出，這是你的問題。他出手抽人，抽得你千般變色兒，萬般起鼓，那是他的問題。你是人民教師，為人師表，他是國家幹部，人民公僕，歸根結底，還是他的問題大於你的問題。」想了一下，又說，「這樣吧，你去告他，我給你擺平！」說著就寫了封信，直接寄到省紀檢委。接著，老同學一個電話打到省裡，打給了他的老同學。

老同學的老同學是省長的祕書，姓孫。省長祕書雖說是祕書，實權卻相當於半個省長。孫祕書一個電話打到城勞動局常局長的辦公室。孫祕書的意見不容分說：「這樣吧，咱們閒話少說，我要的是處理結果，三天後你給我答覆。」

官大一級壓死人，處理結果第二天就有了。他們把史尚義拘起來，等候省紀檢委來人審查。

史尚義並沒把這事當回事。這些年來，在工作上他輕車熟路、雷厲風行，在仕途上他通權達變、游刃有餘，從一個普通的小學教員，做到了技校校長和政協委員。近些年政府重視職業教育，幫助了一些年輕人提高就業技能，也給學校帶來了可觀的收入。史尚義本就不是個善茬子[1]，這時更幹得風生水起，自我感覺相當良好。他給學校蓋了校舍，給老師謀了福利，令周圍的學校羡慕不已。他經多了風浪，不信在這條小河溝子裡就翻了船。誰又能把他史尚義咋樣？

不料，這次事情鬧大了。省紀檢委來人查封了他的家，發現不少好煙好酒：中華、熊貓、大重九，茅臺、五糧液、瀘州老窖，還有電視、錄音機、照相機……憑他每月不到三百元的工資，不可能買得起

---

[1] 善茬子：方言，指好對付的人。

這些東西，於是就繼續查，深入挖，結果越查事情越多，越挖事情越大。

實際上，以前就有不少檢舉史尚義的上訪信，組織上都給壓了下去。然而，這次來了尚方寶劍，他在劫難逃了。和梁長揚的那一場打鬥，是史尚義厄運之旅的序幕。很快，他的新事舊事就都給挖了出來。於是，打證言、錄口供、揭發、檢舉……牆倒眾人推，鼓破萬人捶，一下子，曾經趾高氣揚、不可一世的史尚義徹底地垮了臺。

組織上摘了史尚義的烏紗帽，開除了他的黨籍，沒收了他的不明財產，終了，還送他進局子蹲了兩年。他上了股大火，出來時頭髮白了，腮幫子癟了，牙齒掉了一半，臉色也變了，變成了梁長揚詛咒過的蝲蝲蛄背色兒和油拉鸛子色兒，形同失了魂魄的「屎殼郎」一般。

新任校長分配史尚義在學校看大門，被他一口回絕了，他覺得這太跌分兒[1]，太丟面子。他做夢也沒想到，自己風風火火建起來的業績和威信，最後竟落到了這步田地，過去被前呼後擁的他，如今再也沒人搭理了。

他一氣之下搬到大慶他兒子那兒住。一天，兒子不在家，他一個人喝起了悶酒。他先是喝了半瓶北大倉，吃了半斤豬頭肉。北大倉是勾兌的，上頭。他越喝越鬱悶，越想越窩囊，又喝了半瓶北大倉，沒再吃豬頭肉，而後沉沉睡去，沒再醒來，一命嗚呼了。這一年，他不到五十歲。

梁長揚算是出了口惡氣，他贏了。

中秋節的前晚，美術圈一大群人在人民飯店喝酒，梁長揚也去了。說起了史尚義之死，周圍的人

1　丟人現眼。

說，老梁，你贏了。梁長揚卻哭喪著臉，掫[1]了一杯北大倉，鼻子抽搭幾下，眼淚就出來了。

「贏了？贏了個屁！鬧到最後，鬧了個兩敗俱傷，狗咬狗一嘴子毛！」他嘆了口氣，又說，「早知道鬧了個一六十三招[2]，鬧出這麼個結局，我就不扯那王八犢子了。」頓了一下，覺得語言不夠通俗淺顯，就加了一句，「色兒即是空，空即是色兒！」

桌上的人沒怎麼表示，他們對這事已經沒什麼興趣了。他們開始祝酒，說出一套套冠冕堂皇的祝酒詞，喝了一通，又互相祝酒，說出另一套冠冕堂皇的祝酒詞。

梁長揚也舉起了酒杯，說：「我祝老……史在馬……恩列斯那兒也有煙……抽有酒喝有……肉吃，有女人睡，有架……打！」他的祝酒詞雖然說得結結巴巴，卻很實在，沒那麼多的冠冕堂皇和虛頭巴腦。

他已經好多天沒有剃鬚，濃密的連毛鬍子遮蓋了半邊臉，這使他看起來愈發像個外國人了。他酒量不大，又喝得太猛，他喝高了。

燈光變得黯淡，周圍的景物變得模糊而迷離。他想辨認這些莫名其妙的顏色，卻沒有了把握，因為這所有的一切，都像是沾了些似是而非的老鱉蓋色兒、蓋蓋蟲色兒、蝲蝲蛄背色兒和那種說不清、道不明、不可思議的「色兒」，又微妙，又玄幻……

桌上擺了盤月餅。大家見到月餅上那些不可思議的色兒，想到畫靜物和月餅失竊的事，就說起了王學偉後來的故事，說他在特克吐「好打誤的地方」下鄉時，跟一個姑娘搞上了對象，是支書的女兒。

1 掫，東北話，把重物從一端托起或往上掀，這裡指豪爽地乾杯。

2 東北話，指走了一圈，又回來了，形容白忙乎。

王學偉逢人便說，我要跟她結婚，我是紅本的城鎮戶口，姑娘嫁給我，隨我拿到紅本戶口，就是解放了一個農村姑娘。他還說，按照〈共產黨宣言〉的原則，「無產階級只有解放全人類，才能最後解放自己」。後來他真地跟那姑娘結了婚，解放了一個無產階級——無產者。他說：「至於解放全人類的偉大事業，就留給我們的子孫後代吧。」

回城後的幾年裡，王學偉什麼都沒幹成。他先是被百貨商店的韓大卵子開除，後來又被賣豬肉的李聾子開除，此後便整天坐在老婆開的理髮店「衛華美髮」，靠老婆賺的錢繼續喝酒。他常說：「妳總不能開除我吧？現在該是進化無產階級解放原始無產階級的時候了。」人們以為他在引用馬恩列斯的話，都不敢反駁他。再後來他的抑鬱症加重，精神出了問題。一天早晨，太陽在東鹼泡子上升起老高，老婆不見他起身，推了推，發現他身子已經發硬，人就這麼死了。他老婆哭了一通，說：「一個無產階級解放了另一個無產階級，最後拋棄了那個被解放的無產階級。」

大家唏噓不已，說：「這人吶，活著時是個無產階級，死了還是個無產階級。」更有人稱讚他老婆，說：「這女子不愧是支書的姑娘，話說得富有哲理，就是有點太深奧了。」

梁長揚說：「人吶，活著時不算個啥色兒，死了更啥色兒也不是了！」他酒雖喝高，卻還是把生與死這樣重大的問題，用一句通俗淺顯的苞米瓤子話解釋出來了。

他有些口渴，便抓起了桌上的「糖水橘子」罐頭，咕嘟嘟喝了幾大口。他忽地覺得那罐子裡的糖水渾濁不清，像是他涮筆用的「糖X橘X」。他打了個飽嗝，竄上來一股難聞的氣味，像是雞糞子雞粑粑味兒，便覺得有些噁心。

他發現周圍的人和景物都變得模糊不清，彷彿看見了他教過的那些學生，他們似乎都在晃著身子拉著臉，擠眉弄眼地嘲笑著他，又似乎不是。

他向後仰了二十五公分，盯著他們的臉和下巴頦子，嘟囔著：「這他媽的算個啥色兒？是你們說不出，兌不出的那個色兒！」

他站立起來，直了直腰，伸出雙手，在空中劃了劃，想起了什麼，說：「廣播體操，第八節，整理運動：一、二、三、四、五、六、七、八……」

接著，他打了個不大不小的飽嗝。

13〈拉斯布哈〉Рассыпуха

公元一九六九年

那一年，馬大文還帶我見過一個很有意思的人——評劇團的舞臺設計師金之墨。

金之墨的畫室在人民文化宮正面右側，畫室的窗對著前面的廣場，廣場再過去是電影院，看得到架在門前的海報「三戰」——《地道戰》、《地雷戰》和《南征北戰》，斜對著文化館和廣播站，形成了城裡的「文化藝術中心」。

畫室的兩個窗都敞開著，在窗口，我們見到了金之墨。

馬大文喊了聲：「金之墨在嗎？」

窗口探出一張臉：二十四五歲，蒼白，瘦長，一雙金魚般的鼓眼，顯出幾分矜持。三年前文化宮開批鬥大會，金之墨在二樓的窗口，探出的就是這張臉。

「進來吧，進來吧！」金之墨招呼著，揮了揮手裡的油畫筆。

「那……怎麼進呢？從左門繞進去嗎？」馬大文問。

「不用繞，就從這兒進。」金之墨指了指窗。

「這兒進？怎麼進啊？爬進去？」馬大文問。

「爬進來鑽進來擠進來跳進來，隨你們怎麼進來！」金之墨說，得意地笑了笑。

我們連爬帶鑽帶擠地進了窗戶，一躍，跳在畫室的水磨石地面上。

「鬧了半天是大躍進！」金之墨幽了一默。他的個子瘦高，很像他的瘦長臉。

他的畫室面積雖然不小，卻被亂七八糟的東西佔得很滿。見到他手中的油畫筆和立在牆上的畫布，知道他正在畫畫。

「這……畫的是毛主席吧？」馬大文說。畫中的毛主席坐在井岡山上的一塊石頭上，膝上鋪著一張地圖，正向著遠方眺望。

「這是我臨摹的〈毛主席在井岡山〉，也是成華，喔，春華創作的。」金之墨說。

「春華……是劉春華嗎？」馬大文說。

「是，他本來叫劉成華。」金之墨點點頭，「我們都是一九四四年的，同歲。」

「你們早就認識吧？」

「一小兒就認識！」金之墨從抽屜裡翻出一張賀年卡，說，「這張卡片就是他寄給我的，那時他還在瀋陽魯美附中，沒畢業呢。」

賀年卡是劉春華自製的，正面是個水印套色木刻——年年有魚，還蓋著一個很大的篆刻印章：恭賀新禧，背面是幾個毛筆字：之墨：新年好！成華，64年。

金之墨又說：「文化大革命開始那年，我要和評劇團的幾個人去北京串聯，收到了成華的信，說陶鑄同志對革命大串聯非常支持，你們來吧。沒承想，我們一到北京，就看到火車站牆上的人標語：打倒陶鑄！不禁嚇了一跳。後來又聽說北京亂得很，八到十二月份四個月間，光是武鬥，就死了一千七百多人，不禁又嚇了一跳。結果在北京住了不到一星期，我們就返回了。好在咱們這兒天高皇帝遠，沒鬧出啥大動靜。歸根結底，還是當我的一根針好！」

「一根針？」我不明白。

金之墨指給我看一張釘在牆上的油印戰報。

戰報由「一根針戰鬥隊」編印，上面的漫畫多於文字。戰報的左上角蓋了圖章，是紅色的「主席體」——《一根針戰報》，右上角印了毛主席頭像和毛主席詩詞：金猴奮起千鈞棒，玉宇澄清萬里埃。報頭上畫著一根橫空出世的鋼針，像齊天大聖孫悟空的金箍棒，扎在牛鬼蛇神和走資派的身上。

「這是……」我問。

「這是我那戰鬥隊辦的戰報。」金之墨說，「這場運動，唯一合我意的就是畫漫畫，就是用寥寥幾筆，勾勒出人性的醜陋，算是猛了勁的諷刺和挖苦！」

果然，戰報上有一幅漫畫，叫〈群醜圖〉，是根據清華「井岡山」紅衛兵的漫畫改編的：一列S形的隊伍，簇擁著坐轎子的劉少奇和坐滑竿的鄧小平，隊伍中的「三反分子」都改成了評劇團的「牛鬼蛇神」，他們正朝著資本主義的懸崖，跌跌撞撞地行進呢。

「這個扛著一根鐵棒子的是……」我指著漫畫中一個長臉鼓眼睛的人問。

「看起來眼熟吧？」金之墨指著自己的鼻子說，「遠在天邊，近在眼前，哈哈哈哈哈！」

那長臉鼓眼的人果然有幾分像金之墨本人。我猜想他那「猛了勁的諷刺和挖苦」也針對著他自己。

戰報上的文字很少，幾條標語口號和豪言壯語全用了驚嘆號：

毛主席發動的無產階級文化大革命！正以排山倒海之勢！雷霆萬鈞之力！迅猛向前！我們砸爛了舊世界！建立了新世界！一個紅彤彤的毛澤東思想新時代開始了！

平時不怎麼說話的金之墨一下子話多了起來。他說了些評劇團的事，常常夾雜著戲文，我聽不懂，也記不下來。

「我本來是按唱小生招上來的，後來改學三花臉，師傅是蘇德舫。」金之墨說，「我十六歲就上臺演《蘇三起解》，演的是老衙役崇公道，丑角。問題是我時不時地把別人的戲詞兒念了，卻偏偏忘了自己的詞兒，臺下看戲的哄堂大笑，臺上唱戲的也哄堂大笑，領導和師傅挺失望。後來見我有空就寫寫畫畫，他們說之墨啊，團裡正缺個畫布景的，你去省裡戲校學學吧。就這樣，我一去就是五年，回來時二十二了。一年後文革開始，團裡成立了戰鬥隊，吸收我參加。我跟著他們造了幾天反，白天批鬥走資派，夜裡玩撲克打娘娘贏煙捲，名義上是加班，實際上是糊弄夜餐費。他們見我不合群，就排擠我。這人跟人相處啊，就跟喝酒一樣：酒逢知己千杯少，話不投機半句多。我也不願意和那些人為伍，乾脆退出來單挑，成立個戰鬥隊，叫一根針戰鬥隊！」

「一根針……這名兒起得，挺那啥的！你們的人挺多吧？」我說。「挺那啥的」就是「挺霸氣的」。

「是，挺那啥的！一根針，就是我一個人兒，以一當十，以十當百，以百當千，千軍萬馬。我是隊長，也是隊員，獨往獨來，我行我素！哈哈！」金之墨說，向我指了指漫畫中那個扛鐵棒子的人，仔細一看，原來那是一根巨大的鋼針。

這時，窗外的廣播喇叭裡正播放著〈團結就是力量〉，歌中唱道：比鐵還硬，比鋼還強，我忽然覺得，這句話用在「一根針」上正合適。

「你這一根針就等於孫悟空的金箍棒——定海神針呀！」馬大文說。

「我是革命一根針，誰敢惹我跟誰拚，哈哈哈哈！」金之墨為自己的「一根針」笑得嘴都歪了。

馬大文滿懷崇敬地觀賞著〈毛主席在井岡山〉，很內行地瞇起眼睛，退後幾步，說：「這是油畫吧？」

「是也不是。」金之墨說。

「那是……水粉畫？」

「是也不是。」

「那是什麼畫？」

「這叫油水結合畫。」

我們抽搭抽搭鼻子，果然，聞到了畫油畫的調色油和畫水粉的臭皮膠味道。

「除了頭像是油畫，其餘全用水粉！」見我們困惑，金之墨說。

「水粉子！」我脫口說出了梁長揚的話。

「哈哈哈哈！水粉子！那是梁長揚的專用語！」金之墨說。

在這之前，我曾聽說過金之墨的故事，知道他因為失戀，被「那女的」甩了，受了刺激，也就是「得了神經病」。還聽說「那女的」叫王紅梅，是評劇團最漂亮的演員，在《紅燈記》裡演李鐵梅。不過這些都已經過去，金之墨在不久前結婚了。

金之墨的性格孤僻，他能長時間把自己關在屋裡，幾天不跟人說話。文化大革命開始後，那些帝王將相、才子佳人的舊戲全部停演，只移植了樣板戲《紅燈記》。他沒有多少布景可畫，就常常一個人關起門，畫漫畫、刻鋼板、出戰報。

「戰報還有嗎？」馬大文與其說對《一根針戰報》有興趣，不如說更想看漫畫。

「沒了！」金之墨說，「戰報出了一期就停刊了，一是用完了蠟紙和油墨，二是寫不出新的內容，三是〈群醜圖〉得罪了所有的人，包括我自己。我收起一根針，一個人兒關起門，畫靜物、練大字了，哈哈哈！」

他的書桌上正攤著一沓子舊報紙，反覆地寫著八個毛筆字：天馬行空，獨往獨來。

說起畫畫，金之墨從卷櫃裡翻出一大攞了作品給我們看，有舞臺設計圖、靜物寫生、風景寫生、人像寫生、臨摹的蘇聯油畫，還有很多別人的作品。

「走，到舞臺上看看我畫的布景！」金之墨說。

「布景我知道，就是在布上畫的景！」馬大文說。

果然，舞臺上鋪著的大塊畫布上，是《紅燈記》的布景，除了桌椅，一切都是畫上去的，很立體，像真的一樣。

「其實，把門窗都畫上去，不光是為了省錢，還省人工，換景時不用搬了。」金之墨說。

這一切都令我們大開眼界。馬大文更是興奮，他約金之墨去畫寫生。

「去！我很長時間沒畫寫生，手都生了。刀不磨要生銹，針不磨也生銹，經常磨磨就亮了！」金之墨一下子就答應了，又指了指窗外，「我就住在前邊那棟房裡，你進那個門，裡面有一條走廊，向右拐，第二個門就是我家。」

那是文化宮前的一排土坯房，住的都是評劇團的人，我同學黃亞光家也住那兒，不過是旁邊的一棟磚房。滿洲國時，那房子住了一家日本人，不但有玄關、地板和拉門，還有過榻榻米。黃亞光是我的小學同學，媽媽是名演員彭豔筠，工資很高。小學五年級的暑假，老師要黃亞光當圖書管理員，我曾去過她家借書。左挑右選，我借了一本科幻小說。那時的日本拉門還在，榻榻米卻因不實用而拆除了。

我瞥了一眼黃家，門窗都緊關著，不知道黃亞光如今住在哪兒，畢業後我就再也沒見過她。

後來，馬大文常常拎著油畫箱和摺疊凳，從城東頭趕到金之墨家，找他畫寫生。有人提醒馬大文，說金之墨結婚不久，不應該不顧人家的新婚蜜月，那麼早就去敲他的門，破壞人家的溫柔鄉。馬大文不太懂這話的含義，還是每天一大早就去找他。

一場大雨後我在文化宮前經過，發現那幅〈毛主席在井岡山〉已經被雨水沖洗得只剩下油畫畫的頭像。「水粉子」畫的身子和背景，經過這場「暴風雨的洗禮」，只剩下淡淡的輪廓。有人說這樣有損毛主席的光輝形象，影響不好，〈毛主席在井岡山〉很快就被撤掉了。

我和馬大文最後一次見面時，他正和金之墨坐在二道口旁的草地上寫生，周圍站滿了圍觀的路人，也有從火車站扒樹皮撿煤核回來的半大孩子。

金之墨很興奮，他說：「這會兒坐在這兒，就感覺又回到了戲校讀書那會兒。那年我才十七，跟著同學到處畫寫生！」

馬大文畫的是〈夕陽下的西下窪子〉，金之墨畫的是〈西下窪子上的夕陽〉，他們的雙手都沾滿了顏色。

「你們要是能畫門斗就好了！」一個圍觀的路人說。

「門斗？不會畫！」馬大文使勁搖了搖頭。

「那玩意兒？不畫！」金之墨也使勁搖了搖頭。

「門斗」是畫在玻璃上的風景畫，畫的都是藍天碧水亭臺樓閣瀑布小橋。因為是畫在玻璃的反面，正面看上去便光潔豔麗，喜氣洋洋。「樂園」雖好，畫起來卻費時又費力，最後還得用煤油洗筆擦手，馬大文對此深惡痛絕。他在房門上貼了一張字條，聲明「恕不畫門斗」，並把那些找上來的人拒之於門外。

「你們畫兒上的這些色兒，完全是〈蒙娜・麗莎〉的色兒！」看到他們畫面上很像醬油或咖啡的顏色，我說。

「梁長揚說的老鱉蓋色兒、蓋蓋蟲色兒、蝲蝲蛄背色兒，有人用三個字兒就概括了：高級灰！」馬大文說。

二道口前的紅燈亮了，紅白色相間的道閘桿落下，一列綠皮火車從我們面前經過，帶走了一聲汽笛的長鳴。這是開往北京的168次直快。

「有一天我也會坐上這列火車！」馬大文說。

「我想，我也會的。」我說，但沒像馬大文那樣肯定。

「咱們快分配工作了，我給你寫兩個字兒留念吧。」馬大文說著，從油畫箱的夾層取出一張紙片，用鉛筆飛快地寫下「魏冰」兩個字，是「連筆字」，寫得龍飛鳳舞。

這張紙片如今早已不知去向，但我後來的簽名，用的一直是他設計的字體。

我離開故鄉時，透過火車的車窗向西望去，看到的正是「夕陽下的西下窪子」。那些無邊無際的莊稼——苞米、大豆和高粱，都染上了一層好看的「高級灰色兒」——「啥也不是的色兒」。它們的上空，一片片燦爛輝煌的火燒雲，在清爽的晚風中追逐嬉戲，又急速地向車窗後退去，變得愈來愈暗，終於消失在蒼茫的暮色和迷離的黑暗中。

後來，我就一直沒有機會再見到馬大文。

……

餃子館的老闆和我聊了好一會兒。

我望著窗外，記起了半個世紀前的一起驚天大案——「六九・五・一〇反革命標語案」，就發生在這條街上。

那年早春的一天清晨，一個打開水的漢子在這條街上撿到一張紙條。湊近微弱的燈光，他讀出一段駭人的文字：「知識青年上山下鄉是變相勞改！」漢子一愣，意識到了這是什麼，便像撞上鬼怪一般，嚇得魂飛魄散，手中的暖壺掉在地上，「砰」地一聲摔得粉碎。他猶豫了片刻，跌跌撞撞地跑進公安局報案。

這一天，城裡大街小巷相繼發現了三百多張這樣的紙條，內容從攻擊知識青年上山下鄉，到攻擊焚書坑儒、批評高校的停辦和學業的荒廢……幾乎包羅了攻擊文化大革命的全部內容。

如此大規模的「反標」事件，在人們已經趨於平靜的生活中，掀起了一場巨大的波瀾，攪得大街小巷風聲鶴唳、草木皆兵。於是，人人接受審查，人人提心吊膽，人人惶惶不可終日……

經過近一年鋪天蓋地的「人民戰爭」，作案的四個「老三屆」高中生全部落網歸案。他們因「對現實不滿」而發出的呼喚，給他們帶來了無妄之災和殺身之禍。

媽媽的反應卻令我們震驚。她說：

「還不是因為文化大革命！這些學生本來參加了高考，就差等著發榜上學，沒承想來了這場文化大革命，學沒得上，書沒得讀，鬧了歸齊[1]，要他們上山下鄉當一輩子農民，誰要是願意才怪呢！」

「衛東如果活著，也是同樣命運啊……」

---

1 方言，原來、結果之意。

不久後，一列解放牌大卡車載著全副武裝的警察和民兵，押著囚車上五花大綁的反標案犯，從這條老街上駛過。「主犯」——一個二十六歲的大學青年被一顆子彈斷送了生命。他的三個同學，分別被判了刑，蹲了笆籬子[1]。

又過了不久，這條街上駛過十幾輛解放牌大卡車，滿載著戴紅花背行李的「知識青年」，在一陣鑼鼓口號聲中，伴著大喇叭裡播放的音樂，奔赴農村，去「廣闊天地煉紅心」了。

我想起了辮老師教我們的那首〈長大要把農民當〉：

我有一個理想
一個美好的理想
等我長大了
要把農民當
……

我忽然發現，我即將迎來我的十六歲生日。我完成了我的「中學教育」——十七頁數學、一篇古文、兩句俄語，即將以「知識青年」的身分上山下鄉，到廣闊天地裡去「扎根農村六十年」，或者如「反標」中所說，開始我「變相勞改」的萬里長征了。

不久，馬路上走來一批批知識青年。他們極不情願地離開中國第一大城市上海，長途跋涉，來到這

---

1 東北方言，俄語警察或警局之意，源自法語Policier。

個「可以大有作為的廣闊天地」，也開始了他們「變相勞改」的萬里長征……

半個世紀後的今天，這條老街上彷彿又出現了他們的身影。

老街「東風路」的一塊空地上，算卦的梅老三正坐著一塊磚頭，指導撿豬頭的小王發和掏大糞的屎杵子下「五道」。

「五道」就是「石子棋」，就是用樹枝在地上畫出橫豎各五道線的棋盤，撿來石頭子土坷垃碗碴子當棋子，屬於「就地取材」的大眾娛樂。近兩年來，梅老三拓展了他的「業務」，開始給街頭下象棋打撲克下五道的人支招兒，進行「技術指導」，算是個「技術活」。這樣的業務拓展，使他養成了一種眼觀六路耳聽八方的習慣。於是，城裡一有個風吹草動，他都能近水樓臺，即時掌握「第一手資料」，並把它迅速地散布出去，傳播開來，正如毛主席所說，他是一部「宣言書」、一支「宣傳隊」、一架「播種機」。

此刻雖然尚未開春，人們還穿著棉衣，梅老三卻手持一把紙扇，不時地搖上一搖，彷彿在搖走秋天的落葉冬天的嚴寒，搖來春天的溫暖夏天的火熱，然而，他搖來的卻是小王發屎杵子花筐子糞擔子散發出的惡臭。

「我出個子兒！」小王發往棋盤上放了塊黑色的石頭子。

「我也出個子兒！」屎杵子往棋盤上放了塊白色的碗碴子。

「且慢——」正當梅老三要預測小王發的石頭子要吃掉屎杵子的碗碴子，而要給二人技術指導時，他發現馬路上走過來一群青年，有十幾二十個，他們「伐是伐是」地說著什麼，卻全然聽不明白。

青年們的身後，跟了一群看熱鬧的小孩兒，興奮地跑著、鬧著、叫著、嚷著：「上海知青南蠻子！

上海知青細褲腿！」

「知青是個啥？南蠻子是個啥？」小王發若有所思。

小王發本在澡堂子做雜役，因利用工作之便，偷看了女堂的裸體，被判流氓罪，笆籬子裡關了一年，出來後丟了工作，成了閒漢。如今，他只能走街串巷，靠撿破爛換些小錢過活，偶爾在洋溝裡撿個瘟豬頭，扔進背上的花筐子，回家用鹽水煮了，和老婆孩子改善伙食。

「南蠻子是個啥？知青是個啥？」屎杵子也若有所思。

屎杵子本是個逍遙自在掏糞者，因利用工作之便，偷看了女廁的屁股，險些被推進糞坑。他的家屬對他進行了思想教育，並要他戴上太陽眼鏡，實行視覺上的束縛。他並沒因此丟了工作，因為這個世界無論怎樣變化，都少不了掏糞這一行。人類需要糧食，糧食來自莊稼，莊稼仰仗糞肥，糞肥又出於人類。只要人類一天不停止製造糞肥，他就有糞可掏，就不至於去喝西北風。

小王發和屎杵子問「知青是個啥」和「南蠻子是個啥」，並不期待梅老三的回答。他們關心的是瘟豬頭和臭大糞。

「知青者，知識青年也！」梅老三還是回答了他們，「南蠻子者，南方蠻子也！」

這些「知青」都披著土黃色二大棉襖，穿著淺灰色細腿褲，算得上奇裝異服。他們有男有女，都是二十歲出頭，其中的好幾個還戴著寬邊眼鏡，留著長頭髮。他們一邊「伐是伐是」地說著話，一邊四下張望。

「嗯？」小王發和屎杵子同時向那些「南蠻子知青者」轉過頭去，發現他們與眾不同。

「他們是哪嘎達[1]來地？」小王發問。

「他們是從大上海來地！」梅老三答。

「大上海是哪嘎噠？」屎杵子問。

小王發和屎杵子都沒去過也沒聽說過「大上海」。

「大上海，在東鹼泡子以東，西下窪子以西，南山崗子以南，北菜園子以北，在那遙遠的地方。」梅老三答，他沒去過卻聽說過大上海。

「啊?!」小王發和屎杵子向東鹼泡子、西下窪子、南山崗子和北菜園子的方向看去，「他們來這嘎噠幹個啥玩意兒？」

「他們來這嘎噠是上山下鄉，接受再教育！」梅老三說。

「再教育是啥玩意兒？」小王發和屎杵子向遙遠的地方看去。

「再教育……再教育就是修理地球，修理地球就是廣闊天地——」梅老三說著，「嘩啦」一聲，展開手中的紙扇，變戲法般地露出上面的四個大字，「大有作為！」

梅老三紙扇上的題字與時俱進：文化大革命前是「日照香爐生紫煙」，文化大革命初是「造反有理」，挨揍時是「要文鬥不要武鬥」，現在知青來了，題字就變成了「大有作為」。這四個字是他模仿的「主席體」，寫得忽大忽小，忽胖忽瘦，龍飛鳳舞，天馬行空。

「大有作為?!」梅老三的紙扇引起了知青們的注意。

小孩們也湊了過來，他們對梅老三、小王發和屎杵子已經司空見慣，更覺稀奇的是知青們和他們的

[1] 哪嘎達：哪個地方。

奇裝異服。

「喔，列位可是大上海來的南蠻子知青？」梅老三清了清喉嚨，說。

「阿拉[1]上海寧。儂啥寧？」其中一個細高個的男青年開口道。他的後背背了一件東西，撐起他臃腫的棉襖，使他看起來酷似一隻鴕鳥。他猶豫了一下，改了口氣：「儂尊姓大名？」

「喔，敝姓梅，排行老三，梅老三是也。」梅老三聽懂了「尊姓大名」幾個字。

「梅……老三，梅同志請問……」鴕鳥說。

「梅先生！」梅老三糾正道。

「啊……蠻好蠻好。梅先生，請問：城裡向頂好額飯店，儂曉得伐啦？」鴕鳥問。他的普通話半生不熟，勉強聽得個半懂，「是兩樓的飯店！」

「城裡向頂好個飯店？兩樓？曉得，曉得！」梅老三合起紙扇，在空中畫了條弧線，順勢指向對面的回民飯店，道：「福合軒二節樓，遠在天邊，近在眼前！」

知青們端詳著「福合軒」，露出了詫異的神色，再次四處環顧。不錯，整條街上，只有眼前這一座「二節樓」鶴立雞群，再看門口的匾額，白底黑字分明寫著「清真回民飯店」六個小字和「紅翻天」三個大字。

「這……伐是福合軒呀！」說話的是一個戴眼鏡的男青年。他的頭髮梳理得整齊而光滑，腳上的棕色皮鞋擦得一塵不染，「伐是伐是呀，這裡還有別的高樓嗎？」

「別的高樓嗎？」梅老三說，往遠處指了指，「有的有的，那不是嗎？那是煉人爐，那大煙筒不就

---

[1] 寧波話、上海市區話「我們」和「我」的意思。

是高樓嗎？」

遠處果然有一座高聳的煙筒，正緩緩地冒著青煙，夾雜著細碎的黑色顆粒。

這座煉人爐的煙筒，他們在一個月前就注意到了。那時他們剛下火車，知青辦顧主任在站前的空場上給他們做了一番演講。說到上山下鄉，顧主任指著遠處的大煙筒，說：「廣闊天地，大有作為！你們看到那大煙筒吧？那是煉人爐。死人丟進去，火一燒，化成了青煙，從那煙筒裡飛走，留下骨頭渣滓，就是骨灰，那就是真金。真金不怕烈火煉，你們，要把這嘎達當成一座煉人爐，燒掉一副資產階級皮囊，煉出一顆無產階級紅心，做革命事業地接班人！」

見知青們沒應聲，梅老三又說：「指不定哪一天，這四周都建起高樓，像煉人爐大煙筒那麼高，一個挨一個，樓上樓下，電燈電話，那就是共產主義！」

想到有一天森林般的煉人爐大煙筒拔地而起，冒出一股股青煙，知青們不禁渾身起了雞皮疙瘩，連說梅老三是「龍頭阿三」和「十三點」，就是本地話「扯王八犢子」和「唬了吧唧[1]」。

梅老三只當「龍頭阿三、十三點」是對他的誇讚，忙說：「龍頭阿三十三點不敢當，梅老三梅先生是也。」想了想，又指著眼前的「紅翻天」，把話拉回來，「共產主義、高樓大廈，這些都離咱們太遠，咱們還是去紅翻天，昔日之福合軒大酒樓吧！」梅老三說。

「對地呀！這迴廊是有點舊，但是古色古香，蠻好蠻好！」說話的是一個斯文的男青年，灰色的中山裝領口敞開著，深色的毛衣翻出了白色的衣領。

這座二節樓建於民國十八年，開張時曾紅燈高掛，金匾高懸，四個大幌子隨風搖曳，迎來高朋滿

---

1 形容一個人傻、呆。

座，賓客盈門，只是經過文化大革命的「戰鬥洗禮」，抄手迴廊已經朱漆剝落，匾額幌子也不知所終。

「上海弄堂裡的任何一座房子都比這個強的呀！」眼鏡青年說。

「梅先生，儂講『福合軒』，做啥變成了『紅翻天』？」問話的是個短髮女青年。她一邊搧著從花筐子和糞擔子裡散出的惡臭，一邊掏出口罩戴起來。

「做啥？破舊立新啊！」梅老三說。

四年前文革開始，梅老三緊跟形勢，成立了「毛澤東思想紅翻天造反團」，他是團長，唯一的團員是他的相好，缺心眼的女人「小老人兒」。

翌日，梅老三帶領小老人兒闖進劉大鬍子茶館，要革他的命，造他的反，並把手中的紙扇一展，亮出上面的大字：「造反有理！」

劉大鬍子愣了一下，瞥見門外掛著的茶壺招幌，便急中生智，扯下吊著的紅布浪蕩，繫在胳膊上，說：「和龍王爺打交道！老子也是紅衛兵！你造老子的反，老子還造你的反涅！」

梅老三樂了，不屑地說：「喔？你劉大鬍子大字兒不識一斗，還想造個反？你那破紅布浪蕩，豈能充當紅胳膊箍？我梅老三有組織有紀律，是響噹噹的紅翻天團長，你是個啥？」說著，就要砸那神龕上供奉的龍王爺，沒收那銅盤銅碗銅蠟臺。

劉大鬍子說：「和龍王爺打交道！你梅老三是紅翻天，老子我就是翻天紅——毛澤東思想翻天紅！」

劉大鬍子說著，掄起胳膊給了梅老三兩個大耳雷，說：「造反有理！」

梅老三捂著臉，連連說：「要文鬥不要武鬥！」

小老人兒也連連擺手，口齒不清地說：「沒有糧票！」

於是，這場「造反」便以翻天紅戰勝紅翻天而告終。梅老三在炕上躺了三天三夜，醒來時已經忘記了紅翻天和造反有理，他把紙扇上的書法改成了「要文鬥不要武鬥」。

此刻，遇見了知青，他想起少時在鄉下念過的冬學。那時，他曾把《三字經》念得滾瓜爛熟，倒背如流：「初之人，善本性。近相性，遠相習……」按現今的話，他那時既有知識，又是個青年，也就算是個名正言順的「知識青年」了。

「冊那，餓煞寧啦！辰光伐早，切外切外！」知青中唯一的胖子嚷嚷著，意思是「他媽的，餓死人了！時間不早，吃飯吃飯！」

這時，紅翻天半開的門裡飄出了飯菜的香味，知青們都說「不管是福合軒還是紅翻天，辰光伐早，切外切外」，便丟下三個閒漢和那些小孩，一窩蜂地湧了進去。

梅老三急忙收攏了紙扇，丟下小王發和屎杵子，尾隨著知青，「呲溜」一聲，沒等知青們緩過神來，他已經在一張大圓桌前坐定，一邊四下拱手，說：「列位好！」

見沒人搭理，他就招呼知青們坐下，指著黑板上的〈為人民服務：今日供應〉說：「知青同學們，毛主席說：四海翻騰雨水怒，五洲震蕩風雷激，我相信，列位的肚子餓了，正餓得四海翻騰、五洲震蕩！我代表此地人民，向你們表示熱烈歡迎！」」沒等答話，他接著說，「讓我給大家介紹一下〈今日供應〉：紅翻天手抓羊肉、紅翻天孜然羊肉、紅翻天燴羊雜碎、紅翻天紅燒牛窩骨，蠻好蠻好！」

知青們看看價錢，都搖了搖頭，說：「不行，勿來賽，勿來賽！」又看見周圍的人，除了幾個「雅座」上的要了葷菜，大多都扒著一碗麵片，紅乎乎的辣椒油上撒了些蔥花，熱騰騰的水汽遮住了他們的臉。

「阿拉切麵好伐啦？」鴕鳥招呼著，意思是「咱們吃麵好不好？」

知青們看了看〈今日供應〉：紅翻天蘭州麵片，二兩糧票一角五，是最便宜的，就都點了點頭。梅老三也說來上一碗，不過身上忘記帶錢和糧票，請知青同學們先給墊付。知青們互相看了看，說：「十三點！」

知青們早飯的貼餅子和白菜湯早就消化，這會兒已經餓腸轆轆，一碗蘭州麵片三口兩口就吃完，額頭上也冒出汗來，卻意猶未盡。

白領青年說：「辰光還早啦海唻，大家坐下來嘎嘎山河口伐！」意思是時間還早，大家吹吹牛吧。又拍拍駝鳥的後背，說，「賭烏，儂拉支〈拉斯布哈〉撥大家聽好伐啦？」

「〈拉斯布哈〉Рассыпуха？」短髮女青年興奮得叫了起來。

「哈拉火燒？那是老達子話——黑山嘴了，哈拉騷，哈哈哈哈！」梅老三說，「老達子」是指蒙古人。

駝鳥將食指豎在嘴邊，做了個「噓」的手勢，示意這是封資修音樂，要大家別聲張。他掏出手帕擦擦嘴巴，脫掉身上的大棉襖，露出凸出來的「駝鳥背」，原來是一架手風琴。他千里迢迢從大上海來到大東北，竟把偌大個手風琴帶了過來。他咧咧嘴，挎上了手風琴的背帶。

許多年後我才知道，〈拉斯布哈〉既不是「哈拉火燒」，也不是「黑山嘴子」，它叫〈俄羅斯主題變奏曲〉，涵蓋了手風琴所有基本功的技能，技術要求極高，演奏難度也極大，沒有個十年八年的功底，是絕對拉不下來的。駝鳥七歲學琴，到十七歲時，已經把〈拉斯布哈〉拉得爐火純青了。

駝鳥先低頭冥思了片刻，再把雙手放在左右鍵盤上，緩慢悠揚的音符泉水般地從指間流淌出來。忽然，泉水變成了急流，劈劈啪啪、排山倒海，時而輕盈、時而熱烈、時而詼諧、時而歡快……駝鳥的〈拉斯布哈〉出神入化，又充滿了青春的活力和朝氣。

琴聲吸引了全場的人，他們忘記了碗裡的麵片，屏住了呼吸。大師傅也出來了，目不轉睛地看著這場面，露出只有看夏大胖子吹喇叭時才有的驚詫。

直到梅老三站立起來，觀眾們才想到鼓掌。梅老三「嘩啦」一下打開了他的紙扇，露出「大有作為」四個大字，舉在駝鳥的前面，像是為他落下了舞臺上的大幕。

雅座上也響起了掌聲，坐在那裡的幾個人都是幹部模樣。

「我聽這是〈我為祖國獻石油〉，唱的是工業學大慶！」白臉的幹部說。

「我聽這是〈山村變了樣〉，唱的是農業學大寨！」黑臉的幹部說。

「我聽這是〈歌唱二郎山〉，唱的是全國學解放軍！」梅老三說。

「這歌子好啊！把到處鶯歌燕舞、更有滋滋流水的勁頭子都給唱出來了！」紅臉的幹部把毛主席詩詞中的「潺潺流水」說成了「滋滋流水」。

「大家看看，知識青年，上山下鄉，滋滋有味兒，果然是大有作為呀，哈哈哈哈哈哈哈！」看起來像「幹部的幹部」的人發出一連串大笑。

角落的一張桌旁，兩個中年漢子轉向那幾個幹部，低聲丟出幾句尖酸刻薄的話：

「這些貨，正事兒沒有，整天就知道吃喝拉撒——呼呼睡、吱吱喝、欻欻造、哈哈笑，豬一樣地醉生夢死！」其中的一個說。

「多虧你沒趕上反右，你這言論至少夠得上個極右！」另一個說。

大家意猶未盡，要駝鳥再來一曲。

眼鏡青年從衣袋裡掏出一張皺巴巴的紙，遞給駝鳥。

這首歌叫〈我的家鄉〉，是他們在上海到黑龍江的火車上聽到的。那時聽幾個知青在唱，只知道作者是一位南京青年，卻不知道姓名。眼鏡青年把這歌記在紙上，很快，就在他們中間傳唱起來。

知青們立刻圍了上去。

「噓——」眼鏡青年做了個手勢，大家領會了。他們知道，這首歌已經不知通過什麼管道傳到了蘇聯。幾天前在「知青點」，他們在收音機「敵臺」裡偶然聽到這首歌，叫〈中國知識青年之歌〉，「和平與進步廣播電臺」採用男聲小合唱的形式，配上小樂隊伴奏，以此批評中國知識青年上山下鄉。老毛子的中文雖然有點怪腔怪調，卻很好聽。眼鏡青年自己裝的礦石收音機有個特殊功能，就是專聽美國之音。他聽得上了癮，又花了十多元錢，裝了個八管收音機，蘇聯的「和平與進步廣播電臺」、臺灣的「自由中國之聲」和美國的「美國之音」都能收到，音質也好多了。

駝鳥又低頭冥思了片刻，輕輕地拉起前奏，知青們跟著唱了起來。他們只能輕聲哼鳴，按作者的提示，「深沉、緩慢、思念家鄉地」，在心裡默唱著歌詞：

藍藍的天上
白雲在飛翔
美麗的揚子江畔是可愛的南京古城
我的家鄉
……
未來的道路多麼艱難
多麼漫長
生活的腳印深淺在偏僻的異鄉

跟著太陽出
伴著月亮歸
沉重地修理地球是光榮神聖的天職
我的命運
啊……

唱著唱著，一種強烈的失落感湧上心頭——現在，他們變成了一個非工、非農、非軍、非學的特殊階層。他們遠征跋涉，來到「祖國最需要的地方」，沒有前途，沒有希望，沒有「早晨八、九點鐘的太陽」，他們的情緒一下子低落下來。

「雅座」上沒有掌聲。

「我聽這是……」白臉的幹部說。

「不像是〈山村變了樣〉啊！」黑臉的幹部說。

「喔……」鴕鳥連忙解釋，「這是……」

「是……」眼鏡青年胡謅道，「是電影《洪湖赤衛隊》裡的……

「〈娘的眼淚似水淌〉！」紅臉的幹部說。

「喔？我說嘛，聽起來還真有點兒悲，像〈憶苦歌〉——天上布滿星，月牙亮晶晶？」幹部的幹部疑惑地說。

後來我知道，這些上海知青，都是中專肄業生，都是「資本家」的子女，和全國數以千萬計的人家一樣，被抄家過被批判過。他們不夠資格去拿工資的生產建設兵團，而是下鄉插隊。他們的細腿褲、尖皮鞋、長頭髮、寬邊眼鏡，反映了他們對「資產階級生活方式」的嚮往。〈拉斯布哈〉讓他們記得活著的美好，〈知青之歌〉讓他們想起自己的家鄉。所幸的是，這裡天高皇帝遠，沒有人知道〈拉斯布哈〉，也沒有人知道〈知青之歌〉。

〈知青之歌〉雖然不是《外國名歌200首》裡的名歌，卻是一首屬於他們自己的歌。很快地，這首歌以驚人的速度在知青中流傳開來，從寒冷的塞北草原到西南的熱帶雨林，從西北的戈壁沙磧到東海之濱的鹽鹼荒灘，哪裡有知青棲息的足跡，哪裡就能聽到這首歌。他們像憑著〈國際歌〉找尋無產階級一樣，憑著〈知青之歌〉，可以在任何一個知青點找到吃、找到住、找到朋友。然而，不幸很快就降臨到作者的頭上。「和平與進步廣播電臺」演播了這首歌，實際上是把作者置於了死地。

幾個月後，〈知青之歌〉被定性為「破壞知青上山下鄉、干擾毛主席革命路線」的反動歌曲，它「說出了帝、修、反想說的話，唱出了帝、修、反想唱的聲音」，作者「經研究，判處死刑，立即執行。」

這些知青被送到鄉下插隊勞動，一個月後，因他們是中專學歷，根據政策，又被調到城裡，分配在變壓器廠和無線電廠工作。鴕鳥因為演奏反動音樂被隔離審查，手風琴也被沒收。半年後出來，手風琴倒是歸還了，但他從此只拉〈火車向著韶山跑〉。眼鏡青年也因為偷聽敵臺被關押，短波收音機被沒收，半年後出獄，沒再還給他。

在老街一個破爛的門洞下，我見到幾個老者，坐在同樣破爛的椅子上，搖著扇子，在有一搭無一搭地閒聊。我走上前去搭話，他們詫異地打量著我，像是打量著一個外星人。

「啥？小王發？撿豬頭的小王發？那都是哪輩子的事兒了！」

「小王發啊？見過！背個破花筐子，戴頂破布帽子……」

「那帽子和趙本山的帽子一模一樣！哈哈哈哈！」

「那小子，別看他傻，可是挺風流！哈哈哈哈！」

我身上帶了一包「紅塔山」，但自己不抽，只用來「公關」。我遞給老者們每人一顆，點上，學習我們的幹部，輸出了腐敗。老者們興奮起來，講了小王發後來的故事。

當年，小王發在綜合樓澡堂子做雜役，負責擺放男堂的毛巾和拖鞋。他把用過的毛巾收進他的花筐子，交給洗衣工洗好，再把毛巾抱到院子裡晾乾，收好疊起來，擺放在每一個床鋪上。此外，他還用獨輪手推車，給鍋爐房運煤。

鍋爐房的葛師傅每天都睡個午覺。他從牆上的鐵梯子攀爬到浴池的頂棚，把成捆的毛巾鋪在隔板上，就成了一張不錯的床。一天趁葛師傅不在，小王發也爬了上去，見葛師傅的鋪上有酒又有煙，還有個打火機，自語道：「葛師傅，你真他媽會享受！」忽然，黑暗中隱約出現一絲光亮，他伸手一摸，一塊木板活動了。他把木板掀開，出現了一個棋子大的窟窿。通過窟窿往下看去，霧氣中他看見一個女人，光著身子，正站在噴頭下洗澡，原來下邊就是女浴池。再斜著看看，他又看到池中有好幾個女人，俊的醜的都有，正泡在水裡洗澡，她們的一舉一動，都盡收在這個奇妙的窟窿中。他興奮得漲紅了臉，呼吸也急促起來，說了句：「我這是在看楊貴妃入浴啊！好你個葛師傅，吃獨食啊你！真是旱的旱死，澇的澇死！」又覺得這個世界缺少公道，說，「他媽的葛師傅，看女人洗澡，你看得，我也看得！」看了一會兒，他不敢久留，把木板恢復原樣，爬下梯子，見葛師傅還沒回來，就唱起了「雨露滋潤禾苗壯，幹革命靠的是毛澤東思想」。

此後，小王發一發不可收拾，一旦葛師傅不在，他就偷偷爬上女浴室的頂棚，觀賞「楊貴妃入浴」。一次，他看得心花怒放時，掏出一顆葛師傅的大綠樹，正要抓起打火機打火點燃，竟鬼使神差地鬆開手，打火機順著窟窿掉下去，不偏不倚，砸在一個女人的肩上。那女人抬起頭，猛看到棚頂有什麼東西在閃動，就尖聲大叫起來。女堂倌聞聲，叫來七、八個漢子，奔到鍋爐房，守住梯子，見小王發正氣喘吁吁地往下爬，便把他堵了個正著。

葛師傅一口咬定那窟窿不是他弄的，把屎盆子全扣在小王發頭上。小王發百口莫辯，吃了個啞巴虧，被判流氓罪，笆籬子裡關了一年，出來後賊心不改，又犯了事兒。

「這小王發呀，大概是偷看女人洗澡看出了癮，一天黑間，強姦了梅老三的相好小老人兒。」戴涼帽的老者說，「抓他的時候，他還挺橫，說自己是中央首長的親戚，人家問他是哪個中央首長呀，他說這是保密的，不能說。那人抽了他一耳雷子，他才承認是在吹牛。結果這小子蹲了五年監牢獄，出來後沒多久就死了。他那傻老婆，讓梅老三給翹了去，說是一報還一報。他的四個兒子，老大老二繼承了他的花筐子，滿大街撿瘟豬頭，有一回跟人打架犯了命案，給崩了，剩下的兩個也糊里八塗地死了。」

「你說的梅老三，是那個梅先生、梅半仙吧？」我問。

「還能有別的梅老三嗎？」光頭老者往地上吐了口痰，說，「你說的這仨人兒，就梅老三活得長久些，八十多歲吧？頭些年還能看見他，開了個門市，給人改名兒算卦，魔魔怔怔的。」

「這一晃都多少年了！這幾個傢伙早就讓閻王爺接走了吧！」白鬍子老者說，轉動著手裡的鋼球。

「這仨人兒，八成是給閻王爺撿豬頭掏大糞算八字兒去了！哈哈哈哈！」

「那，掏大糞的屎杵子……」我想問「屎杵子他還在嗎」，馬上發現了自己的錯誤：屎杵子如果還在，現在應該一百來歲了。

「屎杵子撿了一輩子大糞，糞坑裡淹死了好幾個人，政府下令，讓他關閉了。他兒子史尚義倒是當了官，打了場官司，輸了，千禧年沒過就死了。好在屎杵子的閨女挺孝順，給她爹養老送了終。」

「千禧年」這三個字從老者口裡說出來，有點時空穿越的感覺。

14 廣場 The Square
公元一九七〇年

一場更大的災難終於又降臨在我家。

那是一九七〇年初春一個黑色的夜晚。

吃過晚飯，像往常一樣，我在灶臺邊洗碗，媽媽給我們洗衣服，一家人對文化大革命開展了家庭討論。

這時的廣播匣子裡正響著夏青、葛蘭的聲音：

「五・一六反革命陰謀集團……向無產階級文化大革命猖狂進攻，罪大惡極……有些人對清查五・一六極為抵觸，甚至為他們翻案，是完全錯誤的……」

聽到這時，媽媽突然說：「咳，運動又來了！」

姐姐衛東已經離開我們三年多了。三年中，媽媽常常失眠，精神變得恍惚，情緒變得頹喪。她無法走出那個巨大的陰影，提起已死的女兒就潸然淚下。她的記憶力變得很差，說話常常顛三倒四，做家務時常常拿東忘西。她本來有個睡前洗臉的習慣，現在，洗了臉後卻常常不能肯定，無奈中只好再洗一次。她時常對著姐姐的照片發呆、流淚。衛東在天安門前的照片鑲在鏡框裡，她依然身姿矯健、英氣逼人，見到毛主席的幸福溢於言表，燦爛的笑容永遠停留在她的第十五個夏天。

「這又是哪根筋出了毛病，想出了一個新花樣？冒出來一場新運動？運動、運動，沒完沒了啦！」

媽媽搓著手裡的衣服，煩躁地說。她的眼前又出現了姐姐衛東，「文化大革命到底是為了什麼？如果沒有這場運動，魏冬就不會去北京串聯，不去串聯，就不會得流腦，更不會這麼年輕輕就走了。造孽啊……」

說也巧了，就在這時房門被推開，鬼使神差般地走進了前院的藍大娘，居委會主任「爛眼圈」。藍大娘是個精幹的老太太，在「滿洲國」時是地下黨，以「唱蹦蹦」——就是唱二人轉掩護身分。那時描眉畫眼用的是豆油燻的煙子，日久天長留下黑垢洗不掉，故得了外號「爛眼圈」。她不時地找藉口院前院後串門子、扯老婆舌，專門打探「階級鬥爭新動向」。她脖子上掛著一只體育用的哨子，每遇到「新動向」，就用它喚來街坊四鄰，輕則把「階級敵人」數落一番，重則當場開批判會，或者乾脆送到群眾專政指揮部實行無產階級專政。

媽媽的這番話，被爛眼圈一字不漏地聽進耳朵，這令她如獲至寶。她拉下臉子，說：「啊?!又是妳，地主階級的孝子賢孫！妳這是在攻擊毛主席黨中央，攻擊文化大革命，這可是我親耳聽到的！」

媽媽愣住了，放下手裡的衣服，一時間不知所措。

爛眼圈衝出門去，猛力吹響了哨子，搖動雙手，揚著頭扯著嗓子大喊大叫：「抓反革命！抓現行反革命！」

這聲音驚動了鄰里，他們紛紛出動，把我家院子圍了個水泄不通。

「出事了！」圍觀的群眾興奮起來，院子裡炸開了鍋。

「妳知道這是什麼罪嗎？」爛眼圈轉向媽媽，語氣異常誇張，「反革命罪！現行！」

誰都知道「現行反革命」意味著什麼。

「這……」

「……」

爸爸和我們也一時語塞，不知如何應對。

爺爺奶奶哆哆嗦嗦地從屋子裡出來察看，年幼的弟弟妹妹躲在他們的身後。

「同志們，你們都看到了：現行反革命分子就在我們身邊！」爛眼圈得意地說，脖子上的哨子搖晃著。又轉身對著我的家人，「你們都聽到了吧？反革命分子就在你們身邊！」

「扯……」爺爺的「扯啊」沒說完，就一時語塞。

「妳對劉少奇是什麼態度？」爛眼圈見來人多了，就誘導著說，她是在「引蛇出洞」。

「劉少奇怎麼也是個國家主席吧！再說了，他有錯誤，誰又沒錯誤？咱老百姓不至於跟著沒完沒了地運動吧！」媽媽神經質地說，「如果是為了打倒一個劉少奇，何必費這麼大周章，讓這麼多人跟著折騰？」

「怎麼？大叛徒大內奸大工賊劉少奇都被關進監牢獄了，你還敢為他翻案？」爛眼圈厲聲說。

本以為媽媽會有所收斂，然而，一向不愛與人爭辯的她，這時卻開口反駁了，而且言辭越來越激烈。媽媽把這幾年的鬱悶和怨恨一股腦地發洩出來。

「我就是對運動有意見！這麼多年，運動不斷。老百姓好不容易過了幾天安生日子，冷不丁又搞起了文化大革命。搞來搞去，搞了四年了，還是沒完沒了！哪兒有那麼多的階級敵人？」

我頓時為媽媽捏了一把汗。沒想到的是，媽媽接下來的話更讓我們震驚萬分：「毛主席是人，不是神，為什麼搞個人崇拜，到處都是他的像？我看吶，毛主席是上了年紀，糊塗了！」

這下就更不得了了，她把矛頭直接指向了毛主席，這是足以招來最嚴厲懲罰的彌天大罪啊。

「他藍大娘，妳就高抬貴手吧，我那孫女死後，我這兒媳哭成個淚人兒，到現在還沒緩過來呢，這妳是知道的！」奶奶央求著。

「藍主任，我這兒媳婦是精神受了刺激，她不是故意說這些話的。」爺爺也央求著。

「一派胡言！」人群中竄出十八歲的賈學全。復課鬧革命結束後，他加入了街道居委會，戴上了「群眾糾察隊」紅袖標，愈發神氣起來。此刻，他仍然平捲舌不分地說道，「豈有此理！連瘋子都歌頌毛組（主）席的恩情，連撒（傻）子都高喊毛組（主）席萬歲，她即死（使）四（是）瘋子撒（傻）子，也不能反對毛組（主）席！」

不知所措的爸爸在眾目睽睽下先是沉默不語，繼而舉起語錄本，翻到有毛主席像那一頁，要媽媽向毛主席和人民群眾低頭認罪。

「……那個……妳，向毛主席認個罪吧。」他囁嚅著，「向人民群眾認個罪吧。」

「快低頭認罪！」人民群眾喊叫起來。

「我一個小老百姓，一不偷二不搶三不殺人放火，我沒有罪！」媽媽固執地說。

「嘟——」爛眼圈吹響了哨子，一字一頓地說，「大——家——看，反——革——命——分——子——有——多——猖——狂!!!」

「敵人不投降，就叫他滅亡！」賈學全舉起語錄本高喊。

我們全家人不知所措。

「什麼人站在革命人民方面，他就是革命派，什麼人站在帝國主義封建主義官僚資本主義方面，他就是反革命派……」有人刻意在爸爸面前念起了毛主席語錄。

這時，爸爸鬼使神差地站出來，一字一句地對媽媽說：「毛主席說得好！從現在起，妳就是階級敵人，我們要和妳劃清界限，妳把妳剛才說的話寫下來吧！」

爸爸說的「我們」是代表「我們全家」。他站到了「革命人民方面」，加入到對媽媽批判的行列。我們困惑地看著爸爸，不敢相信自己的耳朵。這是爸爸的權宜之計？還是為了保護我們？圍觀的群眾又把目光轉向了我。姐姐衛東死後，我成了孩子們眼中的大人。

「魏冰，你不四（是）改名叫了衛兵嗎？紅衛兵的衛兵？你要贊（站）粗（出）來，捍衛偉大領袖毛組（主）席！」賈學全說，「在你前面的已經不四（是）你的母親了，她已經變曾（成）了一個喪心病狂的現行反革命，變曾（成）了一個萬惡不色（赦）的階級敵銀（人）！」

「天大地大不如黨的恩情大！」爛眼圈舉起了拳頭。

「爹親娘親不如毛主席親！」賈學全也舉起了拳頭。

人民群眾也紛紛舉起了拳頭。

一下子，一個普通的院子變成了一片人民戰爭的汪洋，一個普通的人家變成了一條不堪一擊的破船……

「打倒現行反革命！」

「敵人不投降，就叫他滅亡！」

……

我也舉起了拳頭嗎？我的家人也都舉起了拳頭嗎？我無法確定。驟然間，我彷彿失去了聽力，耳邊的呼號和喧囂戛然而止，我家的院子變得死一般的寂靜。

此刻的我驚訝地發現，我已經游離於我的身體之外……

我彷彿看見了一幅幅駭人的畫面：

先是我自己。我看見我木訥的臉上毫無表情。我看見了我的家人，他們和人民群眾站在一起，奮力地舉起了拳頭，瘋狂地呼喊著口號，卻像無聲電影的畫面，發不出一絲聲音。

我彷彿看見「糾察隊」賈學全把紙筆摔在媽媽的面前，用不容置疑的口氣命令：「妳把剛才縮（說）過的話寫下來！」

我彷彿看見媽媽坐在木凳上，拿起待客的煙盒，抽出一支煙點燃了。從小到大，我從沒見過媽媽抽煙，但是這天晚上她破例地抽起了煙。她一邊咳嗽一邊說：「那還不好寫嗎？我敢想、敢說，我也敢寫！」

一瞬間，眼前的媽媽變成了青面獠牙的魔鬼，張著血盆大口的階級敵人。

空氣中彷彿有一股莫名的力量在流動，它征服了人們並發出強大的命令：「……爹親娘親不如毛主席親……毛澤東思想是革命的寶，誰要是反對它，誰就是我們的敵人！」

我彷彿看見在人民群眾的監督下，爸爸匆匆寫了一封檢舉信，簽上名。爸爸還寫了離婚申請和代表子女脫離母子關係的申請，媽媽毫不猶豫地按上手印。

我彷彿看見爛眼圈拿出一個信封，裝上媽媽的罪證，連同爸爸和我家人的檢舉信，連夜帶領人民群眾，塞進群眾專政指揮部軍代表宿舍的門縫。

我彷彿看見媽媽被五花大綁，在人民群眾的羈押下被帶走。

我彷彿看見我自己和他們都無聲地抽出手，緩緩地抓起手指，攥成拳頭向空中拋去，又無聲地擊打著夜空，一拳又一拳，一擊又一擊。

我彷彿看見媽媽被擊打成碎片。我自己、我的家人和周圍的人民群眾，也都被擊打成碎片，像一片片雪花，飛著、舞著，聚集在一起，形成一個個雪團，滾動著，旋轉著，隨著無數個同樣的雪團，慢慢地、無聲地向遠方漆黑的夜空散去。

天塌了下來，我的家崩潰了……

公元一九七〇年的一個夏天，是我人生中最黑暗的日子。這天上午，實驗小學廣場上人山人海，人頭攢動。臭名昭著的「嚴厲打擊現行反革命分子公審及宣判大會」，把我們全家推向了災難的深淵。

廣場正是實驗小學的操場。

我遠遠地看著主席臺前，媽媽正站在一輛解放牌大卡車上。她被手指粗的繩子五花大綁著，脖子上掛了塊紙牌，寫著她的罪行——現行反革命犯，名字被用紅筆打了個大「X」。她的臉色蒼白，面無血色。她似乎不願意低頭，因此被造反派揪住頭髮向下按去。她的頭髮被胡亂地剪過，一邊長些，另一邊短些，是造反派為黑五類剃的「陰陽頭」。

那時的我驚奇地發現，我被一隻無形的手捋到半空……我看到一群被抽乾了頭腦和靈魂的「空心人」，只剩下一幅幅灰暗的衣褲，支撐著一片片殘破的面具，形容怪誕、神情麻木。他們伸出的拳頭變成一塊塊石頭，砸在媽媽的身上。我更加驚奇地看到我自己——一個不滿十六歲的少年，同樣被抽乾了頭腦和靈魂，坐在光禿禿的泥土地面上。

一年前的四月一日，黨的「九大」勝利開幕。當晚，就是在這個廣場，盛大的慶祝會上，大喇叭裡播放了毛主席的講話，彷彿是天籟之音，彷彿是神的啟示，從遙遠的北京傳來：「……一個勝利的大會，團結的大會……」黑壓壓的人群歡呼雀躍，如痴如狂……

當臺上公布宣判結果時，喧囂的人群立即安靜下來，我清楚地聽到軍代表孫參謀的聲音：「判處死刑、立即執行！」這八個字鏗鏘有力，帶著火藥味和血腥，迴盪在廣場的上空。

「下面，由革委會副主任張愛軍同志代表紅衛兵小將揭發聲討！」又是孫參謀的聲音。

我遠遠地看見站在麥克風前的張愛軍，姐姐衛東長征途中的戰友。她像姐姐一樣身姿矯健、英氣逼人……然而，我看見地上的我，依然木訥地坐在黑壓壓的人群中，臺上的張愛軍說了些什麼，他全然沒有聽進去。

空中的我充滿了鬥志和力量，他向坐在地上的我發出命令：「去！魏冰!!你要像梁山好漢一樣衝向前去，終止罪惡、終止冤屈，驅散人群、拆毀囚車、砸爛鐐銬，把媽媽從死神的手中解救出來！」

我看見地上的我掙扎著，要站起來衝上去，卻像被魔鬼的鎖鏈捆綁住一樣，動彈不得，而我們之間，彷彿也隔著一層無形的屏障，無論怎樣掙扎，我都無法近前。我看見我被一股說不出的力量推倒在地，推回到我自己的身軀，眼睜睜地看著那囚車載著媽媽，駛向刑場——兩公里外那個臭名昭著的大泥坑。

我看到那個少年的我，驚恐而狼狽地望著地面，一股暖液順著我的腿流過腳踝，流在地上，我尿濕了褲子。

但沒有人注意到這些。人們紛紛站起來，顧不得拍掉身上的灰土，就爭相又向前擁去，跟著刑車奔跑。有人跨上自行車，一路追趕著，要親眼目睹槍決的那一瞬。

我被留在了原地，眼見著刑車蕩起一片煙塵，被人群簇擁著，在「八一路」上駛過……

我無法想像媽媽被槍殺的場面。在媽媽生命的終點，我內心湧動的痛苦和悔恨不可名狀。

多年後我讀到一句西哲，並永遠不會忘記那時所受到的震撼：「雪崩時，沒有一片雪花是無辜的。」我曾經在那場駭人的雪崩中隨波逐流地滾下山巔，砸向山腳的人群。我們是受害者，我們也是施害者；我們伸出過拳頭，我們也被拳頭打得遍體鱗傷；我們向他人扔出第一塊石頭，我們也被無數塊石頭擊中；我們把他人掃進了歷史的垃圾堆，我們也被他人掃進了歷史的垃圾堆……那一年，儘管我只是一個十六歲的少年，儘管我，「衛兵」，只是一個被時代所利用所戲弄的「準紅衛兵」，我卻無法原諒和放過自己，因為寬恕的權柄只在上帝的手中。將媽媽送上斷頭臺的，不只是那個時代和那個時代的人民群眾，還包括面對殘暴而怯懦和沉默的我自己。

媽媽的死，極大地打擊了我們全家，也徹底地改變了我們全家人的命運。革委會為樹立「革命典型」，要爸爸和我在對媽媽的批判大會上講話，要把我們的「革命事蹟」創作成漫畫在街頭宣傳欄展出。然而，我們以各種藉口避開了他們的糾纏，這激起了他們的憤怒，很快地，我們就成了「反革命家屬」。

爸爸開始像媽媽失去魏冬時那樣地失魂落魄，開始像祥林嫂[1]一樣，四處找人傾訴，向每一個鄰里和朋友絮絮叨叨。他的傾訴漸漸失去了聽眾，人們對他的同情漸漸變成了厭煩和恐懼。不久，他的頭髮就全白了。然而，還是有人在我們背後指指戳戳——那是當年圍觀的「人民群眾」，如今他們良心發現，開始站在「正義」和「人道」的一邊，開始了對我們的批評和譴責。

媽媽娘家的人遭受到如此殘酷的打擊，對我家的憎惡和怨恨難以名狀。不久，姥爺和二姨都先後憂憤而亡，老舅也氣得破口大罵……很快，他們就斷絕了與我家的來往。從此，我再也沒見到姥爺家門前的小溪。老舅的小船和溪水上金燦燦的夕陽，被永遠吞沒在時間的隧道之中。

幾年後，紅色造反團的團長張愛軍也死了。

那是一個清明節的早晨，天空中飄著細雨，張愛軍騎著自行車去烈士陵園掃墓。自行車是軍代表孫

1 魯迅短篇小說《祝福》中的角色，舊時中國農村勞動婦女的典型形象。

參謀嶄新的「飛鴿牌」。張愛軍剛剛學會騎車，笨手笨腳的，還不會踩煞車。經過一段大下坡時，她突然發現前邊走著一個男孩，扛著鐵鍬，看來也是在去掃墓的路上。張愛軍手忙腳亂，摁著車鈴叫那小男孩讓路。小男孩轉身回頭，肩上的鐵鍬差點碰到她的臉上。她試圖躲閃，卻從車上摔下。這時，鬼使神差地，一輛解放牌卡車急駛而過，倒在地上的張愛軍立即被碾壓在車輪下，血泊中，結束了她年輕的生命。

卡車司機見狀不好，加大油門一溜煙狂奔而去。不過，他哪裡逃得了無產階級專政的天羅地網？兩天後，他被捉拿歸案，祖宗三代被查了個底朝天：他爺爺在晚晴時當過鴉片館的跑堂伙計，他爹爹在「滿洲國」時當過警察「黃狗子」，他本人在大煉鋼鐵時貪汙過爐箅子[1]爐鉤子。於是，舊帳新帳一起算，他被按「現行反革命殺人罪」判處死刑，立即執行。

那年，紅衛兵張愛軍年僅二十歲。因為是革委會副主任，組織上為她舉辦了隆重的追悼大會。軍代表孫參謀致了悼詞，說她是「為無產階級文化大革命獻身的英雄」。她的生是「生的偉大」，她的死是「死的光榮」。她的死是「為人民利益而死」，是「死得其所」，「比泰山還重」。革委會李主任播放了她在革委會成立大會上的講話錄音，追認她為共產黨員和革命烈士，說「為有犧牲多壯志，敢叫日月換新天」，「我們要踏著先烈的足跡向前」。

她被厚葬在烈士陵園。她的家人捐出她的日記，日記像某些「英雄日記」那樣，充滿了慷慨激昂的豪言壯語。她的英雄事蹟被畫成圖片，張貼在宣傳欄裡，一下子成了雷鋒王傑式的英雄。

「四人幫」垮臺，文革結束，有人揭發張愛軍的日記是假的，是他弟弟編造的，並揭發說她那時已

---

1 爐膛和爐底之間承煤漏灰的鐵篩子。

經有了身孕，是軍代表孫參謀播下的「革命火種」。這時，孫參謀已經調到軍區當了團長，「播種」的事就不再追究。而張愛軍則因是文革中的「三種人」，組織上開除了她的黨籍，撤銷了她的烈士，棺木也被移出了烈士陵園。

幾年後，厄運也降臨到爛眼圈的頭上。

那天深夜，鄭家的三留子去外面拉屎，黑暗中見到一個人影，鬼鬼祟祟地向他家豬圈走去。三留子心想是個偷豬賊吧，就抓起塊磚頭，躲在矮牆後觀望。那黑影翻身跳進豬圈的矮牆，躬身摸到熟睡的母豬，解開褲帶，像是要撒尿。不料又見那黑影趴在母豬的屁股上，呼扇呼扇[1]地抽動，母豬發出了怪異的尖叫，隨之，開始在圈裡狂奔。三留子明白了這是怎麼回事，大聲喊叫：「有人搞破鞋了！」

「有人搞破鞋了」是人民群眾最感興趣的事。沒等爛眼圈吹響哨子，院子裡就聚滿了看熱鬧的人。

「破鞋在哪兒？」幾束手電筒的光柱在院子裡晃來晃去。

「就是他！那個男的！」三留子指向豬圈裡正在提褲子的黑影。

「女的呢？」

「女的，女的，是那個老母豬！」

「啊?!」有人驚叫起來，「是哪個王八犢子這麼亂倫？那可是我家的老母豬啊！」

那黑影卻「嗖」地翻出矮牆，越過灰池子，穿過馬路，向東南拐方向狂奔而去。

爛眼圈狠命地吹響哨子，隨著人群死命追趕。黑暗中，黑影鬼使神差地跑進屎杵子家的院子。他被

1　指拍打。

一陣惡臭熏得睜不開眼睛，大罵：「真他媽的臭大糞！」一條大狗狂吠起來，瘋狂地向他身上撲去。

驚慌失措的黑影顧頭不顧尾地狂奔，慌亂中一不留神，竟「撲通」一聲，跌進了屎杵子的大糞池。他大罵一聲：「操你媽的！」沒等罵出第二句，惡臭的屎尿就把他吞沒。吵鬧聲驚醒了屎杵子，見有人侵犯了他的領地，也大罵起來：「私闖大糞池，激起民糞，我操你媽！」又覺得要體現政策，就加了一句，「坦白從寬，抗拒從嚴，糞海無邊，回頭是岸！」

黑影拼命地掙扎，無奈糞池太深，撲騰了幾下，就沒了動靜，追趕的人群遂覺得事情不妙。不一會，糞池裡浮出了黑影的身子。屎杵子操起他的長柄糞勺，用了很大的力氣，總算把黑影拖到池邊。待幾個壯漢七手八腳把黑影拽上來，驟然間天空電閃雷鳴，下起了瓢潑大雨。雨水沖去了黑影身上的汙穢，在手電筒的光照下，發現那竟是爛眼圈的丈夫「于拔子」。

一個漢子的大手使勁按壓于拔子的胸膛，做了一陣人工呼吸，發覺已經徒勞無益，于拔子已經翻了白眼，死了。

爛眼圈氣急敗壞，先是罵那「死老頭子」喪失了革命意志，又罵他背叛了馬列主義毛澤東思想，最後大罵道：「我說嗎，這半年來你不上我身，敢情我還不如頭老母豬！」

她罵了三天三夜後忽然大徹大悟，一下子改了口風，站在院子裡，大喊大叫：「死老頭子你不能這麼早就去見馬克思！宜將剩勇追窮寇，不可沽名學霸王，你要把文化大革命進行到底啊！哎呀我的媽呀……」

于拔子其實小有名氣，那是因為他揭發檢舉過親爹搞投機倒把。他爹養了口豬，起早貪黑地打豬草，把豬養得又肥又大。過年時，他爹把豬殺了。于拔子想著案板上兩大扇白花花的豬肉，想到盛在碗裡噴噴香的豬肉燉粉條子，夢中都快笑醒了。可第二天趕到爹娘家時，豬肉沒了，只剩下豬頭、豬蹄子和豬下水，于拔子他爹把兩扇豬肉給偷偷買了。

于拔子的氣無處發洩，正趕上居委會開鬥私批修會，他就把親爹投機倒把[1]的事揭發了。一時間，他成了大義滅親的英雄。于拔子他爹搞投機倒把，讓務虛多時的階級鬥爭有了實際內容。但這下子苦了于老爹，他一把鼻涕一把淚，痛心疾首做了三個晚上的檢查才勉強過了關……

爛眼圈哭著鬧著找上革委會，要求組織上追認于拔子同志為共產黨員和革命烈士，說他生前當過志願軍，去過北朝鮮，揭發過親老子，造過劉鄧的反……

組織上說，妳還一套一套的呢！「那死老頭子」是革命隊伍中的敗類，是無產階級中的蛆蟲。現在是嚴打，強姦犯死罪，他不進大糞池也得挨槍子兒，他入了黨也得當叛徒。革命烈士？我呸！

爛眼圈氣急敗壞，躺在地上撒潑打滾，說要向上級狀告他們迫害抗美援朝「最可愛的人」。一個圍觀的群眾丟出一句話：「藍主任，我若是妳，我就跳進那大糞池，前仆後繼，壯烈犧牲了！」

待人群散去，她慢慢安靜下來，盯著遠處怔了一會，突然大笑起來。她得了囈症，開始胡說八道，沒人聽得懂。鬧了幾天，沒人理她，也沒了她的動靜。

這天，忽然有人想起她，說已經好幾天沒看見居委會藍主任，沒聽見她那哨子聲了。正覺得奇怪時，傳來了她也掉進大糞池的消息。屎杵子說他早晨在院子裡抽煙，遠遠看見大糞池裡漂浮著一個閃亮的東西，撈出來一看，原來是一個哨子。他打發兒子向公安局報告，待好不容易撈出個屍體，沖洗了一看，正是死了的爛眼圈，她命運的結局，不幸被那個圍觀的群眾言中，她是「前仆後繼，壯烈犧牲了」。

1 指社會主義計劃經濟下的經濟犯罪，用於懲罰破壞經濟秩序的投機行為。

「看來，我這大糞池是到了封池的時候，我是將掏大糞運動進行到底了！」屎杵子說，朝腳下吐了口痰，透出了一絲悲涼。

四鄰傳來了狗吠，一聲迭一聲，在東鹼泡子和東南拐的上空迴蕩。

15貝拉 Bella
公元二〇一六年

我的爺爺奶奶在八十年代初過世。奶奶在過世前，頭腦非常清醒，她要家人把房門全部打開，說她要走了。爺爺在彌留之際，念念不忘的還是糧食，他口裡喃喃地說：「挨餓那年……咳，扯啊。」

爸爸帶著我們兄妹三人，艱難地面對著沒有媽媽的世界，心裡一片茫然。他無法原諒當年對媽媽的「檢舉」，精神狀態一直不好。在接踵而來的大小運動中，他經歷了無數次批鬥，最後，被下放到藥房抓藥，工資仍然只發一半。我們的日子過得捉襟見肘，含垢忍辱，戰戰兢兢，「反革命家屬」的帽子也如影隨形。我們兄妹三人初中畢業後，不能升學，也不能當兵，只能等著上山下鄉。

對於前途，我本已做好了心理準備。擺在面前的既然只有上山下鄉這一條路，那就走吧。對此，我的潛意識中甚至還有過一絲憧憬——離家出走，做金訓華、張勇式的毛主席的好知青，那種悲壯和蒼涼不禁令人嚮往。然而，很快就傳來了消息：我們這批「初中生」要留在城裡分配工作，補充勞動市場的需要，為的是「抓革命，促生產」。

公元一九七〇年七月十日上午，在一個陽光明媚的早晨，我們被召集到一中食堂前的草地上。我們席地而坐，聆聽了分配方案。六九屆「初中生」沒有下鄉去「修理地球」，而被分配了工作。我把「初中生」三個字打了引號，是因為所謂的「初中生」，其實只是徒有虛名。

馬大文和另外十六個青年被分配到百貨公司。我、盧國林，還有十五個青年被分到變壓器廠，做起了「工人階級」，那時，我還沒滿十六歲。陰差陽錯地，我竟和拉手風琴的鴕鳥分到了一個車間。我們成了朋友，時常在一塊聊天。那些上海知青挺有意思，他們畢竟是「資本家」的後代，受到的教育要比我們好得多。

六年後，四人幫垮臺，文革——這場以全民族的犧牲為代價而興起的災難，終於偃旗息鼓，「被掃進了歷史的垃圾堆」。那時舉國歡騰，人們心中再一次燃起了「天亮了，解放了」的希望。我們兄妹三人先後離開了那個傷心之地，遠走高飛去上學讀書，我們的願望終於得以實現。

文革後第一次大學考試，如同千軍萬馬過獨木橋，我使出了渾身解數，加上難得的運氣，考進了外省一所名不見經傳的大學新聞系，戴上了白底紅字的校徽。以我「復課鬧革命」時的「中學」底子，四年中遇到的障礙難以想像。我付出比常人多幾倍的努力，總算圓了我的大學夢。畢業後，我被分配到一個政府機關，每天寫點字兒，拍點照，用別人的話說，是打雜。後來，我又到一個雜誌社做了責任編輯。我娶妻生子安身立命，把爸爸也接了去。然而，他沒享上幾年清福，就離開了這個世界。我雖然又改回到原來的名字——魏冰，卻再也回不到原來的起點。虛擬的「衛兵」消失後，原有的生命軌跡上就留下了一段空白。

再後來，我又用了很大的氣力，寫出了這本小說。美國作家路易莎•奧爾科特說：「人生多困頓，故我書寫歡樂。」我的小說除了要填補「魏冰」的空白，也試圖把人生的困頓寫成「歡樂的故事」，算作我對命運的抗爭。

翌日清晨，我又在廣場「城標」下見到了劉秀雲。

廣場上聚集了十幾夥扭秧歌打太極練大刀的老人，都穿著彩色衣褲，放著各自的音樂，令人忽然間產生出錯覺，彷彿一下子又置身於那個喧囂的文革時代。

「張監督的房子還在嗎？」我大聲地對劉秀雲說。看到遍地起高樓的故鄉，我仍然記得那座青磚大宅，在我兒時，它曾經顯赫得如同宮殿一樣。

「張監督的房子？那房子我多少年前見過啊，現在……早就拆了吧？」劉秀雲也大聲地說。

「張監督的房子？得快有一百年的歷史了吧！」旁邊的一個老者吼了起來。

可不是嗎，張監督的房子在民國十年落成，算下來已經整整九十四年了。

「前出廊牙後出廈，那是一等一的宅子啊！」另一個老者接著吼了起來。

「鶴立雞群，獨樹一幟，寬敞明亮，淡雅出塵，古色古香啊！」一個文人模樣的老者也吼了起來。

「張監督的房子還在嗎？」我變得窮追不捨。

「那一帶啊，已經住了七十二家房客！不過，興許還能找出個一磚半瓦的。」

「文革那會兒，那院子一半被造反派佔領，做了司令部，一半被屠宰場佔領，用做宰大牛了。」

「宰大牛了哈哈哈哈！回民宰牛得先念經超渡，那老牛通人性，牠掉眼淚啊！」

「得了吧！超渡個屁！紅衛兵給那牛念毛主席語錄：下定決心，不怕犧牲……不瞞你說，我就是當年的紅衛兵之一！」

「我也是……我們這個歲數的，有幾個不是呢？」

我看著這兩個沒戴假牙，癟著嘴的「紅衛兵」，怎麼也想像不出他們當年叱咤風雲的模樣。

「聽說張監督的後人還回來過，不清楚是從廣州還是上海，是從外國回來的也說不定。那是十五、六年前的事了，來了兩個人，跟住在門洞和耳房的人家照過相，是回憶歷史！」

……

我們的談話被此起彼伏的音樂聲吞沒了。我想起，姐姐魏冬如果活著，也該接近這些老者們的年齡。但在我的心中，姐姐永遠是十五歲，永遠是「身姿矯健、英氣逼人」，永遠「像早晨八、九點鐘的太陽」。

我堅持要去看看張監督的房子，劉秀雲說我陪你去吧。

我們費了些周折，終於在花園路和電業路上，找到了「張監督的房子」。不過，這兩個路名我壓根就沒聽說過，從前，這條路只是車少人稀的土路，叫「背街」。

所謂張監督的房子，如今剩下的只是一些蛛絲馬跡，若不是看到牆垜子上的磚雕，那些精美的花草壽桃祥禽瑞獸，我無法相信眼前這座住滿了平民的大雜院，曾有過光彩奪目的輝煌。

我兒時記憶中張監督的房子，如今雖然已經面目全非，但從留下來的這棟青磚大宅前，彷彿仍能看到它主人的身影——那是北洋政府的張監督、設治局的首任設治員、一個舊時代紳士。他高個頭、高腦門、高鼻樑、細眼睛、整齊的髭鬚，還有金絲腳眼鏡、白絲葛禮帽、黑漆文明棍「士的[1]」……他的千金八小姐是城裡的名媛佳麗，生於民國初年。來老宅「回憶歷史」的，應該是八小姐孫子輩的人。我猜測著張監督後人見到老宅時的感受，努力在腦中勾畫著當年的院落、花園、影壁、車馬、盈門的賓客和他們的笑語歡聲。

這裡也曾住過「楊花臉子」楊大夫，但已經完全分辨不出在哪一間了。他曾經把人民幣糊在紙棚頂上，當夜就餵了耗子。我向院子裡的人打聽楊大夫，但沒有人知道他，沒有人記得他。除了他的墓誌銘

---

1 譯自英文Stick，拐杖。

——那首仿徐志摩的詩，他已經被這個世界遺忘。

一個隔開的院子引起了我的注意。這院子打理得乾淨、整潔，雪白的牆上畫著米老鼠、唐老鴨、白雪公主和七個小矮人。不大的兒童遊樂場上鋪了彩色塑膠地面，看起來這是一所民辦幼兒園。果然，門口的一塊木牌上，我看到用兒童體書寫的幾個字：晨籃幼兒園，旁邊畫著一個白色的搖籃。

「晨籃？」我忽然想起，在墓園裡聽劉秀雲說起辦老師的女兒，她的名字不是就叫「陳籃」嗎？

劉秀雲注意到我的疑惑，她開始向玻璃窗裡張望。這時，院子裡響起了鈴聲，幼兒園的房門打開，湧出了一群五、六歲大的孩子，男孩女孩，都穿著鮮豔的衣褲和運動鞋，比起我小學畢業大合唱時，那身好不容易湊齊的「少先隊員服」，真是換了人間。

「小朋友們，我們先做個遊戲再玩遊樂場吧！」一個年輕的女子說，顯然是孩子們的老師。

「王老師，我們玩丟手絹吧！」孩子們嘰嘰喳喳地說。

王老師帶著孩子們，在院子裡的彩色塑膠地面上席地而坐，又從衣袋裡掏出一條彩色的手絹。

孩子們咿咿呀呀地唱了起來：

丟、丟、丟手絹
輕輕地放在小朋友的後面
大家不要告訴他
快點快點抓住他
快點快點抓住他

距離我第一次玩丟手絹，已經過去了整整五十五年。

我見到一個男孩，手裡拿著那條手絹，在圍坐著的孩子們背後轉了幾圈，把手絹放在一個女孩的後面。那女孩的短髮上繫了蝴蝶結，臉蛋紅撲撲的。我彷彿看到了當年的我自己，和那個唱〈小鳥飛〉的田小麗。

我的鼻子酸了起來，我看到劉秀雲的眼睛也似乎濕潤了。

門口出現了一位太太，大約年過五旬，像是個有文化有教養的婦人。孩子們喊了起來：「陳奶奶老師和我們一起玩丟手絹吧！」

「陳奶奶？」我和劉秀雲對望了一下：難道眼前的這位陳奶奶就是……

「請問，妳是陳籃老師嗎？」我和劉秀雲走向前去。

「我就是陳籃。請問二位是？」陳籃老師說。

原來，這位陳籃老師正是辮老師的女兒——五十五年前洋油桶上籃子裡的棄嬰——「晨籃」。

知道我們是大半個世紀前母親的學生，陳籃的眼睛也濕潤了。果然，我彷彿從陳籃的臉上看到了辮老師當年的影子。那個年輕的「王老師」，原來是陳籃的女兒，叫王曉籃。王曉籃今年二十四歲，剛好是辮老師故去時的年齡。

「這個……丟手絹，現在的孩子們常玩嗎？」我問。

「不，這是一個很久以前的遊戲，我是從我媽那兒學到的！」王曉籃說。

我忽然發現，王曉籃的聲音很好聽，令我想起了辮老師。

「丟手絹在我小時候，是孩子們的必玩遊戲，現在已經過時了。」陳籃說。

「那現在的孩子們還唱〈小鳥飛〉嗎？」我本想這樣問，忽然覺得這個問題有點愚蠢，就把話嚥了回去。我曾經搜遍了互聯網，也沒搜到〈小鳥飛〉。「小鳥」，如同我童年的歲月，牠永遠地飛走了。

玩過了「丟手絹」的孩子們玩起了滑梯、鞦韆和蹺蹺板，都是我兒時沒有玩過的玩具。那時，實驗小學有過「滿洲國」中央校留下的蹺蹺板——「夕掃」[1]，我們叫「壓油兒」，只是已經損壞，散了架子了。

半個世紀前的日子過得窘迫。那個時代的人，能留下幾張照片的寥寥無幾，辮老師留下唯一的一張照片，就是墓碑上的那張。陳籃打開手機，給我們看了那張照片的原圖，果然是一張合影。我們加了陳籃的微信，收下這張珍貴的照片，看到了當年的辮老師、崔校長和圍坐在大圓桌前的我們。

「那時，我也只留下這麼一張小時候的照片，我們都窮得……」劉秀雲說。

「窮得叮噹響！」我替她說了出來。

「是啊，大家都窮得叮噹響。」陳籃說，說得很淡然。

陳籃得到這張照片純屬偶然。大約十五年前的一天，她在過去的邵大舌頭飯店——後來的「正陽古玩店」見到一本舊相冊，被隨意擺在一堆文革期間的舊書報中。她在相冊裡發現了一張泛黃的照片，是一張課堂上的合照。見到背景像是在一間教室，她花了五十元錢把相冊買下來，幾經求證，知道那原來是崔校長的相冊，而合照中那個年輕的女老師，就是自己的母親卞老師——卞貝拉。

聽到我們對辮老師的記憶和描述，陳籃和王曉籃不禁神色黯然。

我也曾參與過對辮老師的羞辱，如今卻沒有勇氣在陳籃和王曉籃的面前提起。我只能重新整理自己的思緒，對自己說：等我把這本一半真實、一半虛構的故事完成了之後，再送給她們吧。

---

1 日語「シーソー」的音譯，源自英文Seesaw。

「崔校長終於等到了她的丈夫蘇國璋。蘇老爺子被誣陷成抗聯叛徒，整整坐了二十五年的牢房。平反昭雪沒幾年，老倆口子就先後走了。」陳籃說，「直到看見這張照片，我才算看見了母親的模樣。」

我努力尋找照片中的自己，卻無法確定。倒是劉秀雲，記得她旁邊的男孩就是我：「就是這個小男孩，眼睛瞇成了一條線！」

劉秀雲能認出照片中的我，令我有些詫異。

「那年我九歲，你六歲。對於小孩子，差三歲，自然就差不少！」劉秀雲又說，「看，這是田小麗！」

「田小麗?!是那個唱〈小鳥飛〉的女孩嗎？」

「當然是啦，咱班的起歌員呀！」

照片中的田小麗和我記憶中的不大一樣：她雙手十指張開，指尖對碰，眼睛圓睜，一副驚恐的表情。還有，她的頭上並沒有蝴蝶結，衣襟上也沒繫手絹。

「她大概非常害怕。看著那個相機蒙著黑布，像棺材，不知道裡面藏著什麼，鎂光燈一亮，像是打了個閃電，連我都差點哭出聲來！」劉秀雲說。

我本想打聽田小麗的下落，但還是決定先一一辨認照片上的其他孩子——盧國林、陳孝仁、文具盒、謝爾蓋、符雅芬……他們彷彿像一部老電影一樣，模糊而生動地浮現在眼前。

「這個戴帽子的是誰呢？好像很生氣的樣子！」我問，指著一個戴兔毛帽子、有著長帽帶的女孩。

「這是簫亞茹啊！她很不喜歡那兔毛，老是用手去揪，說還是毛線的好。豈不知兔毛的更暖和！」劉秀雲的記憶力令人佩服，「簫亞茹當過咱們的班長，還起過歌兒，唱的是〈讓我們蕩起雙槳〉。」

「個兒最大的男孩是謝爾蓋王貴生吧？」我指著一個有點像外國人的小男孩說。

「嗯，就是那個變魔術的三毛子謝爾蓋。他呀，是個有點故事的人！」劉秀雲說。

原來，謝爾蓋在「復課鬧革命」偃旗息鼓後，回黑河當了幾年兵，退伍後分到派出所，當了幾年民警。像小時候那樣，他不光腦瓜靈，人活分，膽子也大。他的「魔術」變著變著，就動了真的。有一回他穿上西裝，打上領帶，鏡子裡一照，活脫脫一個老外，於是就靈機一動，對自己說：「哈拉騷，咱何不利用自己的優勢，把那些大傻們忽悠忽悠呢？」他弄了本假護照，留了鬍子，開始冒充外國人，沾花惹草加騙錢，說人人騙我，我騙人人，終於因破壞軍婚被抓，蹲了兩年局子[1]。出來後趕上改革開放，下海去了俄羅斯，用這邊的二鍋頭和羽絨服，換那邊的蜂蜜和巧克力。

「聽說他那二鍋頭是酒精勾兌的，羽絨服裡淨是些蘆葦花子。」劉秀雲說，「不過，人家老毛子的東西可是實打實的！」

「現在的假貨太多！咱們小時候窮，可東西都是實打實的。」我說。

「家裡奶羊的奶，味兒正味兒純，沒有添加劑，現在是喝不到了。其實，那時我也沒喝過幾回，捨不得呀。小時候窮得叮噹響！」劉秀雲又說了一次「窮得叮噹響」，不過，她的語氣中，已經沒有了小時候的那份輕鬆。

「小時候……時間過得比想像中的還快！」我感慨地說，「真是印證了謝爾蓋的咒語：來也匆匆，去也匆匆。」

謝爾蓋那時空手變香煙的情景，彷彿就發生在昨天。

合照沒拍到天窗，但拍到了天窗下的陽光。陽光下，空氣中飄浮的塵粒閃著金光，像一隻隻微小的

---

1 行政拘留，俗話稱之「進班房」或「進局子」。

精靈在頭頂上舞動，自由自在、無拘無束……

「當年的辮老師很像現在的王曉籃！」我說，覺得不夠準確，又說，「像現在的王曉籃一樣年輕。」院子裡的鈴聲重又響起，王曉籃帶著孩子們回到教室。夕陽下，他們像一群小鳥。他們的生活得到了極大的改善——蘋果、餡餅、元宵和月餅……他們應有盡有。他們無論如何也想像不到，對於兒時的我們，這些東西曾是何等的奢侈。

我和劉秀雲坐在院子裡，聽陳籃講了她的故事。

陳籃的養父母仍然健在，他們已經到了耄耋之年。對於他們，陳籃就是親生女兒，而對於陳籃，他們就是親生父母。他們祖孫三代住在附近的小區，不同單元，但每天都會見面。陳籃小時候也受過歧視和欺負，她是「黑人」和「野孩子」，直到十五歲才終於報上戶口。為此，她的養父母踏破了鐵鞋，終於使她獲得了「解放」。

在學業上，陳籃比我們幸運，她和她的女兒王曉籃都趕上了正常的年代，讀的都是師範。陳籃從中學退休後，加入到女兒的「晨籃」——全城最受歡迎幼兒園。從小多遭磨難的陳籃，如今已經過了知天命之年。日子好過了，但她仍有缺憾，那就是她從未能與生父相認。多年來，她無數次想過，要見一次傅副主任——那個未曾盡過半點責任的生父。現在資訊發達，她沒費太大的氣力，就打聽到了傅副主任的下落，零零碎碎地知道了他的大致經歷。

傅副主任被從北山裡抓了回來，因「喪失革命立場，生活腐化墮落」，被開除了黨籍，又因「流氓罪」被判三年徒刑。出來後，他的職務被免除，再發落到實驗小學打更。他覺得實在抬不起頭，舉家搬到鄉下老家，當了小學老師。

平凡的日子就這樣一天天地過去，傅副主任慢慢老了。他的大兒子還有點正事兒，高中念完後沒考上大學，念了兩年中專。改革開放後，他自己開起了商店，專營農機具，賺了點錢，又去了南方，傅副主任也隨著搬了過去。

傅副主任的妻子六十出頭就過世了，而此時已是耄耋之年的他，上廁所都得讓人攙扶。他的牙齒掉光了，吃飯只能喝一小碗粥。他本來能喝些酒，現在只能抽煙了。兒子不讓他抽，他就大發脾氣，說，我是你爹，還是你是我爹？他身患老年痴呆等多種疾病，對自己過去所做的一切，大部分已失去記憶，至於他曾有過一個從未扶養、不知去向的女兒，就更沒有概念了。

陳籃終於放棄了與生父見上一面的念頭。她說：「人生在世上，總有風雨，總有磨難，不如意事十之八九。人爭不過命運，不如索性保持一顆平常心，生生滅滅，只要努力了，嘗試了，餘下的就順從天意吧，因為這世間的一切，只不過是過眼煙雲。」

陳籃的話令人悵然若失。

「有時我在想，母親後悔嗎？我無從得知，我覺得母親應該是後悔的。當年的母親很美，就像她的名字。追求她的人應該也是一大把，可她偏偏選擇了那個男人。到後來，她會發現，那個男人除了給她甜言蜜語，什麼實際的都沒付出。」陳籃說，「我也常常想，如果我們的文化中多一些寬容，少一些殘酷，如果沒有文化大革命，母親就會還活在這個世界上。如果她能平安地走完一生，那該多好啊。」

陳籃這番話的後半段，正是我心中所想：如果我的母親、父親和姐姐能平安地走完他們的一生，那該多好啊。不過，事實卻偏偏不是這樣。

「我猜想，母親的名字『貝拉』，應該是中蘇友好時的產物。雖然後來中蘇鬧翻了，但因為『貝拉』不像『卓雅』和『冬妮婭』那樣普遍，就一直沒改吧。」陳籃說，「她原本的名字是什麼，已經不重要了。貝拉，俄語是Белла，英語是Bella，意思是上帝的誓約，也表示美麗。對了，我和丈夫、女兒，還有我的養父母，都受洗歸於上帝的名下了。」

對於我，「卞貝拉」是一個完全陌生的名字。但如果「貝拉」代表的是上帝的誓約和美麗，那「辮老師」這三個字也有著同樣的含義。

從晨籃幼兒園屋檐下磚雕的對魚和八卦，看得出這裡也曾是「張監督的房子」。陳籃說，這一帶的平房很快就要拆遷，晨籃幼兒園也要隨之搬進樓裡。

我想，待我下次回來的時候，「張監督的房子」連痕跡都不復存在了。

院子裡的淡淡花香，令我想起來蘇水的味道。

離去的路上，我向劉秀雲打聽到了田小麗的下落。

「田小麗？幾年前，我們還見過面呢！」劉秀雲說。

「妳說的田小麗是那個紮蝴蝶結的女孩嗎？」我想這樣說，卻沒說出口。半個多世紀過去，哪裡還有那個六、七歲的女孩？

我飛快地在腦子裡思索，試著勾畫出田小麗長大後的模樣。我在想像中給她的臉上加些皺紋，鬢髮上染些白霜……然而，當我看到劉秀雲發來的照片時，我簡直不敢相信自己的眼睛：我無法相信這個……大媽，竟是那個和我拉手唱〈小鳥飛〉的「小朋友」田小麗。

「怎麼？你們這些男人，不是也同樣老了嗎？」劉秀雲說。

劉秀雲對田小麗的情況知道得雖然不多，但零碎的片段足以勾畫出她的輪廓。

「她就住在Q市，我是碰巧找到她的。」劉秀雲說，「一次我去朋友家串門，閒聊時，朋友說起樓下住的『孤寡老太』，名字倒像個小女孩，叫田小麗。我說這名兒好熟啊。我朋友說，天下叫田小麗的恐怕太多了。」

「結果，你朋友樓下的那個……就是我們小時候的田小麗？」我說。

「我說出了她現在的大概年齡。朋友說我們不妨去她家看看。」劉秀雲說。

回去的路上，劉秀雲的朋友帶她敲開了田小麗的家門。

那是進門靠樓梯後的第一個門，一個很小的單位。

這套住房狹小，還是她丈夫單位分的福利房，已經住了三十多年了。七十年代時，田小麗在鞋帽廠工作，後來又去了食品廠包糖紙，十五年前退休。她的丈夫是個酒鬼，酒量還不小，一天喝上一斤不成問題。後來丈夫因酒精中毒過世。田小麗幸好有了這套房，加上不多的社保和兒子偶爾的照顧，她堅持一個人過。

「她得了腦血栓，反應慢，都十幾年了。」劉秀雲說，「小時候的事她記得的不多，同學的名字……她差不多全忘記了。」

這令我感到失落。我不好意思說起手拉手唱〈小鳥飛〉和「丟手絹」的事。我想，那個田小麗只能留在記憶裡，原來的田小麗再也找不回來，她像歌兒中唱的那樣，遠走高飛了。

16 逝者如斯夫 Thus Things Flow Away

公元二〇一六年

我面對著那張珍貴的合影，無數次把那些模糊的頭像逐一放大，忽然想到：如果大家能重聚在一起，在原地拍一張同樣角度的照片，像如今許多人那樣……然而，照片中的辮老師、崔校長已經故去，大圓桌旁的孩子們，應該早就高飛遠舉、各奔東西，而那個天窗下的教室，也早就無影無蹤了。

「嘟——」手機微信裡飛來一張題名〈立秋〉的卡片：金色的樹林倒映在金色的水面上……卡片上的「寄語」是孔夫子兩千五百年前的感嘆：「逝者如斯夫，不捨晝夜。」原來今天剛好是立秋。夏天過了沒多久，秋天就一下子來臨了……

「魏冰，我回來了！你，有空吧？……晚上五點鐘，我去賓館接你！」是盧國林的電話，他把聚餐安排好了，「……火鍋，行嗎？嗯……我聯繫了幾個老同學，看你認不認識！嘿嘿！」

盧國林現在是個小老闆，在老同學面前卻沒擺什麼架子，沒裝。他臉刮得很光，手腕上戴了串珠子。我上了盧國林的紅旗轎子，看著窗外緩緩流過的風景。西邊的天空飄著火燒雲，像半個世紀前一樣。朦朧暮色中街燈閃爍，雖不如北上廣深的夜景那樣氣派，卻應驗了梅老三的預言：「……這四周都建起高樓，像煉人爐大煙筒那麼高，一個挨一個，樓上樓下，電燈電話，那就是共產主義！」

在我的同學中，盧國林算是混得不錯的。他的紅旗轎子雖然是二手，卻也花了二十萬。車上的後視鏡上掛著一張煙盒大的〈毛主席去安源〉，反面的八個字是「財源茂盛，出入平安」。如今的毛主席像，已經是現代版的護身符和財神爺了。

改革開放後，那些工廠——編織社、皮革廠、鞋帽廠、麻袋廠、造紙廠、車具廠、農具廠、水泥廠、羽絨廠、乳製品廠、無線電廠……像多米諾骨牌般一個個倒閉，變壓器廠的產品也喪失了競爭力，沒幾年就黃了。盧國林用「買斷」拿到的一萬元，買下廠門口的收發室，開了間鋪子，經銷名煙名酒可口可樂和方便麵，捎帶出租盜版錄影帶。

「你早就是個小業主了，成分是小資產，和劉秀雲的爺爺一個階級，在文革時屬於四類分子！」我調侃道。

「嘿嘿，文革呀？去他媽的吧。我說老同學，你別看我那時的生意小，可就是靠得它，賺了第一……」盧國林還沒說完，手機就響了。他按下綠鍵，說，「嘿，你等一下，有人要跟你說話。」說著，就把手機遞給我。

「喂？」我疑惑著，接過他的手機，「是馬大文?!天吶，你在哪兒啊？」

「魏冰！是我啊，我在新加坡！」電話那頭的馬大文聲音洪亮。

「新加坡？」我說，「這可是國際長途啊！」

「嗨魏冰，老土了不是？有了微信電話，國際長途電話費都省了！」馬大文說，「剛剛聽說你回來的消息，可惜我現在脫不開身，只能再等機會見面了！」

「是啊，咱們多少年沒見了！」我迅速在腦中過了一下，「那次你在三道口寫生，咱們匆匆見了一面，一下子三十七年了……」

「記得記得，那次我畫的是〈夕陽下的西下窪子〉。」馬大文說。

「金之墨畫的是〈西下窪子上的夕陽〉。」我說，「那時去北京的168次直快在面前經過，你說有一天也會坐上這列火車，果真實現了！」

「你也這麼說！果真也實現了！」馬大文說。

「你還說總有一天會重新開學，要完成學業。」我說。

「那是阿爾巴尼亞電影《第八個是銅像》裡的臺詞。如今咱們都出來了，從那塊平坦的盤子裡走出來了！」」馬大文說。那時的電影屈指可數，看來看去就是那幾部，人們把臺詞都記住了。

「你走得遠，滿世界跑啊！」我說。

「紅旗」在八一路一家「拿破崙火鍋城」前停下。我對馬大文說再聯繫，心裡依然激動著。

「如果馬大文在場，就完美了！」我說。我兒時的同學中，上了大學的屈指可數，馬大文是之一。

「馬大文那時學英語，還得偷偷摸摸，怕人說是搞特務活動呢。」盧國林說。

「這我知道。」我說，「記得那時有人問他：你馬大文學英語，豈不是扯王八犢子？咱這嘎達天高皇帝遠，洋人就沒來過，你跟誰說英語？你還指望哪天能出國不成？」

那個「有人」說得是也不是。這地方雖小，還真來過洋人，天主堂的瑞士神父高輔文就會說英語和「滿洲話」，但那是在解放前。至於出國，那時除了國家領導人，就沒有「出國」這一說。實際上，老百姓就連去次北京都是奢望。別說沒錢，有錢也不行，買進京的火車票得憑介紹信。

拿破崙火鍋城大概開張不久，生意不錯。

「嘿嘿，我說魏冰，你書念得多，拿破崙吃火鍋，你聽說過嗎？」盧國林問。

沒等我回答，就抬頭看到牆上一幅複製的油畫：畫面氣勢磅礴，馳騁在駿馬上的拿破崙雄姿英發，叱咤風雲。他的下面，是一句篡改了的名言：不想當將軍的士兵不是一個好士兵，不想吃火鍋的將軍不是一個好將軍。「火鍋是個不錯的選擇，比炒菜要衛生！」我說。

假如爺爺還活著，就會說：「扯啊！」

爺爺已經去世多年，我卻仍然保留著他兒時的《開明國語課本》。課本中的孔夫子「被掃進歷史的垃圾堆」多年後，終於得到了徹底的平反。爺爺在世時，我們從來就沒吃過火鍋，甚至連館子都沒下過。

盧國林訂的包間叫「望湖・波拿巴」。然而，湖水在一片片高樓的後面，顯得很小，很遠。那是我兒時的「東鹼泡子」，現在叫「泰湖」。

「嘿嘿，我有個提議——」待大家都坐下後，盧國林說，「除了魏冰，咱們這些同學基本上沒怎麼挪窩兒[1]，偶爾還碰個面。魏冰走得遠，這麼多年沒見到咱們，就先讓他來辨認一下？」

我看到的是一群老人——當年的孩子。老人中的女士們還好，男士們除了張鐵錘，個個都是大腹便便。大家寒暄著，有些不自然。半個多世紀的滄桑，早就改變了我們童年的容顏，所謂的「老同學」已經面目全非。如果不是引見，他們與馬路旁的大爺大媽們無異。然而，憑直覺，我還是叫出了他們的名字：張鐵錘、陳孝仁、程川來、簫亞茹和李曉琴，加上已經見過的劉秀雲和盧國林。

闊別多年後的重逢，我們都有些尷尬。我一廂情願地試圖把話題引向童年，以找到「共同的回憶」，然而，記憶之門並沒有在我們面前開啟。我們每人都經歷了太多太多，今天和昨天之間已經隔阻著無情的歲月風塵。

說到名字，我想起了文革時的改名潮，問他們那時是不是也改過名字。他們說那可記不清了。改過？沒改過？反正現在是該叫啥就叫啥了。他們說那些年過得糊里糊塗，那些日子，好像跟自己沒關係

1 遷移、換地方。

似的。那些事兒，早就「翻篇兒」了。

「嘿嘿，我還有個提議——」盧國林舉起一杯「北大倉」，「咱們邊喝邊聊，先乾一杯，為五十年後，在立秋這一天的重聚！」又轉向幾位女士，「女士們隨意！」

男士們舉起北大倉，女士們舉起長城乾紅。喝酒是故鄉的文化，北大倉和長城乾紅活躍了氣氛，酒，果然是個專治「打誤」的好東西。待一杯酒下肚，尷尬漸漸退去，各自的話匣子打開，豪言壯語噴湧而出，不少的故事也隨之而來了。

「我那時小，又傻，隨大流改過名兒，叫李武裝！」李曉琴說。我其實對她的印象有限，只記得在實驗小學時，她是文藝委員，好像她爸是當官的，家裡條件比較好。

「李武裝？跟宋要武有得一拼！」盧國林說。我想，「宋要武」這個名字已經被人淡忘了。

「我爸說，妳這名兒不光太像男的，還像是扛槍桿子的。後來我自己也覺得太那個，就算了。不過，我最後還是嫁了個軍人，扛槍桿子的。咳，別提他了。」李曉琴說。

「是……」我剛要開口，見劉秀雲對我使了個眼色，就止住了。

「改名兒的還真有，局長就是其中一個！」說話的是陳孝仁，他鼻子下的一顆痣還在，我沒太費力就看出來了。他沒有抽煙，是戒了吧。

「前些年又風行改名，但那是為了轉運。」說話的是程川來，那時的體育委員，兩道槓，「廣播裡常說，改革開放，讓一部分人先富起來。局長腦子活分，說要想先富起來，得先改名轉運，就找梅老三給改了名——」

「梅老三？」我問，「就是那個梅先生梅半仙？」

「就是那個梅老三，留了把山羊鬍，穿了件大長衫，住在棺材鋪對門的大門洞裡。」陳孝仁說，

「那是九十年代中的事兒了。他那時在門口掛了塊牌，叫紫煙起名社，還小有名氣呢！」

我清楚地記得那個穿破大衣、搖紙扇的梅老三，那時還沒留山羊鬍。我心想，真是斗轉星移，此一時彼一時啊。

「局長廖忠義改了個啥名兒？」我問。

「改叫了廖金斗！」陳孝仁接著說，「那天，廖忠義給梅老三買了兩盒紅塔山和二斤槽子糕，登上紫煙起名社的門。梅老三的紙扇上寫了幾個字兒：要想抱金磚，找我梅老三。」

「什麼亂七八糟的！」劉秀雲說。

「梅老三裝神弄鬼胡謅了一通，說，現而今，忠義二字如同糞土。發展、發展，靠的是大膽。」陳孝仁說。

「你說得就像親眼看到了似的！」簫亞茹說。

「我是看到了，那天是我帶局長去的！」陳孝仁呷了口酒，「梅老三說：廖金斗，既有金，又有斗，斗膽包天，日進斗金，不管黑貓和白貓，抓住金子就是好貓！」

「廖金斗？」我想說這名兒有點土豪，卻沒說出口。

「想不到的是，梅老三一語成讖，廖忠義改叫廖金斗，還真轉了運，當了官，成了名副其實的局長，先富起來了！想想當年，三塊五的學費都拿不出，現而今，人家的孫子上國際學校，光學費一年就十四萬！嘿嘿。」盧國林說。

大家掀了幾次高潮，喝掉了一瓶北大倉和一瓶長城乾紅，又開了一瓶「歸流河」，大家都喝得上了臉，記憶的閘門也慢慢打開了。

窗外傳來一陣吵鬧，是一個男孩手裡拿了支「電動玩具音樂槍」，在興奮地向空中「掃射」。男孩的「音樂槍」閃著奇異的光芒，發著奇異的聲響。

我想起了張鐵錘。那時，他的木頭槍「鏡面匣子」和泥球子「槍子兒」，曾給過我們太多的快樂和遐想。

「鐵錘！怎麼光喝酒，不說話呢？」見張鐵錘縮著頭，不怎麼說話，我問。

「我……這不是在說嗎？呵呵。」張鐵錘說著，把半杯「歸流河」一飲而盡，臉紅得像煮熟的大蝦。

「你那時咔哧的鏡面匣子還在嗎？」我說。

「鏡面匣子？」他愣了一下，眼裡閃出了光澤，說，「呵呵，鏡面匣子早就送人了！有一回，我兒子跟鄰居小孩打架，打不過人家，跑回去舉起鏡面匣子，一泥球子射中那孩子的蟈蟈籠。蟈蟈死了，那孩子哭著鬧著，在柴火垛上蹦著耍賴。我抽了兒子的屁股，鄰居那熊孩子還是不依不饒，非要我們用鏡面匣子賠，沒辦法，只好給他。」張鐵錘說。

「你現在呀，該給孫子咔哧鏡面匣子嘍！」李曉琴說。

「我孫子才不玩那破玩意兒呢，人家整天打遊戲機，著迷了！」張鐵錘說，「不過，那時候用鏡面匣子射家雀兒，挺有意思！」

「那回，局長射銅大錢，歪打正著，把他家的燈泡射中了，還說自己是李向陽呢。」我說，「咱們那天湊了二分錢，買了兩個糖球子。你的那一分是從炕席底下撿到的。」

「呵呵，我後來老是偷偷掀開炕席找錢，可再也沒找到。」張鐵錘說。分配工作那年，他去了農具廠做雙輪雙鏵犁，既不是玩兒，又沒當木匠咔哧槍，沒實現他的「理想」，倒名副其實地成了打鐵的「鐵錘」。

「局長廖金斗，不，我還是叫他廖忠義，當官後對我們還行，還講點義氣！」程川來把話題又拉回到廖忠義，「這小子去年從海南回來，還請了我們一桌。我酒喝高了，問：你貪不貪？他回答得直截了當：我說不貪，你信嗎？按他的話，就是十官九貪！」

「廖忠義在機床配件廠當廠長那會兒就沒少貪。」盧國林說，「後來廠子黄了，賣廠房、賣地皮，怎麼也得撈了個上千萬。再後來，這小子在城郊蓋了座廟，光是收的香火錢，就無盡無休了。」

我問起了他的銅大錢。

「這我知道。」張鐵錘說，「文革時，他爹把銅大錢用油紙包了，藏在一個大肚罈子裡，罈口包了塊紅布，上面再擺上毛主席塑像，這才沒人敢動。後來有人要出兩個豬腰換這些銅大錢，被他爹回絕，說兩個豬腰？你得了吧，兩個豬頭還差不離。那人出不起兩個豬頭，銅大錢就繼續藏在罈子裡。文革搞完了，上面的毛主席像沒了，紅布上改放了大肚彌勒佛，也同樣沒人敢動。後來，發現銅大錢並沒那麼值錢，就悔不當初，說那會兒不如換兩個豬腰改善伙食了。」

「那時候，局長一頓能吃七個半大饅頭！」我說。

「那是在農場，有饅頭可吃。我們女生沒參加麥收，沒吃上大饅頭，眼饞死了！」女生簫亞茹說。她現在是素食主義者，火鍋裡涮的都是豆製品和蔬菜。

「簫亞茹，那時候的中隊長，後來是我們中唯一的女狀元，女大學生，咱們乾一杯！嘿嘿。」盧國林對簫亞茹說。

「行了，饒了我吧！」簫亞茹說，「我那是工農兵大學生，都不好意思說出來！」

簫亞茹是上了大學，不過，她不是文革中唯一一次高考考上的，而是張鐵生交了白卷後的那年，「群眾推薦、領導批准」的「工農兵學員」，讀的是政治系。文革後，工農兵大學生不被重視，她就下了海，在省城承包了一個旅遊性質的度假營地，當了董事長。度假營地還附帶一所養老院，頭幾年做得風生水起，後來也慢慢給同業擠垮了。好在她急流勇退，有了些積蓄，在海南買了房，夏天住省城避暑，冬天住海南避寒，日子過得挺逍遙。

「上大學雖說是求之不得，可咱們中學沒上幾天，基礎太差呀！糊里糊塗進了校門，字兒還認不全，可想而知我那大學上得多艱難！」她說，「那時，所謂的入學面試，更是笑話！……那個，給我來點兒白的！」

盧國林給了她半杯「白的」歸流河。呷了一口，簫亞茹說了下面的故事。

在面試時，她遇到一個被推薦上來的農村小伙子，主考老師見他報考的是日語專業，便問：「簡單的日語句子會寫嗎？」

小伙子說：「我……不怎麼會。」

老師說：「那你憑什麼來報考大學呢？」

小伙子伸出一雙滿是老繭的大手，說：「就憑這個，勞動人民的國家，就應該勞動人民上大學，老繭最能代表勞動人民！不過，日語我會說幾句。」

老師說：「好吧，你說幾句。」

小伙子想起了以前看過的抗日電影，張口喊道：「你地，太巴克（香煙）地拿來。我地，米西米西地有。八格牙魯！」

他把老師說得目瞪口呆……

大家也笑得前仰後合。

「可惜，我那時學的是政治。」簫亞茹說，「三年畢業後，我被分到一所中學教書，開始還湊合，教馬列毛。文革結束，四人幫垮臺，政治課的內容也瞬息萬變，後面的否定前面的，學校裡學的那一套過時了，被掃進了歷史的垃圾堆。我發現，真正的政治是官場政治，靠的是關係和背景，只能在實踐中學！後來，我幹夠了那一行，下了海，進入了另一種政治。」

我知道她說的「另一種政治」指的是官場政治和江湖政治，怪不得她能喝點白酒，「白的」。

我把剛剛跟馬大文通話的事告訴了大家。

「馬大文？」張鐵錘說，「去年回來過，是我開車接的站。那回他好像只見到我和盧國林，其他人都在外地。」

「他也是在回憶歷史，也是為了寫書，和你一樣，說不定把故事寫重了，跟你撞車呢！」盧國林說。

「這倒不會，就像他那時說的，十個人畫西下窪子，就能畫出十個樣！」我說，「以我的理解，寫書也是這樣吧。」

「這個馬大文雖然是一根筋，最後還真出國了，學的英語也用上了。」劉秀雲說，「可惜他回來時我在Q市，錯過了。」

「那時我也在外地，也錯過了。」李曉琴說，「我最後一次看到他，是七〇年吧。我去看電影《第八個是銅像》，他坐在我前面，一邊拿個本子畫速寫，還記臺詞。散場時我跟他打招呼，他說他已經看了四遍，還學著電影裡的雕塑家，弄來鹼土泥，在家裡塑了個易普拉欣泥像！」

我最後一次見到馬大文時，他正坐在二道口旁的草地上寫生，畫夕陽下的西下窪子。他說，畫完寫生，還要去一中學英語。

「我們那時接觸比較多。」我說，「他那時為了學英語，找了個一中的英語老師，去上課要過鐵路，見有貨車停在那兒，就從車底下鑽過去，有時要連著鑽兩列，現在想想都後怕。」

「他上次回來也是到處轉，東鹼泡子、西下窪了、一中、二中、實驗小學，哪嘎達都轉過。」張鐵鍾說，「他的那本書好像叫《在這迷人的晚上》。」

「《在這迷人的晚上》？是〈莫斯科郊外的晚上〉裡的歌詞。」我說，「文革時，是蘇聯敵臺常播放的音樂。書名聽起來挺浪漫，符合他的性格！」

「不過，聽說馬大文寫的主要是『六九・五・一〇』反標案的故事。他找到了當事人彥先讓和黃承志，還去過楊家菜園，找到了楊志義，是回憶歷史，搜集素材。他好像和畫畫圈裡的人接觸比較多。對了，他還打聽過你呢！」張鐵鍾說。

楊志義是六九・五・一〇反標案主犯楊志顯的六弟。楊志顯被槍斃了，彥先讓被判二十年，黃承志被判十五年，判得最輕的是汪景威，五年。雖然十年後都被平反昭雪，可是他們的大好青春卻白白斷送了。如果不是文化大革命，他們本該上大學，並肯定學有所成。

「不知道馬大文的書什麼時候出版，一定要找來看看！」我說，「這次沒見到他，實在遺憾！」

「他說他還會再回來。他肯定想見你！」張鐵鍾說，「上次回來，他還特意找到了大李和的外孫女，說是搜集素材！」

我對大李和有些印象，那是個身材高大的窮苦漢子，戴著大帽檐，穿著大袍子，一年四季拎著個籃子，走遍大車店、旅店、戲園子、茶館和大街小巷，叫賣著自製的燻炮肉和燒雞：「燻——炮肉！」隔一會兒，又喊：「燒——雞！」聲音悠邈，帶著幾分蒼涼。

「馬大文家庭出身不好，七三年大學招生，他考得沒問題，卻愣是給刷了下來。文革後大學恢復招生，他啥都不顧了，拼了命也要考出去。」我說。

「他爸是國民黨，黃埔軍校最後一期，能活著逃過文革大劫，就算幸運了。」盧國林說，「咳，魏冰，你們一家更不容易。不過，你最後也出來了！」

「我家……慘啊。如果不是文革結束，我現在恐怕在馬路上撿破爛呢！」我說。

「說到撿破爛，咱們同學中的符雅芬就落了這麼個結局。」劉秀雲說。

我問起了符雅芬，有人說她本在一家民營工藝美術廠，在泥塑的坯胎上用紙糊大頭娃，就是扭秧歌用的那種，後來被南方鄉鎮企業擠垮了。人家用了新材料新技術，做出的產品又便宜又好看。廠子關閉時每人分到幾百塊錢，讓不爭氣的丈夫打麻將輸光了。符雅芬從此做起了無產者，靠領低保撿紙箱易拉罐賣錢維生。

「符雅芬呀，這一輩子混到最後，還是窮得叮噹響。」劉秀雲說。

「有蘇小國的消息嗎？」我問。

「有啊！」程川來說，「幾年前還請我們去了次大慶呢，招待得不錯！」

「蘇小國也是咱同學中腦瓜挺靈的！人家包了兩個加油站，手下員工一百多，灌溉著滿街的汽車，排放著滿街的尾氣！」盧國林說。又轉向我，小聲說，「去年有一天，蘇小國突然打來電話，說他的司機開著他的車撞死了人，他面臨著吃官司破產的危險，說要把這事搞定，得需要一點錢。我問一點錢是多少？他開口就是兩百萬。天吶，我把自己的生意賣了還差不多。沒辦法，我無錢可借，而且即使有錢也不敢借呀！從此就再也沒聽到他的消息。」

「還有文具盒——就是文具輝。那些年祖國處處起高樓，文具盒花大價錢買了臺起重機老吖，出租給承包商，手頭有了基金，又貸了些款，買下老酒廠的院子和院子裡一棟四層的商業樓，租給小攤販，他當起了老闆坐收房租，手頭闊綽起來。」

「不過，這做人吶，真得悠著點！這小子栽了。」

大家又七嘴八舌，說起文具輝「栽了」的故事，聽起來有點慘烈。

「文具輝後來做起了房地產，成了咱們中的首富，多年前就搬到Q市了。在咱們這兒，要想有發展，就得有人脈，吃喝和貪腐是少不了的，可你也得有個底線啊！」

「有一回這小子辦事宴請領導，四個人花了一萬多。後來見人就顯擺[1]，說你猜猜我們吃的是啥山珍海味？」

「吃啥了？難道是山貍子、燕別蝴不成？」我問，想起了貍子貓和蝙蝠在這兒的叫法。

「那算個啥！人家吃了隻丹頂鶴，仙鶴！」

「啊?!丹頂鶴是國家一級保護動物，這他也敢吃？這是違法啊，抓住了少說也得判三年！」劉秀雲說。

「後來他自己也覺是吃錯了，說，再沒第二次了。又說，其實那仙鶴肉並不好吃，還不如點個烤羊腿了。」

那年大年三十，文具盒在家吃年夜飯。待酒過三巡菜過五味，到了喝高喝透的境地，他點了顆雪茄，架在手上。那雪茄味道太衝，女眷和小孩們嗆得直咳嗽，要他出去到樓梯口抽完再回來。樓梯口的冷風一下子把他吹得打起了噴嚏，嘴裡的雪茄掉在樓梯上。他抬起腳踩那雪茄，卻不料頭重腳輕，一步踩空，頭朝下從樓梯栽落，重重地撞在水泥地上，「咚」地一聲，頭蓋骨開了瓢[2]，三條肋骨斷裂，砸得一地鮮血。結果做了四次手術，醫院裡躺了大半年，出來後手腳不聽使喚，勉強去個廁所，還得有人攙扶，說話也唔嚕唔嚕地說不清，整個人就這麼給毀了。

---

1 炫耀。

2 開瓢：北方方言，形容人的頭被打破。

「比這慘烈的還有呢！」盧國林說，「你肯定還記得賈學全吧？」

「賈學全？那時叫賈紅軍，記得呀！我們窮銀（人）翻了森（身）……」我說，「他，現在在哪兒呢？」

「這人啊，嘿嘿，是翻了森（身）了，或者說，是玩消失，沒臉跟咱們聯繫了。」盧國林說著，講了「賈紅軍」的故事，那是一個因貪慾而生出的復仇故事。

那年復課鬧革命，「老紅軍」劉泰做報告尷尬收場，「賈紅軍」也改回了原名——賈學全，從此，我和他沒再說過一句話。後來，爛眼圈跑進大糞池身亡，賈學全當上了居委會主任。七〇年，他被分配到銀行，做了出納員，開始要求進步，解決了組織問題，慢慢走上了仕途之路。後來他從大北方遷到大南方，做到某銀行的副行長，不但「書齋」，權利、地位、金錢美女也都有了。

一天夜裡，他去情婦的祕密住所「維也納新苑」幽會，剛跨出他的法拉利，樹叢後突然竄出一個人影，向他走來。這人影中等身材，穿了風衣，嚴嚴實實地戴了大口罩和大帽子，辨不出男女。沒等他反應過來，人影走近他，從容地舉起手中的玻璃瓶，以迅雷不及掩耳的速度，把整瓶的液體潑在他的臉上、身上。他本能地閉上眼睛，來不及喊叫，摸了摸面頰和脖頸。黑影丟了瓶子，「嗖」地溜向停在路邊的摩托，抱住摩托上等著的黑衣人。摩托的發動機開著，幾乎沒留任何間隙，就「呼」地一下飛馳而去，消失在黑夜裡。

賈學全感得臉上有一種隱隱被燙的疼痛。他叫了聲：「不好！是硫酸！」他記起那些駭人聽聞的傳說，心中頓生出一陣恐懼。下意識中，他想起附近有一個澆花的水管子，就掙扎著跑過去，擰動開關，把那冰涼的自來水沖在臉上、身上。他拼命地沖，拼命地搓洗，那該死的灼熱卻不顧一切地氾湧上來。巡邏的保安發現了他……

醫生說，幸好他及時沖洗了才不至於重度毀容。待四個月出院後，他驚駭地看到鏡中的自己：他的左耳朵和下巴、他的右眼角，還有脖子上，已經留下一塊塊醜陋的疤痕。警方問他到底得罪了誰，他說得罪的人多了，怎麼也得上百。警方說那這案子就不好破了，拖個上百年也說不定。他到韓國整容十幾次，無奈脖子上的疤痕隔些時候就氾出來。

我想起《第八個是銅像》裡的另一句臺詞：「總有一天，你要為你所做的事情感到羞恥。」想到人生是如此嚴酷而諷刺，不禁令人不勝唏噓……

「那，這麼多年，你一向都好吧？」我轉向陳孝仁。

「咳，好啥好？湊合混吧。」陳孝仁說，「魏冰你知道，我沒好好念書，小學沒念完，中學就上了幾天，除了會點皮匠活，就啥都不行了。後來皮革廠改成了鞋帽廠，幹了幾年，最後還是黃了。」

陳孝仁夾起一筷子涮好的牛肉，放在調料盤子裡，神情有些黯然。

後來聽劉秀雲說起了陳孝仁。鞋帽廠倒閉時，廠裡的職工一分錢也沒拿到不說，還欠了大半年的工資。現在每月的一千四百五十元退休金，只夠買減價的豬肉和蔬菜。他老婆糖尿病多年，眼睛幾乎完全失明，既不能看電視，又不能搓麻將，每天勉強摸索著在屋子裡走動，剩下的，就是無緣無故的嘔氣和莫名其妙的爭吵。他的肝肺都不好，煙不敢碰了，酒也喝得很少。

大家還說起「雞子瓣糖」王志仁。他在九十年代初去了長春，開了家「金牛辦公傢俬店」，下設九個公司，發展得挺好，新買了「別克」，好幾十萬。一天他開著別克，跟人刮了車，造成了一點交通事故，兩人吵了起來，僵持不下，誰也不服誰，對方拿出刀子，一刀捅進王志仁的大腿，扎到大血管上，切斷了動脈，沒搶救過來，死了。

「來，咱們再乾一個！嘿嘿。」見有點冷場，盧國林又舉起酒杯。

「趁著大家都在，你還有要找的人嗎？」劉秀雲問我。

「有個叫鄭威的，是我在實驗小學的同學，不知道誰有線索？」我說。

「鄭威？好像是鄭武的哥哥吧？」盧國林說，「算下來，我們都十幾年沒見面了。那時他在農具廠當技術員，常去我們廠子辦事，穿了件學生藍中山裝，上衣兜別了管大頭帽鋼筆，一有空就擰開筆帽，在紙上劃拉一會兒，就能寫出一首詩來。說是詩，其實就是打油詩、四六句和大白話。他還寫過幾回歌詞，找人配上曲，那時他挺高興，逢人就哼哼幾句。後來他寫的那些東西過時了，再也沒人給他配曲，但他還是那個習慣，走到哪兒都能來上一首，把人給煩的，說他是老古董。後來廠子不景氣，換了幾個地方，還是下崗了。前些年東巄泡子修成了「泰湖」，引來一群野鳥，野鳥又引來一群攝影發燒友。鄭威也迷上了這口，買了個傻瓜相機，攝了幾年鳥，等那相機壞了，鳥也就不攝了。」

盧國林打了幾個電話，找到了鄭威的下落。

「鄭威在三中看大門，做門衛呢。」盧國林說，「哪天我開車帶你過去看看。」

「還有其他要找的人嗎？」盧國林說。

我說出幾個名字，他們說這幾個人啊，要嘛在外地子女家，要嘛就好久沒聽到消息，也聯繫不上了。

「對了，有幾個同學，王春英、翟利偉、高雅琴，還有……已經不在了，病逝了。」劉秀雲說。

總之，我兒時的那些同學，大多都停留在小學的文化程度，連那些「上山下鄉」的「知識青年」都不如。他們早就退休或下崗，大多數既沒有先富起來，也沒有後富起來，一部分則在脫貧線左右搖擺，過得平淡無奇。遇到聚餐時，他們只吃不請，甚至有請也不去。幾個「小富」起來的，開間小店鋪子做小買賣，日子還過得去罷了。過得好些的，多半是沾了子女的光。

能找到的同學就這些了，我想。

劉秀雲把那張珍貴的合照發給了所有的人。

「如果大家能重聚在一起，在原地拍一張同樣角度的照片，像如今許多人那樣……」我說。

「那樣的合照，是再也拍不出來了！」大家感慨地說。

「辮老師……那時多年輕啊！」

「如果活著，該早過了古稀之年。」

「那時的我們太不懂事。」

……

看到合照中的辮老師，大家都收緊嘴角，不大講話了。

「妳們，幾位女士……滿上[1]啊！今天是立秋，嘿嘿。」盧國林有點喝高了。

「我就喝這個了！」劉秀雲舉起她的杯子。

「是牛奶呀！」我看到她杯子裡的乳品，說，「不但跳廣場舞，還會養生！」

「是羊奶！不過，完全沒那個味兒了。」劉秀雲說，「小時候，爺爺養了隻奶羊，家裡人捨不得喝。那時候，窮得叮噹響！」

沒想到，這麼多年過去，劉秀雲還念念不忘那句「窮得叮噹響」。

窗外傳來一陣劈哩啪啦的鞭炮聲，是旁邊一家餐館的喜宴慶典。鞭炮聲過後，一陣嘹亮的喇叭聲響起，只見店門前人頭攢動，一個喇叭匠高舉著一支大喇叭，正聲嘶力竭地吹著〈千里送京娘〉。

1 斟滿、倒滿的意思，表示對客人的尊敬，亦有留客之意。

個模子印出來的一般。

我詫異地聽著這久違的聲音，說：「記得從前的喇叭匠夏大胖子，吹的也是這個曲調。」

「你說的是老夏大胖子，他早死了。現在的已經是小夏大胖子，他的兒子了！」有人說。

「小夏大胖子？」我看著遠處的「小夏大胖子」，除了頭上的棒球帽，他和「老夏大胖子」如同一個模子印出來的一般。

第二天，劉秀雲帶著我，花了大半個下午的時間，終於在一家店鋪的後院找到了符雅芬。

我無法相信眼前這個瘦小的老太婆就是當年的那個女孩，她完全沒有了小時候的模樣。她的顴骨突出，眼瞼下垂，蠟黃的皮膚乾枯，布滿了樹皮般的皺紋。她稀疏的頭髮完全白了，講話的聲音……完全失去了當年「小大人」般的從容和稚嫩。唯有她掉了門牙的「伶牙俐齒」還隱約有一絲從前的影子。那時我給她看「餡餅」——我掉在她作業本上的一滴墨水，她說你這餡餅太小，不夠塞我的牙縫。果然，她褪了門牙的牙縫要兩滴墨水才能塞滿。

如今，她已經完全不記得這些，她連我們曾經同桌過的事也不記得了。我還試著用別的小事喚醒她的記憶，比如「辮老師」和「白氣球」，她木訥的表情令我放棄了希望。我甚至懷疑起自己：那些經過的往事，只是我一廂情願的虛構也說不定。

然而她突然說：「好像記得你愛哭。」

在她的臉上，彷彿掠過一絲兒時的痕跡。

旁邊的劉秀雲也說我那時愛哭，那是因為我年齡太小，打架打不過時，就「嗚嗚」地哭起來。但是，對於這些，我自己卻不大記得了。

符雅芬記得我愛哭，這令我感動。

她自慚形穢，絕不參加任何的同學聚會，甚至連招呼都不願意打，這不禁令人感到一陣悲涼。

「李曉琴好像也不太順心。」我說。聚餐時，沒聽李曉琴說上幾句話。

「李曉琴嫁了個人渣，咳，這都是命啊！」劉秀雲說。

李曉琴當年分到了蔬菜商店，看著幾個一起參加工作的姑娘，紛紛嫁給退伍軍人，日子過得挺優越，就也找了個軍人，是個排長。那人本是六六年的老紅衛兵，人稱「黃雙子」。那時黃雙子請假回來相親，穿了四個兜的軍裝，一口一個「組織上」，一副前途無量的感覺。轉業後，「組織上」分給他兩間幹部大院的磚房，安排在百貨公司當政工員，待遇不錯。

一天，黃雙子酒後到二百轉悠，正趕上有個老農在商店買鞋，開完小票，變卦不買了，拿著兩張小票說，這他媽還賺了兩張抽煙紙。這事正好被黃雙子撞上，二話沒說，上去就把人家綁起來，一頓暴揍，把老農的精神病揍犯了。領導沒轍，把老農鎖在小屋，派人看著。老農又鬧又叫，說要「打乒乓球刨榨子」。第二天，老農的家屬找上門，說他家省裡有人，你們得給個說法，要不就把你們鬧得「天翻地覆慨而慷[1]」。組織上一打聽，知道老農的侄兒在省政協當祕書，還真不敢惹，就把老農放了，把他全家好吃好喝招待了一頓，給了一個乒乓球、一把鐝頭和一沓子小票，說這下子你就「打乒乓球刨榨子」，用小票捲煙吧。老農歡天喜地打道回府了。

黃雙子惹了禍，被調到五金公司，不但搞起了破鞋，還偷公家的東西，案發後被開除出黨，幹到四十一歲退休，從此白拿人民的錢。八十年代中，黃雙子開起了修理部，搭了個挺像樣的棚子，配自行車鑰匙、修鋼筆，走起了資本主義道路。

[1] 出自七律〈人民解放軍佔領南京〉。其中「慨而慷」是指內心澎湃、慷慨激昂。

「這小子！他掙了點錢，三天兩頭在外邊搞破鞋，掙的錢都搭了進去，你說李曉琴她能順心嗎？」劉秀雲說。

盧國林帶我去了次三中，還是坐他的紅旗轎子。

「還沒聽完你第一桶金的故事呢！」我說。

「我的第一桶金，嘿嘿，其實就是點小錢兒，也就是萬把塊吧。不過夠我折騰折騰了。」

「你那店裡的錄影帶是盜版，名煙名酒是貨真價實吧？」我問，見他沒裝，我也就沒了顧忌。

「嘿嘿，哪兒那麼多名煙名酒？越貴越假！」盧國林也毫不掩飾，「錄影帶就更不用說了，告訴你吧，真的，壓根兒就沒有！」

「這個，我也知道。我在的那個新聞單位，還不是照樣賣假新聞嗎！」我說。

「後來，我發覺整的那些太小氣了，就幹起了建材，叫國林建築材料有限公司，慢慢幹大了起來。」盧國林說，「沒承想，幹對了！」

在祖國處處起高樓的時代，他的建材公司做得風生水起。

盧國林還告訴我，張鐵錘聚餐時有點發蔫，是因為兒子要了第二胎，是個女孩，被罰了錢，正鬱悶著呢。我說，張鐵錘的小名叫「全來」，這回，孫子孫女總算是全來了。

「不過，現在遠不如從前邪乎了。八十年代，超生一個那還得了？不給你漲工資，不讓你當勞模，砸你的自行車，拆你的房子！」盧國林說。

三中建了樓，加了圍牆，已經不再是從前的三中，我完全認不出來了。

收發室裡，我見到了鄭威。他完全變成了一個小老頭，目光呆滯，話語不多，對我的來訪沒有什麼反應，只有我問他一句，才勉強聽到他的回答，就好像我是偶然過路的人，隨便在收發室坐坐一樣。

我問起他的狀況。復課鬧革命後，他被分到農具廠，做了十幾年農機具和門插關。遇上改革開放，造的產品喪失了競爭力，廠子黃了。他又去了無線電廠，儘管引用的是德國技術，兩年內還是虧損得一塌糊塗，最後發不出工資，也黃了。廠子賣地皮賣產權，當官的一夜暴富，職工每人分到兩百多塊錢，幹了一輩子，就這麼給打發回家了。後來，他兒子給他找了個看大門的事，准許他在裡面吃住，他也挺高興，說這裡出出進進都是學生，看著不那麼堵得慌。

我看到收發室裡有一張床、一口水缸、一個煤油爐和一臺電視，試圖說點有意思的事兒。我想說說那時看過的小說和電影劇本，說說寫詩，到了嘴邊，卻改了話題：「那……你現在還能喝點酒嗎？」

他的眼睛轉向牆角的一堆酒瓶子，嘴角動了動，說：「喝點，不敢多喝，一頓也就二兩吧。」

「你這兒還有水缸？」我說，那個已經罕見的水缸上還掛著一個鐵皮水舀子。

「水缸水舀子，現在除了我這兒，誰還用這玩意兒？」鄭威說，聲音平淡，卻有點悲涼。

離去的路上，我和盧國林都有些感概，說，我們在大圓桌前上課的時候，哪兒想到時間會過得這麼快？

盧國林的大耳朵動了一下，他的耳朵越來越像阿拉伯數字「3」了。

「當年那些上海知青都返城了吧？」我問。

「都走了，除了一兩個和當地人結婚的，完全變成了當地人，口音也變了，我想，你大概都認不出了。那些知青也夠慘的，那時，有的女知青為了早點回上海，不得不和當官的睡覺。他媽當官的，都是些王八犢子！」盧國林說。

在回到故鄉的第二天，我就去了趟曾經工作過的變壓器廠。可惜，那裡早就開發成了商業區，都是些專賣建材的商鋪，原來的院子和廠房連個影子都沒了。

「你還記得上海知青鴕鳥吧？」盧國林忽然問我。

「拉手風琴的鴕鳥？當然記得！我們在一個車間工作了七年呢！」我說。

「鴕鳥沒了，一年前在上海跳樓了！」盧國林說。

「啊?!」我驚愕得說不出話來，「他……跳樓了？因為什麼？」

「咳，聽到這個消息，我也很震驚。兩年前還見過他呢！」盧國林說，「那年，他和他老婆回來，是尋舊之旅。我們聚了聚，開車帶他去看原來的青年點，還有變壓器廠，可那些地方早就沒了。倒是找到了幾個老熟人，咳，都老了。鴕鳥加了我的微信，說待我去上海時，一定要告訴他……至於他跳樓的原因，大概是憂鬱症吧。」

盧國林說，在我上大學後不久，鴕鳥就得了憂鬱症，還割腕自殺過，辛虧被救了過來。後來全國知青大返城，他們都先後回了上海。他先是在街道工廠糊紙盒，又去了區文化館教手風琴，後來去了香港他舅舅家，但因為既不會英文，又不會廣東話，更沒有什麼實用的技能，在表哥的餐館裡洗了兩年盤子，覺得面子上過不去，就返回上海，慢慢學會了炒股，賺了點錢。女兒工作了，也挺孝順，日子慢慢好了起來。

「上次見面時他挺開心的呀，不知道咋就突然想不開，這麼無緣無故地走了。」盧國林說著，拿起手機，找出他們微信上的最後一次對話：

盧國林：鴕鳥，能見到你實在太好了！現在的通訊便利，保持聯絡已經不成問題！好，我可能明年上半年去上海辦事，到時候一定找機會見面！祝你們的尋舊之旅開心愉快！嘿嘿。

鴕鳥：我和老婆又去了趟青年點，終於找到了隊長的女兒。實不相瞞，當年，我們還……咳，隊長沒了，隊長的女兒……她的孫子都上學了，咱們都老了。我還會再回來。也期待你來上海時見面！

「後來我們的微信聯繫就中斷了。春節前，我發了條微信，他沒回。打電話，也沒人接。我覺得奇怪，託人打聽，轉了幾個彎，才聽到這個消息。」盧國林說。

鴕鳥的死令人唏噓不已。我想起了鴕鳥拉的手風琴曲〈拉斯布哈〉，想起了那些上海知青——眼鏡青年、短髮女青年、胖子……那時，他們常常在宿舍裡唱〈知青之歌〉。眼鏡青年從上海帶回一臺收音機，熊貓牌八管三波段，從此每天聽〈美國之音〉——在我離開那裡時，這些事已經沒人管了。

尾聲：晚風像火燒雲一樣掠過 As the Evening Breeze Passes By　公元二〇一六年

週五的黃昏時分，我正走在街上，手機響了，是馬大文從新加坡打來的電話。

「馬大文?!」我說，「你在新加坡?是下班了還是在工作？」

「嗨魏冰，我是在新加坡。這會兒下班了！」那邊的馬大文說。他的微信用戶ID是Darwin2016——Darwin是「達爾文」，「大文」的諧音，2016是現在的年份。他的微信頭像是在飯桌前抓拍的：身穿黑色T恤的馬大文，右手伸出，擺出V字，表示「勝利」和「調侃」。

「你這會兒下班……有點早吧？」我說。聽說他在新加坡的一所藝術學院做系主任，當官兒的這時候下班，好像有點早。

「現在是六點整，不早了，而且是星期五。再說，我已經不當官兒了，而且，我想我很快就要退休了。列寧……已經不咳嗽了。他自己感覺也好多了！」馬大文說了句電影《列寧在一九一八》裡的臺詞，「我剛剛走出辦公室，正在下班的路上，今天還是徒步回家，單程一小時多。」

「不當官兒了?怪不得你沒擺官架子！」我想說「沒裝」，但嚥了回去。

「不過，在國外當官兒不比在國內當官兒，完全不是一個概念。」馬大文說，「沒有裝的可能和必要。」

我告訴他同學聚餐的事，說那餐館叫「拿破侖火鍋城」，還說出大堂裡看到的那句「名言」：不想當將軍的士兵不是一個好士兵，不想吃火鍋的將軍不是一個好將軍。

「不想當將軍的士兵不是一個好士兵，不會裝的官兒不是一個好官兒。哈哈哈哈！」馬大文大笑起來，「我不想吃火鍋，也不會裝，所以我既不適合當將軍，也不適合當官兒！」

我想像著此刻的馬大文，正疾步走在新加坡炎熱的馬路上，伸手擺出V字，表示「勝利」和「調侃」。

我們在電話裡聊了很久——應該是聊了馬大文徒步回家的全程。

「不瞞你說，我還沒去過新加坡呢，好像你們那兒挺熱。」我說，「咱們有時差嗎？

「咱們同步，沒有時差。」馬大文說，「至於氣溫，終年在三十度以上，出門就一身汗。等會兒到家的第一件事，就是跳進泳池，痛痛快快游個泳！」

「記得小時候，咱們偷偷去東鹼泡子游水，回家就挨罵！你現在學會側泳和自由泳了吧？」我說。

「我壓根兒就沒學，現在還是所謂的蛙泳，比那時的狗刨強點，基本上沒什麼長進。我想，達到運動量就夠了。」馬大文說，「泳池就在樓下，比小時候方便多了！」

文革後大學恢復招生，馬大文考進中央戲劇學院，學舞臺設計，做了金之墨的同行。在校時，又考上了工費留學，去了美國，畢業後回國服務三年，又去美國教書，換了幾個學校，最後來到新加坡。

「咱們都屬馬，你這匹馬比我這匹馬跑得遠！」我說。

「那是因為我姓馬又屬馬，馬上加馬！」馬大文，「不過，還是比不上馬雲馬化騰那二馬！」

「馬大文你比小時候逗多了！」我說，「值得慶幸的是，文革終於被掃進了歷史的垃圾堆，咱們終於走出了平坦的盤子。」

「總有一天會重新開學……」馬大文說。

「要完成學業！」我們一起說了句電影《第八個是銅像》裡的臺詞，「哈哈哈哈！」

「《第八個是銅像》，我前幾天還在看呢。」馬大文說。

「我倒是在淘寶上淘到一本《一顆銅鈕扣》，蘇聯諜戰小說，彼此彼此啊！活了一輩子，還沒忘記抓特務！」我說，「生活真是奇怪。」

「你的後一句話『生活真是奇怪』，也是《第八個是銅像》裡的臺詞。」馬大文說，「我住的地方在芽龍，是個老區，老房子、老招牌，走在街上，偶爾能找到小時候的感覺，像走在正陽街上一樣。」

「聽說你在寫書，期待出版後拜讀啊！」我說，「不瞞你說，我也在寫。不過，我們不會撞車的。」

「我聽說了。撞車？不會不會，就像畫畫一樣，十個人畫西下窪子，就能畫出十個樣！」馬大文說，「你寫的是什麼故事呢？」

「書名還沒想好，是有關小船兒和天窗的故事，總之，和自己的經歷有關。」我說。

「Mmm，明白。」馬大文說，「我的第一本書總算寫完了，叫《在這迷人的晚上》。老實說，憑我們那時受的那點教育，寫這本書可是費了不少勁兒，跌跌撞撞！現在手頭在趕下一本，跟晚風和火燒雲有關。」

「晚風和火燒雲？那不就是我眼前的情景嗎？」我說。

「完全想像得出！Mmm，新加坡這兒……有沒有火燒雲呢？好像沒有！不過，『活得匆忙，來不及感受』，即使是有，也沒注意到！」馬大文說，他引用了普希金的詩句。

「你這……還是一個文藝青年！不過，今晚的火燒雲確實好看，等下拍照發給你。」我說。

「西下窪子的火燒雲令人難忘！」馬大文說，「老家變化太大，生活是好了不少，可惜的是，老房子差不多都沒了。不過，文化宮倒是保留了下來。文革時我爸被隔離關在二中，我和我媽換著去送飯。

我媽給嚇怕了，每次送飯經過文化宮，腿就開始打哆嗦。」

「文化宮啊，這次回來，我還進去過呢，在收發室看到閻國才的兒子閻大順子，跟他爹長得一模一樣！」我說。

閻國才是馬大文在百貨工作時的同事，本是個轉業軍官，一個月掙八九十元，後來因為「作風問題」，被開除黨籍，工資降到三十元，發配到包裝回收處打雜。

「幸好文化宮沒拆。頭兒們如果有點文化的意識，就該把它保留下來。那時我常去那兒找金之墨！」馬大文說，「上次回去，我們還喝過幾次酒。他過得挺好，三個兒子都開藥店，他在家當起了閒雲野鶴，一天到晚打打麻將，喝喝酒，有時去老人大學畫畫，安逸得很！」

「劇團辦到最後，實在辦不下去了，黃了。場地出租給個體戶，改成歌舞廳，跳起了脫衣舞，門票五元。金之墨去了技校，和梁長揚在一起。」馬大文說。

「梁長揚早就過世了。那些色兒……我要把它們寫在我的書裡。」我說。

「說到拍照，你如果方便，路過我老家時，多幫我拍些照，發過來？」馬大文說。

「你老家那兒，其實我去過。那一帶雖然變化不大，但準確的地點，還是不能肯定。」我說，「我也找過我的老家，當年院子裡還有過一棵蘋果樹……不過，那裡的氣息和光影，還是小時候的感覺……」

「我知道。其實這只是一種……」馬大文說，「說得文藝點，一種情懷吧。」

我抬頭向西望去。夕陽西沉，中央街已經華燈初上，西下窪子和乾德門山的上空已經一片火紅。

晚風輕輕地拂面掠過。透過夕陽，我彷彿看見它閃著光芒，像火燒雲一樣有形有狀。我看到了媽媽的身影，還看到了許多值得紀念的人——辮老師、姐姐魏冬、爸爸、爺爺、奶奶、楊大夫、鮀鳥，還有我的同學們。我彷彿在洋馬車上，坐在爸爸媽媽中間，看著東洋馬昂著頭，巨大的蹄子「呱嗒呱嗒」地踏在泥濘的路上，隱約間，似乎聽到了鴕鳥的手風琴聲……

我注視著馬路上的車輛和行人，想起了那些不堪回首的歲月。在這芸芸眾生之中，一定能找到當年的紅衛兵和他們的後代，一定能找到曾經舉起拳頭的人民群眾。如今，他們還記得他們曾經舉過的拳頭，和唱過的戰歌嗎？

丁字路口——現在的十字路口，那個高高架起的廣播喇叭永遠地消失了。街巷上再也沒有鑼鼓喧天紅旗招展的遊街遊行。「劫夫」的「戰地新歌」，只是偶爾被大媽們用做伴舞的音樂，幽靈般地遊蕩在廣場上……

正陽街上，那場漫長的革命和那個瘋狂的時代，似乎已經過去了。

——全文完

釀小說123　PG2693

小船兒上的天窗：
大時代的小城故事 1954-2016

作　　者　馬文海
責任編輯　姚芳慈
圖文排版　陳彥妏
封面設計　劉肇昇

出版策劃　釀出版
製作發行　秀威資訊科技股份有限公司
114 台北市內湖區瑞光路76巷65號1樓
電話：+886-2-2796-3638　傳真：+886-2-2796-1377
服務信箱：service@showwe.com.tw
http://www.showwe.com.tw
郵政劃撥　19563868　戶名：秀威資訊科技股份有限公司
展售門市　國家書店【松江門市】
104 台北市中山區松江路209號1樓
電話：+886-2-2518-0207　傳真：+886-2-2518-0778
網路訂購　秀威網路書店：https://store.showwe.tw
國家網路書店：https://www.govbooks.com.tw
法律顧問　毛國樑　律師
總 經 銷　聯合發行股份有限公司
231新北市新店區寶橋路235巷6弄6號4F
電話：+886-2-2917-8022　傳真：+886-2-2915-6275

出版日期　2022年1月　BOD一版
定　　價　380元

讀者回函卡

Printed in Taiwan

國家圖書館出版品預行編目

小船兒上的天窗：大時代的小城故事1954-2016/
馬文海著. -- 一版. -- 臺北市：釀出版,
2022.01
面； 公分. -- (釀小說；123)
BOD版
ISBN 978-986-445-578-2(平裝)

857.7 110020296